KB159716

지구상의 모든 사람이 '잠자는 숲속의 공주'에 나오는 공주와 궁전 신하들처럼 백 년 동안 잠들어 있으면 어떨지 궁금하다. 대량 멸종이 멈추겠지. 숲이 되돌아올 테고…. 인간이 사라지면 나무들이 우리를 그리워할까? 그때가 되면 나무가 얼마나 아름다운지 누가 나무들에게 말해 줄까.

－『참나무와 재와 가시』(피터 파인스) 중에서

마틸다, 데이지, 프레디, 베아트리스에게
그리고 우리 안의 야생을 위해

WHERE THE WORLD TURNS WILD
Text copyright © Nicola Penfold, 2020

First published in Great Britain by Stripes Publishing Limited in 2020

Stripes Publishing Limited
An imprint of the Little Tiger Group
1 Coda Studios, 189 Munster Road, London SW6 6AW

Quote from Oak and Ash and Thorn : The Ancient Woods and
New Forests of Britain by Peter Fiennes, published by Oneworld
Publications, 2017

Korean edition copyright © Nasimsabooks, 2020

Where the World Turns Wild

니콜라 펜폴드 지음 ✽ 조남주 옮김

리와일드

Nicola
Penfold

나무를심는사람들

내가 『리와일더』를 쓸 때만 해도 일시 정지 버튼을 누른 듯 세상이 멈추고 도시가 봉쇄되고 사람들의 이동이 금지되는, 그리하여 조금이나마 자연의 숨통이 트이게 되는 전염병이 퍼질 거라는 아이디어는 순전히 환상일 뿐이었다. 사실 나는 독자들이 상상력을 발휘해 읽어 주기를 바라며 약간은 허무맹랑해 보일 수도 있는 모험 이야기를 지어냈다.

그러나 공교롭게도 2020년 2월 이 책이 처음 영국에서 출판됐을 무렵, 새로운 유형의 코로나 바이러스가 전 세계로 빠르게 퍼져 나갔다. 항공기 운항이 중지되고 상점과 식당, 회사와 학교가 문을 닫고 사람들은 집 안에 머물러야 하는 상황을 지켜보며 나는 공포에 떨었다. 봉쇄된 도시에 갇혀 살아가는 내 소설 속 이야기가 현실이 되었다. 병원은 환자들로 가득 찼고 사망자가 계속 늘어 갔다. 슬프고 암울하고 절망적인 날의 연속이었다. 그러나 일시 정지 버튼은 계속 눌려 있었다.

내가 사는 도시, 런던이 점점 조용해졌다. 도로는 텅 비었다. 어느 순간, 공기가 깨끗하고 상쾌하게 느껴졌다. 사람들은 새가 지저귀는 소리를 알아차렸다. 허가를 받아야만 할 수 있는 짧은 산책길에서 위안을 찾아 자연으로 눈을 돌렸다. 바깥 세상은 바야흐로 화창한 봄이었다. 그리고 뉴스가 들려왔다. 베니스의 운하에 맑은 물이 흐르고, 선박으로 붐비던 이스탄불의 보스포루스 해협에 돌고래들이 출몰하고, 코요테들이 샌프란시스코 거리를 배회하고, 웨일스의 랜디드노 마을에서는 산양들이 나타나 정원 울타리를 뜯어 먹었다는 소식들이었다.

2020년 상반기는 자연에게는 분명 회복의 시간이었지만, 너무 짧았다. 코로나 19는 여전히 진행 중인데도 비행기와 선박, 자동차가 운행을 재개하고 공장도 다시 가동을 시작했다. 온실가스 배출량은 꾸준히 증가하고 있다. 삼림 벌채는 줄어들 기미가 보이지 않는다. 숲과 바싹 말라 버린 이탄 습지가 불타오른다. 빙하와 해빙은 녹아내린다. 생물종 다양성이 급감하고 있다.

"자연이 우리에게 메시지를 보내고 있습니다." 지난 3월, 유엔 환경 계획(UNEP)의 잉거 앤더슨 사무총장이 한 말이다. 그녀는 우리 인간들이 자연에 가하는 압박이 새로운 질병을 유발하는 거라고 경고했다. 앞으로 질병은 더 많아지고 더 위험해질 테고, 화재와 홍수 또한 더욱 빈발해져서 엄청난 파괴를 초래하게 될 것이다.

책 속에서 여덟 살 난 베어는 누나 주니퍼에게 이렇게 묻는다. "야생이냐 사람이냐, 하는 거였지?" 남매가 폐허로 변한 도시를 내려다보며 서 있을 때였다. 베어는 리와일더들이 그런 끔찍한 병을 만들어 낸 게 무엇 때문인지 나름대로 이해해 보려고 했던 것이다. 그런 동생에게 주니퍼는 냉혹한 진실로 답한다. "아니, 야생이냐 다 사라질 거냐, 였지."라고. 야생의 공간을 없애 버리면 결국 인간도 파멸할 수밖에 없으니까.

시작은 디스토피아적이지만 『리와일드』는 희망을 위한 책이다. 실제로 이 이야기는 전염병보다는 리와일드(Rewild, 다시 야생으로)에 초점을 맞추고 있다. 리와일드란 자연 생태계의 광범위한 복원을 뜻하는 말로, 앞으로 나아갈 수 있는 유일한 길이자 동시에 매우 흥미진진한 방책이라고 생각한다. 자연의 회복력은 오로지 인간의 노력에 달려 있다. 내가 이 책에서 마음껏 상상하는 특권을 누렸던 숲이 그러할 뿐 아니라, 초원과 습지대 등 다른 풍경들도 마찬가지다. 탄소 배출 억제와 야생 동물의 번성을 가능케 하는 필수 생태계들, 거기에서만 우리 안의 야생도 살아날 수 있다.

야생의 공간이 사라지면 우리 인간도 살아남을 수 없다. 이러한 사실을 깨우치는 데 낯선 질병이 꼭 필요한 것은 아니지만, 어쨌든 그런 병이 생기기까지 했으니, 이제 귀를 기울여야 한다.

2020년 11월

니콜라 펜폴드

차례

1부

도시

1 대벌레 상자

───────────

1

거의 50년쯤 전, 기후가 변하고 숲이 사라졌다. 아름답거나 좋은 것이면 뭐든지 파헤치는 인간이 지구를 한계로 몰아붙인 결과였다. 자연은 죽어 갔다. 매일 나무와 풀, 동물과 새와 곤충들 가운데 사라지는 종이 생겼다. 그 무렵 리와일더*들이 그 질병을 만들어 냈다.

최고의 리와일더 과학자들이 실험실에서 병균을 배양한 뒤 진드기 - 덤불 속에 숨어 있는 다리가 여덟 개인 생명체 - 무리에 퍼뜨렸다.

───────────

* 다시 야생으로 돌아가야 한다고 주장하는 사람들의 무리.

이 병의 미덕은 짐승이나 새한테는 증상이 나타나지 않고 오직 사람만 걸린다는 점이다. 아주 많은 사람이 심하게 앓다가 죽었다. 하지만 병의 구조가 아주 복잡하고 변이가 심해 치료가 불가능했고, 예방 백신도 만들 수 없었다. 인간이 생존할 수 있는 유일한 길은 다른 생명체들과 완전히 격리된, 봉쇄된 도시에서 사는 길뿐이었다. 이는 애초에 리와일더들이 계획한 것이었다. 그 덕분에 도시 바깥의 버려진 땅에서는 자연이 살아났고 다시 야생이 되어 갔다. 그 어느 때보다도 더! 결국 인간이냐 야생이냐의 문제에서 리와일더들은 야생을 선택한 것이다. 나 역시 야생을 택했을 것 같다.

* * *

엔도 선생님 방에서 나와 복도를 걸어가는 내내 유리 상자는 내 손에서 자꾸 미끄러졌고, 볼은 빨갛게 달아 화끈거렸다. 대벌레. 도시에서 허용하는 몇 안 되는 생명체 중 하나다. 다루기 힘든 아이들의 집중력을 기르거나 제멋대로인 상상력을 통제하려는 거다. 여기선 대벌레가 마지막 치료법이다. 훈련원을 보내기 전 마지막 단계. 벼랑 끝. 훈련원에서는 되돌릴 수 없다.

수군거리는 소리가 나를 둘러쌌다. 동급생 아이들 속에 에티엔도 보인다. "주니퍼! 주니퍼!" 에티엔이다. 내 진짜 이름을 부르는 건 에티엔뿐이니까.

애들은 금방 잊어버리진 않을 거다. 주니퍼 그린, 대벌레를 받다. 하지만 내가 열심히 집중하면 무시할 수 있다. 쟤네들은 다 무시할 수 있다. 나는 가방을 부여잡고 재빨리 아이들을 지나쳤다. 현관과 운동장을 지나 중학교와 초등학교를 나누는 길을 건넜다. 적어도 베어는 이 곤충을 보면 좋아하겠지.

그런데 2학년 교실에서 몰려오는 아이들 속에 동생이 없었다. 내가 의아한 눈빛으로 베어의 담임인 제스터 선생님을 바라보자 선생님이 손짓으로 나를 불렀다.

"어쩌니, 주니퍼. 베어는 애벗 교장 선생님에게 가 있단다. 네가 가서 데려와야 할 거야." 나는 침을 꿀꺽 삼켰다. 눈물을 참느라 눈이 따끔거렸다. 베어는 안 돼.

제스터 선생님이 내 유리 상자를 보았다.

"대벌레 차례야?" 선생님이 내 어깨에 손을 올렸다. 제스터 선생님은 예전에 내 담임이었다. 좋았던 일들 중 하나다.

나는 멍하니 고개를 끄덕이고는 시선을 앞으로 고정한 채 복도를 따라 걸어갔다. 양쪽 벽에는 프랙털* 무늬가 있는데, 반복 패턴이 우리 뇌에 좋다고 한다. 마음을 가라앉히거나 뭐 그런 거에 좋다고. 보통 때는 괜찮았는데, 오늘은 교장실로 이어

★ 작은 부분이 전체 구조와 닮은 형태로, 같은 무늬가 끝없이 반복된다.

지는 회색 프랙털 때문에 눈이 아팠다.

교장실은 학교 맨 꼭대기 층에 있다. 일종의 유리 전망대로, 초등학교와 중학교뿐만 아니라 거의 전 도시가 눈에 들어온다. 나는 교장실 문 앞에서 크게 심호흡을 했다. 그런데 내가 문을 두드리기도 전에 안에서 애벗 교장의 목소리가 크게 울렸다.

"들어와!"

나는 대벌레 상자를 문밖에 두고 들어갔다. 교장이 이걸 보고 더 고소해하는 건 싫으니까. 대벌레는 엔도 선생님의 방식이다. 교장은 대벌레 같은 건 아예 벌 축에도 안 든다며 탐탁지 않아 했다. 반면 엔도 선생님은 학교 상담 선생님으로, 벌과 거리가 멀었다. 그럼에도 모두가 알고 있다. 나는 마지막 경고를 받은 것이다. 한 번만 더 실수하면 훈련원행이다.

베어는 플라스틱 의자에 몸을 웅크리고 앉아 있었다. 눈 가장자리가 빨갰고 양쪽 뺨은 얼룩덜룩 부어 있었다. 나는 곧바로 동생에게 다가갔다.

"베어! 무슨 일이야?"

"준, 너희는 남매끼리 경쟁이라도 하는 거냐? 하루 동안 너한 번 나 한 번, 이렇게?"

애벗 교장이 목소리를 높이며 빈 의자를 가리켰다. 하지만 베어가 나와 떨어지고 싶어 하지 않아 동생과 한 의자에 앉았다. 그러자 베어가 내 품속으로 기어 들더니 머리를 기댔다. 베어는 떨고 있었다.

"안됐지만 네 동생이 오늘 또다시 일을 저질렀구나."

교장은 두 손으로 귀를 막고 고개를 돌린 베어를 보며 얼굴을 찌푸렸다.

"괜찮아." 나는 베어의 길고 검은 머리카락을 쓰다듬었다. 베어의 곱슬머리는 다른 아이들에게 놀림감이 되었다.

"너희 할머니와 여러 번 통화하려고 했다."

"할머니는 식물원에 계실 거예요. 거기에선 전화 소리가 안 들려요."

교장이 날 노려봤다. 교장 얼굴은 엠포리엄에서 파는 금이 잔뜩 간 도자기 꽃병 같았다. 엠포리엄은 우리 동네에서 가까운 오래된 잡화점이다. 교장이 다시 말했다.

"그럼 할머니에게 메시지를 꼭 확인하라고 해. 방법을 찾아야 하니까. 네 동생은 점점 더 통제 불능이 되고 있어."

'이름을 부르라고요!' 나는 속으로 애벗 교장에게 소리쳤다. 이름을 안 부르는 건 교장이 베어의 이름을 싫어하기 때문이다, 내 이름처럼. 동물과 나무와 꽃, 모두 우리 도시가 금지하는 것들이다. 그래서 애벗 교장은 나를 내 이름인 주니퍼* 대신 늘 준이라고 불렀다. 평범하고 아무런 특징이 없는 준.

---

* 주니퍼(Juniper)는 노간주나무라는 뜻.

16

"무슨 일이 있었어요?" 내가 물었다.

"네 동생이 의자를 던져서 다른 애가 맞을 뻔했어."

"맞지는 않았고요?"

"문제는 그게 아니야. 애가 거칠어, 야생이라니까." 애벗 교장이 내 쪽으로 몸을 기울이자 소독약 냄새가 났다. 냄새는 교장의 모공에서 나왔다.

"동생은 야생을 좋아해요." 애니 로즈가 이 자리에 있었으면 하는 마음이 간절해졌다. 애니 로즈는 참지 않았을 거다. 베어에 관한 한 참는 법이 없으니까. 베어가 온종일 책상에 가만히 앉아 있지 못하는 건 당연한 일이다. 동생은 아직 어린애고, 아이들은 밖에서 지내는 시간이 더 많아야 하니까!

애벗 교장은 깜짝 놀란 얼굴이 되었다. 교장에겐 그 어떤 변명도 그저 버릇없는 행동일 뿐이었다.

"그 주제에 대해서는 오늘 질리도록 들은 것 같은데!"

다른 아이들이 수군거리는 소리가 내 안에서 살아났다.

진드기 없는 도시를 선포한 지 50년이 되는 날이 다가오자 도덕 시간에 작문을 내라고 했다. 주제는 '우리 도시가 자랑스러운 이유'. 우수작으로 뽑히면 전교생 앞에서 발표를 하게 되어 있었다. 당연히 애벗 교장이 참견하리란 걸 알았어야 했는데. 교장이 끼어들어 다 왜곡시킬 거라는 걸. 나는 무슨 생각을 한 거지? '그 병의 미덕'이라니. '야생의 선택'이라고? 작문을 제

출한 순간, 나는 스스로 애벗 교장의 시험대 위로 올라간 거다.

"베어가 누구를 다치게 하려고 그런 건 아닐 거예요." 나는 목소리를 차분하게 가다듬고 입을 열었다. 사람들은 베어가 어떤 아이인지 모른다. 우리 식물원에서 식물을 대하는 베어를 보면 생각이 달라질 텐데.

"오늘 오후에 무슨 일이 벌어졌는지 영상을 보고 싶겠지."

"아뇨, 안 봐도 돼요." 나는 재빨리 대답했다.

하지만 영상은 이미 시작되었다. 애벗 교장은 학생들에게 굴욕감과 부끄러움을 느끼게 하려고 영상을 다시 틀곤 했다.

화면에 나온 베어는 다른 사람이었다. 우리에 갇힌 동물 같았다. 그런 동물들 모습을 우리가 여전히 기억한다면 말이다.

"전 정말 보고 싶지 않아요." 내가 말했다.

베어의 심장이 뛰는 게 느껴졌다. 빠르다, 너무 빠르다. 소리라곤 1데시벨도 들어갈 수 없게 귀를 누르느라 베어의 손가락이 하얘졌다. 동생을 데리고 나오고 싶었지만, 반항하면 어떻게 되는지 오늘은 나도 충분한 경고를 받았다. 나도 베어처럼 눈을 감아 버리고 싶었지만 교장의 시선이 내 얼굴을 떠나지 않았다. 교장은 이 상황을 즐기며 내 반응을 지켜보고 있었다.

화면에서는 베어가 크레용 통을 바닥에 내던졌다. 마치 무지개가 부서지듯 크레용이 흩어졌다. 제스터 선생님이 미소를 띤 채 그러나 조심스러운 태도로 다가왔다. 다른 아이들은 둥글게 반원을 만들었다. 베어를 비웃으며 주위를 맴도는 아이들, 예상했던 대로다. "베어가 왜 저랬을까요? 그림 그리는 건 좋아하는데. 아마 뭔가 화나는 일이 있었을 거예요."

애벗 교장은 침묵을 지켰다. 스피커에서 노래가 흘러나왔다.

곰이 화가 나서 도시를 덮치네.

화면의 베어는 잔뜩 긴장하고 있다. 베어가 진짜 곰이었다면 온몸의 털이 다 섰을 것 같다.

"우리 이거 주울까?" 제스터 선생님이 말했다. 선생님이 베어를 도와주려고 무릎을 굽히는데, 노랫소리가 점점 커졌다.

곰이 화가 났다네,
긴 갈색 털이 난 곰.
곰을 돌려보내라!
곰을 돌려보내라!
곰을 돌려보내라, 숲으로!

"여러분! 제발 조용히 하세요!" 제스터 선생님이 아이들에게 간절히 부탁을 하는데, 베어가 고함을 지르기 시작했다. 두 손으로 귀를 꽉 막은 채 입을 한껏 벌리고 비명을 질렀다. 아이들이 웃음을 터뜨렸다. 그러고는 손가락질을 하며 점점 다가오더니 소리를 지르며 몸을 흔들어 대는 베어를 둘러쌌다.

"제발 꺼 주세요." 내가 애벗 교장에게 애원했다.

"바로 여기, 이 부분이야." 교장은 아랑곳하지 않고 말했다.

그때 베어가 내 품에서 벗어났다. 동생은 교장실을 뛰쳐나가 계단을 뛰어 내려갔다. 나는 그 뒤를 쫓았다. 동생을 쫓아가야 해. 가는 길에 대벌레를 챙겨야 한다는 건 기억했다. 그래서 베어가 의자를 집어 드는 장면은 보지 못했다. 동생이 진짜 누군가를 다치게 할 생각이었는지는 알 수 없었다. 그랬다 하더라도 동생을 비난하지 않을 거다.

2

"베어, 기다려! 좀 천천히 가!" 어린애가 왜 이렇게 빠른지. 2, 3년만 있으면 나보다 더 빠를 것 같다. 동생은 운동장을 지나 인조 잔디 구장을 가로질러 교문을 향해 돌진했다.

"베어, 기다려 봐! 나 대벌레 받았어! 집에 가져갈 거야."

그러자 동생은 솔깃한지 걸음이 느려졌다.

"베어, 대벌레라고! 너 갖고 싶어 했잖아!"

동생은 돌아서서 대벌레 상자를 쳐다봤다.

"와, 쭈 누나. 무슨 짓을 한 거야?" 베어가 숨을 헐떡이며 물었다. 베어의 눈이 반짝였다.

"그 사람들이 싫어하는 걸 썼어."

"난 그 사람들이 싫어하는 걸 그렸는데."

베어가 이제는 자랑스러운 듯 말했다.

"뭘 그렸는데?"

"나무. 도시에 있는 나무들. 누난 뭘 썼는데?"

"리와일더들에 대해 썼어. 그들을 변호하고 싶었거든."

"누나!" 베어의 표정에 나는 가슴이 철렁했다. 베어 생각에
도 내가 너무 지나쳤나 보다. 작문에 쓴 내용은 사실 입 밖에
내면 안 되는 것들이었다. 그런 생각조차 가지면 안 되었다. 리
와일더는 나쁜 사람들이어야 하니까. 테러리스트. 자기 종족을
배신한 자들. 하지만 그래도 자기 신념을 위해서 나서야 할 때
가 있다. 어젯밤 작문 숙제를 할 때 무언가가 내 머릿속에서 방
향을 틀었고, 나는 다만 거짓말을 쓸 수 없었을 뿐이다.

"그래도 누난 대벌레가 생겼네." 베어가 공기구멍으로 상자
안을 들여다보며 말했다. "몇 마리나 있어?"

"다섯 마리. 엔도 선생님 말로는 그래. 하지만 아직 두 마리
밖에 못 봤어."

"누나, 얘들 이름 뭐라고 지을 거야?"

"네가 지어 줘."

"그래도 돼?" 베어는 말로 표현할 수 없을 정도로 고맙고 신

난다는 표정으로 나를 바라봤다. 내가 너무 사랑하는 내 동생. 그래서 나는 늘 겁이 난다.

"베어, 우리 여기서 나가자."

"도망자?" 동생이 말했다.

"도피자." 하고 내가 받았다.

우리는 주택 단지를 지나 우리 아파트가 있는 도시의 남쪽, 사우스엣지까지 가는 동안 '달아나는 것'에 대한 온갖 단어를 주고받았다. 베어는 아직 여덟 살인데도 단어를 나만큼이나 많이 알았다. 쓰기를 안 하려고 해서 그렇지. 동생은 학교에서 유일하게 그림으로 인정받았지만, 그리면 안 되는 것들을 그려서 문제를 일으켰다. 도시에 있는 나무라니. 그런 환상을….

우리는 피난, 줄행랑, 삼십육계, 뺑소니까지 읊었고, 아는 단어가 떨어질 때쯤 집 근처에 도착했다.

우리 집은 건물 뒤쪽에 높은 유리 돔이 있어서 누구나 쉽게 찾을 수 있다. 그 유리 돔을 우리는 팜하우스(palm house)라고 부른다. 우리 동네는 빅토리아풍 낡은 주택들이 남아 있는 곳인데, 예전에는 온실에 진짜 종려나무(palm)가 있었다. 팜하우스 입구가 있는 아파트 1층이 우리 집이다. 하지만 지금 팜하우스에 종려나무는 없다. 종려나무는 물을 너무 많이 필요로 해서 금지되었다. 지금 팜하우스에는 선인장과 다육 식물뿐이다. 이 식물들은 최소한의 물만 있으면 되고 필요하면 돌에서 양분을 추출해 낼 수 있다. 그러니 이 도시에서 최고로 좋은 식물들이다.

우리 할머니는 식물 재배사 자격증이 있다. 사람은 녹색을 보아야 한다. 이건 의학적으로 증명된 사실이다. 그래서 재배사들에게 안전한 식물을 기르는 임무가 주어졌다. 건조한 사막 환경에 적응한 식물, 진드기가 절대로 안 생기는 식물을 길러 전 지역에 보급한다. 학교, 직장, 병원을 비롯해 일반 가정집 창턱의 녹색 화분들까지.

우린 "애니 로즈!" 하고 부르면서 팜하우스로 들어갔다. 애니 로즈는 할머니, 외할머니 뭐 이런 식으로 불리는 걸 정말 싫어한다. 언제나 그냥 애니 로즈이길 원한다.

"다녀왔습니다!"

"우리 주니퍼 베리랑 곰돌이 왔구나!" 애니 로즈의 목소리가 팜하우스에 울렸다. "날 찾아보렴!"

나는 열다섯 살이지만 여전히 이런 놀이를 좋아한다. 팜하우스야말로 우리 도시에서 숨바꼭질하기에 가장 좋은 장소다. 우린 우뚝 솟은 늙은 선인장과 빽빽이 자라는 다육 식물 사이를 기어 다녔다. 저만치 베어가 조용히 뛰어가는 게 보였다. 동생은 소리 나지 않게 뛰는 법을 알았다.

꺅 하는 애니 로즈의 비명 소리가 들리는 걸 보니 동생이 할머니를 찾아낸 것 같다. 애니 로즈의 은회색 머리와 대비되는 동생의 헝클어진 검은 머리가 쑥 올라왔다.

"우리 베어, 학교는 어땠어?"

베어가 툴툴거리며 몸을 빼자, 언제나처럼 무심하게 앞을 바라보는 애니 로즈의 얼굴에 그림자가 드리워졌다.

"별로였구나, 그렇지?" 애니 로즈가 물었다.

"난 학교가 싫어." 베어가 투덜거렸다.

"이제 집에 왔으니까 기분 풀어."

애니 로즈가 팔을 뻗어 동생을 찾았다.

"내일은 학교에 안 갈 거야."

"안 돼, 베어! 그럼 더 나빠져." 내가 애원조로 말했다. 동생은 이미 학교를 너무 많이 빠졌다. 여기서 더 빠지면 교육 복지국의 방문 조사를 받게 될 거다.

"자, 부엌으로 가자. 저녁 준비를 해야지."

애니 로즈가 부드럽게 말했다.

"싫어, 안 갈 거야!" 그러더니 동생은 식물들 사이로 달아나며 우우 울부짖고, 꽥꽥 소리를 질렀다. 자기가 아는 온갖 동물 소리는 다 냈다.

"주니퍼, 너라도 가자." 애니 로즈가 한숨을 쉬며 팔을 뻗어 내 팔을 잡았다. 나는 할머니가 눈치 못 채게 유리 상자를 한쪽으로 슬쩍 옮겼지만, 할머니에게 부딪혀 달그락 소리가 났다.

"이게 뭐냐?" 애니 로즈가 손으로 매끄러운 표면을 만지며 물었다. 거짓말을 할 이유는 없다. 누구든 대벌레를 받으면 학교에서 메시지를 남기니까. 우리 집 자동응답기를 꺼 놓지 않았다면 오늘 같은 날은 삐삐 소리가 미친 듯이 울렸을 거다.

"엔도 선생님한테 대벌레를 받았어요." 나는 조용히 말했다.

"저런, 주니퍼." 슬픈 목소리지만 화가 난 기미는 전혀 없다. 나는 애니 로즈의 이런 점을 가장 사랑한다. 애니 로즈는 언제나 우리 편이다.

3

"네가 쓴 글 때문에 그렇게 심하게 혼났다고?" 애니 로즈는 내 작문에 대한 애벗 교장의 반응을 듣더니 이렇게 물었다.

"넌 글을 아주 잘 쓰잖아. 단어도 정말 많이 알고."

"리와일더에 대한 거였어요."

애니 로즈의 얼굴에 당혹스러운 표정이 떠올랐다가 곧 다르게 바뀌었다. 공포인 것 같았다.

"교장 선생님이 조회 시간에 나한테 발표를 시켰어요. 전교생 앞에서. 그런데 일부만 읽으라는 거예요. 내가 가장 하고 싶었던 말은 다 빼고요."

내가 아이들에게 들려주고 싶었던 건 첫 부분이었다. 한때 이 세상이 가졌던 아름다움과 그 장엄함에 대해 쓴 부분으로,

나는 그걸 잠도 못 자고 몇 시간이나 다듬고, 또 다듬었다. 우리 집에 남아 있는 오래된 사전에서 단어를 고르고, 골랐다. 제대로 전달해야 했으니까. 실제 모습 그대로. 아이들이 그 모습을 상상할 수 있다면. 만약에 우리 학교 아이들에게 그러한 세상에 대해 들을 수 있고 알 수 있는 기회가 단 한 번만이라도 허락된다면, 아이들은 세상을 다르게 볼 것이다. 왜 자연을 구해야 하는지도 알게 될 것이다. 어떤 대가를 치르고서라도.

그러나 애벗 교장은 내게 그 부분을 읽도록 허락하지 않았다. 또한 그다음에 이어지는, 과거 인간들이 행한 온갖 일들을 열거한 부분도. 그건 생태학적 재난을 모아 놓은 긴 목록이었다. 화석 연료, 온실가스, 삼림 벌채, 플라스틱이 가득한 바다, 어류 남획, 유독성 폐기물, 살충제, 넘치는 쓰레기 매립지, 석유와 화학 물질이 흐르는 강, 기름과 가스 유출 등등 끝이 없었다. 이 모든 사건에 공통적으로 존재하는 한 가지 원인이자 부인할 수 없는 범인은 바로 우리 인간이다.

인간이 모든 걸 파괴하지 못하도록 누군가 막아야 했다.

애니 로즈는 긴장한 것 같았다. "그래서 뭐라고 썼니?"

"리와일더들은 인간이 아니라 야생을 선택한 거라고 했죠."

"그리고?"

나는 그다음에 나오는 문장들을 빨리 말했다. "저 역시 야생을 선택할 거라고 했어요. 인간이 아니라."

"그리고 애벗 교장이 너한테 그걸 낭독하라고 했고?"

"네, 교장 선생님은 내가 모든 사람에게 그 병을 감수하도록 강요하는 거랬어요. 진드기 병요."

교장은 말만 한 게 아니었다. 강당 앞쪽 화면에 오래된 영상을 띄웠다. 환자를 운반하는 침대와 고통에 몸부림치는 사람들이 늘어선 병원 복도, 죽은 아기를 품에 안은 채 자신도 고열로 땀을 흘리고 있는 젊은 엄마, 공동묘지, 수많은 조문객들.

내가 영상 앞에 서 있는 사이, 치직거리는 낡은 스피커에서 사람들이 슬퍼하는 소리가 흘러나왔고, 애벗 교장은 중후한 설교자 목소리로 진드기에 물리면 나타나는 증상들을 나열했다. 빨갛게 부어오른 반점, 고열, 떨림, 구토, 설사, 내부 장기의 치명적인 손상을 의미하는 출혈. 나이가 많건 적건 다르지 않았다. 진드기 병에는 차별이 없었다.

내 등 뒤에는 여전히 공동묘지 장면이 띄워져 있고, 스피커에선 조문객들의 흐느낌이 흘러나오는데, 애벗 교장이 나를 가리키며 냉정하게 말했다. "이거야. 네가 선택하겠다는 게 바로 이거라고. 이걸 아름답다고 생각한 거니, 준 그린?"

"아니, 아니에요." 나는 진짜 울고 싶었지만 그 자리에서는 꾹 참고 어떻게든 설명을 해 보려고 했다.

"그런 뜻은 아니었어요. 다른 방법이 없었을 뿐이에요. 하지만 우리가 죽음의 길로 간 건 맞잖아요. 지구는 우리의 집이에요. 다른 종만큼 인간도 지구가 필요해요."

애벗 교장은 내 말을 막더니 자리로 들어가라고 했다. 아이들이 서 있는 줄은 내가 병에 걸리기라도 한 듯, 내가 위험한 존재가 되기라도 한 듯 차례로 휘어졌다. 그리고는 다함께 수군거리기 시작했다. 아이들이 수군대는 말들. 괴짜, 들짐승, 야수. 지금은 익숙해진 단어들이다. 베어도 나랑 마찬가지다. 하지만 오늘은 다른 단어가 등장했다. 배신자, 테러리스트, 살인자.

나는 우리 반 쪽으로 걸어가 원래 서 있던 자리를 찾으려고 멈춰 섰다. 반 아이들이 한데 몰려서서 두려움과 비난의 눈빛으로 나를 쳐다보았다. 배신자, 테러리스트, 살인자.

애니 로즈에게 다 말하지는 않았다. 당연한 거다.

"지금은 온 학교가 나를 미워해요." 나는 이렇게만 말했다.

"그들이 진짜로 널 미워하는 건 아닐 거야."

"아니요, 미워해요."

애니 로즈가 한숨을 쉬었다. "앉아 봐, 주니퍼." 그러고는 내가 그림 그릴 때 머리카락이 걸리적거릴까 봐 아침마다 두 가닥으로 길게 땋는 머리를 더듬거리더니, 마치 값비싼 비단이라도 되는 듯 손가락에 둥글게 말았다.

"애벗 교장이 일부러 문맥이 달라지게 네 말을 잘랐구나!"

"어쩌면 문맥이 달라진 게 아닐지도 몰라요. 어쩌면 우리들 대부분이 진짜 죽어 마땅한 건지도 모르죠!"

"주니퍼!"

"왜요, 애니 로즈? 우리에게는 기회가 있었어요. 우리가 거의 모든 걸 다 죽였잖아요. 우리 자신까지도요. 그 병이 자연에게 회복의 기회를 준 거니까 좋은 일 아니에요?"

애니 로즈의 얼굴이 일그러졌다. 마치 고개를 위아래로 끄덕이면서 동시에 좌우로 흔들고 싶은 것처럼. "애벗에게는 안돼. 포르샤 스틸에게도 그러면 안 돼."

나는 화가 나서 눈을 굴렸다. "그 병으로 포르샤 스틸은 정확히 자신이 원하는 걸 얻었잖아요? 그걸 이용해 모두를 구할 기회, 우리의 최고 보호자가 될 기회를 잡았으니까."

애니 로즈는 억지로 미소를 지었다.

"오, 주니퍼! 그 병이 처음 생겼을 때는 사정이 달랐어. 포르샤 스틸도 달랐단다. 모든 도시가 무너졌어. 진짜 세상에 종말이 닥쳤지. 포르샤 스틸은 우리를 구하려고 나섰던 거야."

"알아요, 안다고요! 완충 지대, 글리포세이트* 순찰대, 강물의 지하화 말이죠." 나는 건성으로 대답했다.

학교에서 작문 숙제를 낸 의도가 그거였다. 우리의 칭송받는 지도자, 포르샤 스틸에게 열렬한 박수를. 그녀가 이 모든 일을 이루었기에 우리는 스틸을 자랑스러워해야 하는 것이다. 다

---

* 독성이 강하고 인체에 해로운 제초제 성분.

른 도시들은 그다지 잘 해내지 못했지만 우리 도시는 승리를 거두었다. 우리는 그 병을 완전히 제거했다.

그러나 권력은 부패한다. 애니 로즈는 부패한 권력에 대한 이야기야말로 인류의 가장 오래된 이야기 중 하나라고 했다.

애니 로즈가 부드럽게 웃었다. "어떨 땐 네 맘속에 원한이 있는 것 같아, 주니퍼. 널 보면 네 엄마 생각이 많이 나." 그러고는 다시 한숨을 쉬었다. "조심해야 해. 다른 사람들보다 훨씬."

"나도 알아요."

"그래?" 애니 로즈는 앞이 보이기라도 하는 듯 내 쪽으로 얼굴을 돌리며 이렇게 물었다.

"네, 물론 알죠."

"제대로 적응하도록 노력해야 돼. 너랑 베어 둘 다."

"우린 이곳과 안 맞아요, 애니 로즈."

나는 부엌 벽에 걸린 그림을 바라보았다. 산으로 둘러싸인 호숫가에 오두막집이 있다. 내가 어렸을 때 그린 그림이다. 누구든 이 그림을 보면 어린아이가 놀라운 상상력으로 모든 걸 만들어 냈다고 생각할 것이다. 하지만 이건 진짜다. 베어와 내가 태어난 곳. 호수와 산으로 이루어진 머나먼 땅, 에너데일이라는 이름의 골짜기.

그러니 여기서 우리는 괴짜고 절대 어울리지 못한다. 우린 방문자, 일시 체류자, 다른 사람인 척하는 사기꾼일 뿐이다. 우린 야생에서 왔고 언젠가는 그곳으로 돌아갈 거다.

"어쨌든 내 바보 같은 작문은 아무도 들으려고 하지 않을 거예요. 내가 왜 그렇게 신경을 썼는지 잘 모르겠어요." 내가 말했다.

"주니퍼, 다른 아이들에게 기회를 주어야지. 그 애들은 잘못이 없어." 애니 로즈의 목소리에 피곤이 느껴졌다. 할머니는 전에도 이런 일을 여러 번 겪었다.

"그 애들은 뭐가 다른지 모를 뿐이야. 내가 젊었을 때….."

"세계를 구하기 위해 행진에 나섰죠. 저도 알아요."

애니 로즈는 슬퍼 보였다. "너희 학교 아이들은 자연이 어떤 건지 전혀 알 기회가 없었어. 그건 그 애들 잘못이 아니야. 너무 심하게 굴지 마, 주니퍼. 넌 가끔 선인장처럼 뾰족해!"

내가 눈을 흘기는 걸 애니 로즈는 볼 수 없다. 할머니 눈의 수정체는 서리가 낀 유리처럼 흐려져 있다. 나는 갑자기 사랑이 솟구쳤다. 온갖 색깔이 뒤섞인 내 팔레트처럼 애정과 죄책감과 슬픔, 그 모든 게 뒤섞인 사랑.

"노력해 볼게요, 애니 로즈."

할머니가 내 손을 꽉 쥐었다.

"주니퍼, 넌 착한 아이야. 사람들이 너한테 다른 소리를 하지 못하게 해야지. 자, 이제 그 바보 같은 교장한테 네 동생 일에 대해 전화해야겠다."

4

베어는 대벌레를 들여다보고 있었다. 엔도 선생님 말이 맞
았다. 모두 다섯 마리였다. 그중 두 마리만 봐줄 만한 크기였지
만. 베어에게 작은 것들은 유리 상자에 그대로 놔두라고 했다.
베어가 벌레를 다치게 할 거라고 생각하진 않는다. 우리 둘 다
식물을 가꾸면서 조심하는 법을 배웠으니까. 그저 잃어버릴까
봐 걱정되었을 뿐이다. 그 작은 것들이 슬그머니 사라져 버리면
시작도 못 해 보고 나의 구원 프로젝트를 망치게 될 테니까.

"쭈 누나, 이것 봐! 이놈 이름은 뭐라고 할까?" 가장 큰 대벌
레가 손 위로 기어 올라오자 베어가 신이 나서 말했다.

"이놈이라고? 그게 수컷인지 어떻게 알아?"

"왜냐하면 아주 사납거든!"

"난 그게 대벌레 여왕이라고 생각해. 제인 그레이 여왕." 나
는 고대사 수업을 떠올리며 이 말을 엄숙한 목소리로 발음했다.

베어가 내 말을 따라하며 동의한다는 듯 고개를 끄덕였다.
"제인 그레이 여왕. 그럼 다른 하나는 뭐라고 부를까?"

"쟤 이름은 네가 지어 줘."

"얘는 팬텀이라고 부르자. 유령 같잖아, 대벌레는. 안 그래?"

"맞아. 대벌레들은 위장을 잘해서 눈앞에 있어도 안 보일
때가 있지. 작은 것들은 더."

베어가 생각할 때면 으레 그러듯 코를 찡그렸다. "쭈, 난 작은 것들은 아직 구별을 못 하겠어."

"그럼 걔들은 막대, 가지, 잎새라고 부르자."

"누난 진짜 웃겨." 베어가 내 옆에 앉는데, 제인 그레이 여왕은 여전히 베어의 팔을 천천히 기어오르는 중이었다. 동생이 조용한 목소리로 "학교에서 있었던 일은 미안해." 하고 말했다.

"베어, 아니야." 나는 동생의 머리를 쓰다듬고는 손가락으로 머리카락을 돌돌 감았다.

"오늘은 운이 나빴던 거야. 나 역시 그랬고. 그런 날이 있어."

"우리 반 애들은 내가 야생적이래. 날 돌려보내야 한대."

나는 얼굴을 찡그렸다. "걔들은 자기들이 무슨 말을 하는지 몰라. 야생에 대해선 눈곱만큼도 모른다고."

"우린 알아."

"약간은. 하지만 학교에서 그 얘기를 하면 될까, 안 될까?"

베어가 고개를 흔들었다. "쭈, 그건 우리만의 비밀이야. 누나랑 나랑 애니 로즈만의."

"그리고 엄마랑 아빠도." 내가 속삭였다. 그 순간 내 눈에 눈물이 고이면서 가슴이 뻐근해졌다. 부모님은 우리 안전 때문에 동생과 나를 이곳으로 보냈다. 그건 우리를 위해서였지, 엄마 아빠가 우리를 원하지 않아서가 아니다. 하지만 아무리 이렇게 생각을 해 봐도 버려진 것 같은 느낌이 밀려드는 걸 막을 수는 없다.

"우리를 언제 데리러 올까?" 베어가 물었다.

"머지않아." 나는 초록 식물들의 바다로 고개를 돌렸다.

"기다리는 건 너무 힘들어."

나는 동생의 손을 꽉 쥐었다. "나도 그래, 베어."

"쭈, 조심해! 제인 그레이 여왕을 누를 뻔했어! 내가 여왕에게 길을 알려 줘야겠어. 이곳이 제인 그레이 여왕의 왕국이 될 수도 있으니까!"

동생은 자리에서 일어나 휙 돌아서더니 멀어져 갔다.

5

나는 혹시 병의 징후가 있지는 않은지 한 줄 한 줄 확인하면서 팜하우스를 가로질러 걸어갔다. 팜하우스 끝에는 키가 큰 식물들이 한데 늘어서 있다. 이 식물들은 서로 너무 가까이 붙어 있다. 좁은 데 이렇게 밀집해 있으면 병충해나 곰팡이가 생기기 쉽다. 하지만 그 덕분에 우리의 가림막이 되어 준다. 그 뒤에 감춰진 모습은 보고 싶지 않다.

이 도시에는 어디에나 벽이 있지만, 건물이 서 있는 곳은 굳이 벽이 없어도 된다고 생각한 것 같다. 우리 건물은 유리로 되어 있어서 도시를 빙 둘러싸고 있는 완충 지대를 바로 내다볼 수 있다. 완충 지대는 돌과 자갈로 만든 폭 5킬로미터 구간으로, 진드기를 막으려고 제초제와 살충제를 흠뻑 뿌려 놓았다.

키 큰 식물들 뒤쪽으로 틈이 있다. 유리에 바로 붙어 설 수 있는 작은 공간. 나는 팔이 따끔거리는 것쯤은 무시한 채 식물들을 한쪽으로 밀쳤다.

나는 완충 지대는 보지 않는다. 절대 안 본다. 자칫 보게 되면 바로 목덜미로 오싹함이 타고 내려간다. 내가 보는 건 오로지 그 너머다. 바로 수평선 부근, 맹세컨대 녹색이 시작되는 것처럼 보이는 그곳. 야생이 시작되는 곳이다.

엄마가 날 도시로 데려오기 전까지 나는 야생에서 만 4년을 지냈다. 그때까지 내내 건강했는데도 엄마 아빠는 계속 병을 걱정했다. 애니 로즈가 들려준 이야기다.

가끔은 그 말이 사실인지 의심스러울 때도 있었다. 혹시 아이를 돌보는 일이 단순히 지겨워진 건 아니었을까 하고. 뭐 아닐 수도 있지만, 어쩌면 날 보낸 뒤 후회를 했을지도 모르겠다. 몇 년 뒤 다시 베어를 가진 걸 보면.

그런데 부모님은 동생도 포기했다. 그때 베어는 겨우 두 살이었는데. 우리는 누가 동생을 데려왔는지 전혀 보지 못했다. 밤중에 문을 두드리는 소리, 허둥지둥 도망치는 발소리 뒤로 울고 있는 어린아이가 쪽지를 꼭 움켜쥔 채 남겨져 있었다.

애니 로즈에게

이 아이는 베어예요. 주니퍼에게 보내요. 이 아이를 잘
부탁해요. 그리고 우리 주니퍼 베리도.

사랑을 보내며, 메리언과 게일

게일은 우리 아빠지만, 나는 전혀 기억이 안 난다.

할머니는 엄마 사진들을 걸어 두었다. 애니 로즈의 딸 메리
언. 다만 사진들은 모두 흐릿하게 바래서 사진 속 인물이 누구
인지 더 이상 알아볼 수 없다.

엄마를 가깝게 느끼게 해 주는 건 에밀리다. 별처럼 반짝이
는 눈에 초원을 닮은 원피스를 입은 낡은 헝겊 인형. 행복해 보
이는 표정도, 슬퍼 보이는 표정도 아니다. 생각에 잠긴 것 같다.
아쉬워하는 것 같기도 하고. 마치 무언가를 기억하는 것도 같
다. 기억할 만한 그 무언가를.

인형을 가지고 놀 나이는 이미 한참 지났지만 나는 에밀리
를 늘 침대 곁에 두고 가끔씩 에밀리에게 말을 걸고 이런저런
이야기를 들려준다. 내가 얼마나 상처를 받았는지, 왜 덫에 걸
린 듯한 느낌이 드는지 그리고 기억에서 점점 사라져 가는 바
깥세상에 대해서도. 또 혹시라도 내 머릿속까지 이 도시처럼
회색 콘크리트가 될까 봐 얼마나 걱정하는지에 대해서도.

이 인형은 나에게 가장 소중한 존재다. 물론 베어는 제외하

고. 동생은 내 소유는 아니다. 베어는 그 누구의 것도 아니다. 동생은 야생 그대로다. 그래서 애니 로즈와 나는 학교에서 베어가 수업 시간에 가만히 앉아 있지 못한다거나 철자 쓰는 법이나 숫자 쓰는 연습도 하지 않고, 심지어 좋아하는 그림도 그리라고 시키는 건 안 그리려고 한다는 말을 들어도 대부분 무시해 버린다. 우린 베어가 길드는 걸 원하지 않으니까.

아기의 발달은 환경에 따라 달라진다. 이 점이 인간의 성장에서 가장 불가사의한 일 중 하나다. 최초의 성격 형성기인 그 몇 달간, 인간은 얼마나 적응을 잘하는가. 그러니까 다른 아이들이 이곳에서의 삶을 견딜 수 있는 것이다. 도시에서는 모든 자연이 금지되었지만, 이 회색빛 콘크리트 대도시에서 자란 아이들은 전혀 마음 쓰지 않는다.

또 그래서 베어와 나는 이곳을 싫어할 수밖에 없다. 이미 우리 뇌는 어렸을 때 나무와 꽃과 동물들에 익숙해져 버렸기 때문이다. 비록 그 모든 것을 다 기억하지는 못하지만, 그럼에도 우리에겐 이 도시 전체가 감옥이다.

나는 엄마 아빠가 정말로 우리를 데리러 다시 올 거라고 생각하지는 않는다. 지금은 안 된다. 그건 너무 위험한 일이다. 하지만 찾아오지 않아도 괜찮다. 베어가 여행을 할 수 있을 정도로만 자라면, 우리 스스로 이 도시를 탈출할 테니까.

6

"주니퍼!" 애니 로즈가 부르는 소리에 나는 조용히 부엌으로 돌아왔다. "레인보우믹스 병 좀 내려 줄래?"

우리 부엌만큼 밥을 해 먹기에 부적합한 공간도 없을 것이다. 부엌 거의 대부분을 오래된 나무 테이블이 차지하고 있고, 한쪽에는 책장이 놓여 있다. 책장 아래 칸에는 음식이 아니라 책이 가득 차 있다. 우리 부엌은 사실 도서관인 셈이다.

책장에 있는 책들은 대부분 금지 도서이다. 이 책들 속에는 자연이 너무 많이 등장하기 때문이다. 몇 해 전 포르샤 스틸은 터무니없게도 야생에 대한 '설명과 묘사'조차 법으로 금지시켰다.

나는 나무 의자를 조심스럽게 끌어다 놓고 의자 위로 올라가 까치발로 레인보우믹스에 손을 뻗었다. 병은 바로 천장 아래 칸에 있었다.

나는 조리대 위에 병을 탁 소리 나게 내려놓았다.

"맛있겠다! 내가 젤 좋아하는 거!"

상표에는 별 모양으로 잘린 당근과 옥수수, 비트 그림이 있지만, 실제 병 속 내용물은 색깔도 희미하고 모양도 뭉개져 있다. 베어는 애니 로즈가 이걸 줄 때마다 "애니 로즈도 이걸 보면 아마 안 먹고 싶을걸요."라고 말하곤 했다.

"고마워." 애니 로즈는 내 비꼬는 듯한 말은 무시했다.

애니 로즈는 빵에 버터를 바르고 그 위에 딱딱하게 굳힌 네모난 인조 고기를 올렸다.

"애벗 교장한테 전화했다." 애니 로즈가 말했다. "교장 말로는 베어가 학교에서 아무런 악의도 없는 아이들 노래에 과민 반응을 보였다는구나."

"악의가 없다고요?" 나는 화가 끓어올랐다.

"어떻게 그런 말을? 애니 로즈가 그 노래를 들었더라면! 베어의 영상도 봤어야 해요. 베어가 얼마나 겁에 질렸는지요."

"애벗 교장이 네 작문도 대충 말해 줬어. 신났더라."

당연히 그랬을 거다. 나는 얼굴이 화끈거렸다.

애니 로즈가 무슨 말인가 하려다 멈칫하더니 진지한 목소리로 말을 꺼냈다. "다른 이야기가 더 있어. 교장이 너랑 베어의 피 얘기를 했어. '피가 그래서 그 애들도 어쩔 수 없겠죠. 그래서 우리가 뭔가를 해야 하는 겁니다.'라고."

내가 웃음을 터뜨렸다. "뭔가를 한다고요? 우리 존재를 바꿀 수는 없어요. 아무리 애벗 교장이 원한다고 해도요."

그 병과 접촉한 사람은 거의 다 죽었지만, 기적적인 예외가 몇 있었다. 병에 저항력이 있는 사람들. 생물 시간에 배운 적이 있다. 저항력이 있는 사람들은 일부 아미노산의 염기 서열에 기이한 변형이 있다고 했다. 과학자들이 실험실에서 그 염기 서열을 복제하려 했지만 실패했다. 저항력은 타고 나야 한다. 베어와 나처럼.

애니 로즈가 얼굴을 찡그렸다. "주니퍼, 교장은 뭔가 숨기고 있어. 그러면서 날 조롱하더구나. 아주 무자비한 사람이야."

불쑥 뒤쪽에서 가느다란 목소리가 들려왔다.

"저녁 준비 다 됐어? 배고파 죽겠어!"

애니 로즈가 미소를 지었다. "우리 곰돌이! 널 기다리고 있었지. 어디 갔다 왔어? 근데 식탁에 칼이랑 포크가 없네."

"무자비한? 애니 로즈, 그거 되게 나쁜 사람한테 쓰는 말이지?" 베어가 물었다.

"그럼, 인정사정없이 못된 거야."라는 애니 로즈의 대답에 베어는 식탁에 칼과 포크를 놓으면서 "무자비한, 무자비한." 하고 흥얼거리기 시작했다.

"너희 없이 내가 어떻게 살겠니?" 애니 로즈는 웃으며 말하다가 이내 자기가 한 말을 깨닫고 표정이 일그러졌다.

애니 로즈도 리와일드 사건 직후 피 검사를 받았다. 그때 진드기 병에 대한 면역력이 없다는 걸 알았다. 할머니는 언젠가 베어와 내가 떠날 것에 대비해 우리 여행에 필요한 물건들을 준비했다. 하지만 함께 갈 수 없다. 베어와 내가 야생으로 돌아가는 건 영원히 애니 로즈를 떠나는 거다.

7

애니 로즈와 나는 잠자리에 들 준비를 했다. 파자마, 양치 그리고 베어의 머리 손질까지 마친 뒤, 우리 셋은 다 함께 베어의 코딱지만 한 방에 비집고 들어갔다.

베어가 처음 우리에게 왔을 때는 침대에 적응하지 못했다. 밤마다 굴러 떨어져 울면서 깼다. 그래서 애니 로즈는 침대 대신 가장 작은 방, 사실은 벽장에다 바닥에 매트리스를 깔고 천장에 별도 그려 넣어 지금 같은 작은 둥지를 만들었다.

그때만 해도 나는 지금과 다른 사람이었다. 내 행동 기록은 완벽했다. 모범생. 하지만 진짜 나는 숨어 있었다. 베어가 와서 나를 다시 살아나게 했다. 자신의 에너지와 생명력으로 내 것을 깨운 것이다. 나는 베어한테서 야생의 냄새를 맡고, 베어의 목소리에서 야생을 들었다.

애니 로즈는 내게 물감과 붓을 주며 별을 그려 주라고 했지만, 나는 별에서 멈추지 않았다. 애니 로즈의 낡은 야생화책을 꺼내 베어가 볼 수 있도록 사방 벽에 그림을 그렸다. 양치식물과 물망초, 카우파슬리, 잔대꽃과 디기탈리스, 양귀비, 수레국화 등. 그 아이만의 초원이었다.

그 아이, 베어를 위한 일이었다. 조그마한 내 동생, 열린 마음과 내면에 온갖 에너지가 흐르는 생명체가 기적적으로 내게

왔다. 야생에서 지낸 시간은 베어보다 내가 두 배나 길지만, 베어는 자기 곱슬머리처럼 야생을 나보다 더 잘 간직하고 있다. 곱슬머리는 마치 동생의 야생을 상징하는 것 같다.

베어가 내 품으로 책을 밀어 넣었다. "오늘밤은 물총새야."

『세계의 조류』. 나는 표지에 나온 날개 달린 놀라운 생명체들을 내려다보았다. 베어는 이미 온갖 새를 잘 알지만, 여전히 이 책을 가장 좋아한다. 하긴 베어는 자연 대부분을 잘 안다. 도토리, 미나리아재비, 마로니에 열매, 데이지*, 이것들이 베어의 알파벳이다. 동생이 배움의 괴로움을 기꺼이 감수한 것들.

베어가 벽에 그려진, 초원 위를 날아가는 물총새를 가리켰다.

"쭈, 물총새는 강으로 가는 중이야. 기억 나지? 물고기 잡으러 가는 거잖아."

"응." 하고 대답하면서 나는 온몸이 파란색, 주황색, 청록색인 새를 바라보았다. 새라면 수도 없이 그렸지만, 내가 가장 자랑스러워하는 건 이 물총새다. 눈물 때문에 시야가 흐려졌다.

"난 빠질게, 베어. 오늘밤엔 애니 로즈가 읽어 줄 거야."

베어가 벌떡 일어나 앉았다. "쭈 누나, 물총새 좋아하잖아!"

"난 빠질게." 내가 한 번 더 단호한 어조로 말했다.

애니 로즈가 베어의 어깨에 손을 얹었다. "누나, 가라고 하

---

* 영어로 acorn, buttercup, conker, daisy 즉 a, b, c, d로 시작하는 단어.

자. 물총새 얘기는 내가 해 줄게. 내가 아주 어렸을 적에 한 번 본 적이 있어. 마지막까지 살아남은 새 중 하나였을 거야."

"애니 로즈, 그 물총새가 물고기 잡았어?" 벌써 천 번도 더 들었지만 베어는 이야기를 들으려고 눈을 동그랗게 뜨고 누우면서 물었다.

내가 스케치북과 연필을 가지러 부엌 테이블 쪽으로 가는데 애니 로즈의 목소리가 내 뒤를 쫓아 흘러나왔다.

"주니퍼, 너 팜하우스에 가는 거지?"

"당연하죠. 저도 규칙은 알아요." 내가 대답했다.

8

밤에 베어가 내 침대로 기어 들어왔다. 동생은 비몽사몽인 상태로 눈을 비벼 댔다. 이럴 때 나는 보통 곧장 꿈으로 되돌아가지만, 오늘 밤은 그럴 수가 없었다. 베어가 걱정스럽기도 했지만, 나 자신도 걱정이었다. 나는 다시 잠들지 못한 채 도시의 모든 소리를 덮어 버리는 커다란 경계경보 사이렌 소리와 발전기 소리를 들으며 누워 있었다. 통행금지를 위반한 사람, 완충지대에서의 소란, 워렌 뒷골목에서 벌어진 소요. 하지만 무슨 일이 일어났는지는 아무도 모른다.

"위장하기." 엔도 선생님이 나에게 대벌레가 든 유리 상자를 건네며 이렇게 말했다.

"대벌레들한테서 배울 점은 바로 이거야, 주니퍼. 고개를 숙여야 해. 조금만 섞이도록 해. 혹시 하고 싶은 얘기 있니?"

나는 "아뇨."라고 대답하고 말았다. 도저히 설명할 길이 없었으니까. 문제는 하나가 아니다. 모든 게 문제다. 모든 문제가 너무 오래되었다. 힘든 학교생활. 어제도 그제도 마찬가지였다. 그리고 온갖 규제들. 모든 게 한결같다.

날이 추워지면 히터를 켠다. 더우면 에어컨을 튼다. 어두워지면 도시의 모든 조명이 켜지고 전날과 정확히 같은 시간 동안 정확히 같은 밝기로 비춘다. 그리고 스위치가 꺼진다. 오후 8시. 통행금지 시각. 우리의 하루가 끝나는 시간이다. 사이렌이 울린다.

10월 말이고 내가 8학년이 된 지 8주가 지났으니까 지금쯤 가을이라는 건 안다. 하지만 단풍이 들어 떨어지는 나뭇잎도 없이, 그저 붐비고 깨끗하기만 한 우리 도시에 아주 심한 추위가 찾아오는 일은 없다. 그저 바람이 불면 차단막이 올라가고 비가 오면 차양이 펴질 뿐이다.

나는 매일 아침 나뭇가지와 잎사귀로 만들어진, 도시와 완전히 다른 차양이 펼쳐지는 꿈에서 깰 때마다 이 도시에서의 또 하루를 더 이상 견딜 수 없다는 생각을 한다. 이럴 때 애니 로즈를 떠올리면 딱딱해진 내 속이 조금 부드러워진다.

완충 지대가 만들어질 무렵 외부와의 연결을 지속해 나간 건 식물 재배사들이었다. 대부분의 리와일더들은 이미 도시를 떠난 뒤였다. 그들은 바깥세상에서 자신들의 운을 시험해 보았지만, 오래지 않아 대부분 죽었다. 단지 그 병 때문만은 아니었다. 굶주림과 추위. 애니 로즈는 우리 인간들이 기술 문명에서 벗어나 생존하는 게 어떤 건지 다 잊어버린 탓이라고 했다.

하지만 그들 중 몇 명이 에너데일을 발견했고 한동안 리와일더들은 식물 재배사들과 연락을 유지했다. 생필품이 들어오고, 생필품이 나갔다. 메시지들도. 그리고 우리 경우엔 아이들도.

이 모든 게 아주 옛날 일이다. 지금은 거의 모든 식물원이 문을 닫았다. 사우스엣지의 우리 팜하우스와 노스엣지에 하나만 남아 있다. 또 요즘은 외부에서 도시로 뭔가를 들여올 수가 없다. 메시지 정도도 겨우 될까 말까이니 사람은 어림도 없다. 다들 겁에 질려 있다.

도시의 어느 지구에서나 시에서 가장 높은 건물의 형체가 어렴풋하게 보인다. 포르샤 스틸의 관리들이 입는 제복처럼 온통 번들거리는 회색 건물, 시립 훈련원이다.

애니 로즈는 포르샤 스틸이 집집마다 벽에 붙은 사진이 아니라 사람들 앞에 직접 나타나던 시절, 손수 훈련원의 문을 열었다고 했다. 성대하고 화려한 기념식이 열렸고, 포르샤 스틸이 빨간 테이프의 매듭을 잘랐다. 스틸은 그 훈련원을 가리켜 우리 도시를 위한 자신의 선물이라고 말했다.

훈련원은 정신 건강을 위한 병원이다. 궤도에서 이탈한 사람들을 위한 시설. 너무 화를 내거나 너무 예측 불가능하거나 그저 너무 슬퍼하는 사람들. 성인이 대부분이지만 아이들도 있다. 훈련원은 사람들을 치료해 도시에서 더 나은 삶을 영위할 수 있게 한다고 했다. 다만 훈련원에서 나온 사람이 아무도 없었으니, 그 부분은 새빨간 거짓말이다. 지금껏 아무도 나온 적이 없다.

베어가 내 옆에서 몸을 뒤척이더니 돌아누우며 칭얼거렸다.

"싫어! 저리 가! 날 내버려 두란 말이야!"

"쉬잇." 내가 가만히 달랬다. "쉬잇." 마치 바람인 듯 동생에게 속삭였다.

아마 동생이 내 침대로 와서 쫓아 버리고 싶은 꿈들이겠지. 베어는 꿈에 대해 한 번도 이야기한 적이 없다. 혹시 학교에서의 일을 꿈속에서도 반복하는 건 아닌지 모르겠다. 발로 차고 주먹질을 해 대며 동생이 기어이 밀쳐 내려는 게 무엇인지 모르겠다.

깨우면 오히려 더 무서워할까 봐 나는 동생을 두 팔로 안으며 좋았던 곳으로 돌아가자고 속삭였다. 동생이 어렸을 때 엄마와 함께 살던 곳으로. 엄마는 어떻게 해야 할지 알았을 거다.

2 SOS 상자

1

베어는 학교까지 내내 발을 질질 끌며 걸었다.

"베어, 빨리 가자. 너 이것보다 빠르잖아. 바람처럼 달릴 수도 있고. 잊은 건 아니지?"

"나 안 갈래, 쭈!"

"베어, 가야 돼. 애들은 모두 학교에 가야 한다고. 규칙이야."

"바보 같은 규칙. 난 싫어. 안 갈 거야!" 베어는 소리를 질러 댔다. 학교까지는 고작 한 블록밖에 안 남았고 길은 아이들로 가득 차 있었다.

"가자, 베어, 겨우 몇 시간이잖아. 게다가 오늘은 금요일이야. 내일은 주말이고. 제스터 선생님한테 대벌레 얘기해 드려. 선생님이 대벌레를 그리게 할지도 몰라. 그럼 좋겠다, 그렇지?"

"아니, 싫어. 안 갈 거야, 쭈." 베어가 반항조로 말했다.

나는 전술을 바꿨다. "제발, 베어. 날 위해서 가자. 네가 그렇게 해 주면 좋겠어, 베어."

주변에서 수군대는 소리가 들렸다. 아이들이 베어에 대해 지어낸 그 혐오 노래가 들린 것 같았다. 한때는 내 주제가도 있었다.

주니퍼 그린, 주니퍼 그린.
걔는 정말 미쳤어,
아마 곧 비명을 질러 댈 거야.

아이들은 이제 더 이상 그 노래를 부르지 않는다. 걔들은 다 잊었겠지만, 나는 때때로 머릿속에 남아 있는 그 말들을 되뇐다. 그 말들이 현실이 된 것 같아서. 조만간 억눌러 놓은 비명 소리가 새어 나오고 말 거다.

"제발, 베어."

동생은 내가 자기한테 애원하는 걸 싫어한다. 내가 슬퍼하는 걸 원하지 않는다. 동생 눈에 눈물이 고이는데, 어디선가 새로운 노래가 시작되었다.

울보 꼬마 곰은

굴을 못 찾아 운대요.

나는 분노로 머릿속이 번쩍했다. 노래를 부르던 아이들은 대부분 날 외면하거나 달아났고, 나이 많은 애들 몇 명만 내 눈에 들어왔다. 호기심에 차서 즐거워하는 얼굴들이었다.

"우리가 얼마나 빨리 달릴 수 있는지 애들한테 보여 줄까?" 나는 일부러 큰 소리로 떠들어서 우리의 도전을 누구나 들을 수 있도록 했다.

소매로 눈물을 닦으면서도 베어의 눈에서는 반항의 불꽃이 일렁였다. "전력 질주지?" 하고 동생이 물었다.

"달려!" 내가 외쳤다. 우리는 손을 잡고 다른 아이들을 지나쳐 쏜살같이 달려 나갔다. 오늘은 지각 딱지를 받지 않았다.

조례가 끝난 뒤 엔도 선생님 방으로 호출을 받았다. 이미 열 명 남짓한 아이들이 와 있었는데, 8학년은 나와 브리타라는 여자애뿐이었다. 에티엔도 있었다. 에티엔을 보니 여기 모인 애들의 공통점이 뭔지 알 수 있었다. 모두 대벌레를 받은 학생들이다. 내가 마지막 부원이었다.

엔도 선생님이 나를 보고 미소 지었다. "주니퍼, 너를 위해 오늘 선물을 준비했어. 대벌레들한테 줄 나뭇잎을 구하러 가자."

그 방은 약간 신이 난 분위기였다. 탁자 위에 상자가 놓여 있었는데, 학생들은 상자 안에 있는 물건들 즉 조개껍데기와 화석, 솔방울과 마른 씨앗 꼬투리, 깃털과 동물 뼈 등을 손으로 만지작거리고 있었다. 모두 금지된 물건들이다. 베어가 이 물건들 얘기를 한 적이 있다. 동생 말로는 이게 엔도 선생님의 보물이라고 했다.

"10분 뒤에 미니버스가 올 거예요. 선생님은 잠깐 유아반 좀 들여다보고 올게요. 그런 다음 바로 출발할 거예요. 모두 주니퍼를 환영해 주세요." 엔도 선생님이 말했다.

다른 아이들은 나를 힐끗 보고 말았지만 에티엔은 나를 계속 지켜봤다. 에티엔은 어제 몇 달 만에 내 이름을 불렀다.

마치 무언의 인사라도 하는 양 에티엔이 내게 뼈를 건넸다. 베어가 집에서 늘 코를 박고 있던 책에서 보았던 새의 두개골이었다. 사냥하는 새다. 맹금, 베어라면 이렇게 말했겠지.

이 생명체들이 춤추듯 하늘을 날면서도 언제든 사냥감을 덮치려고 땅을 샅샅이 훑어보며 급강하할 준비를 했었다는 걸 생각하면 정말 멋지다. 하지만 지금 내 손에 놓인 뼈는 나를 슬프게 했다. 눈이 있던 자리는 둥그런 구멍이 깊게 파여 있고, 한때 살점을 찢었을 부리는 뭉툭하게 구부러져 있다.

"안녕." 내가 어색하게 말을 건넸다.

에티엔은 우리 건물 위층에 산다. 예전에는 식물원에 내려와 함께 놀곤 했지만 나보다 한 해 먼저 중학교에 올라가면서 발길을 끊었다. 뭔가가 변했다. 에티엔이 우리 놀이를 어린애들이나 하는 짓이라고 말하기 시작했다.

학교에서도 말썽을 부렸다. 에티엔은 같은 반 아이를 두들겨 패기도 했다. 병원에 갈 정도로 아주 심하게. 모든 사람이 에티엔은 이제 끝났다고 생각했다. 정학, 즉 훈련원행일 거라고. 하지만 에티엔은 여전히 학교에서 어슬렁댔다. 자기 엄마 덕분일 거다. 에티엔의 엄마는 도시의 디자인 부서에서 꽤 높은 위치에 있는데, 도시의 프랙털 무늬를 프로그래밍 했다. 프랙털의 끝없는 패턴은 작은 한 부분이나 벽 전체나 모양이 똑같다.

에티엔이 목소리를 낮추어 속삭였다. "주니퍼 그린, 작문 굉장했어."

나는 얼굴을 찡그렸다. "넌 조회 참석이 금지됐잖아."

"그날만 허락해 준 거야. 주니퍼의 특별 조회였으니까."

나는 볼이 화끈거렸다. "뭐, 들었어도 괜찮아. 너도 이제 날 증오해도 돼."

"널 증오해? 아니, 그러는 건 애벗 교장뿐이야." 에티엔은 정말로 놀란 얼굴이었다.

"다른 애들이 뭐라고 하는지 너도 들었잖아."

"전부는 아니야." 에티엔이 어깨를 으쓱했다.

"교장이 어떤 식으로 애들을 자극하는지 너도 알잖아. 어쨌든 우리랑 있으면 괜찮아. 교화생들. 여기서 애벗 교장을 좋아하는 사람은 아무도 없어."

이제는 모두가 우리 이야기에 귀를 기울였다. 두어 명이 얼굴을 찡그리며 낮은 목소리로 투덜거렸다. 그중 한 명은 10학년 여학생 세레나로, 두 손가락으로 목을 찌르고 재갈을 물리는 시늉을 했다. 그러고는 그 두 손가락으로 교장실이 있는 위쪽을 가리켰다. "빵, 빵." 하고 세레나가 침착한 태도로 천천히 말했다. 그러고는 나한테 윙크를 보냈다.

내가 눈으로 재빨리 방을 구석구석 훑어보자 에티엔이 웃었다. "걱정 마. 여기는 카메라가 하나도 없으니까. 엔도 선생님이 다 확인했어."

"그래서 나뭇잎을 구하러 어디로 가는 거야?" 내가 화제를 바꾸며 물었다.

에티엔의 얼굴이 밝아졌다. "노스엣지."

"식물원?" 나는 깜짝 놀랐다. 도시를 가로지르는, 한 번도 가 본 적 없는 길이라서 그런지 내 안에서 뭔가가 요동쳤다.

에티엔이 고개를 끄덕였다.

"거기 식물 재배사들은 대벌레용 나뭇잎을 키울 수 있는 특별 자격증을 갖고 있어. 사실 내 생각엔, 대벌레가 아니라 뭔가 미래 과학과 관련이 있는 것 같아. 어쨌든 엔도 선생님이 우리를 데려갔던 건 대벌레 나뭇잎 때문이었어. 하지만 오늘 가는 건 좀 이상해. 2, 3주 안에는 갈 계획이 없었거든. 주니퍼, 너희 식물원은 어때?"

"내가 그 덕에 그나마 제정신이지." 내가 어깨를 으쓱했다.

"그래?" 에티엔의 목소리에 묘한 그리움이 묻어 있었다.

"애니 로즈한테 들었는데, 노스엣지는 궁전 같대!"

에티엔이 활짝 미소를 지었다. "궁전보다 훨씬 더 근사해."

미니버스에서는 모두 창가 자리를 차지하고 앉았다. 이런 여행은 진기한 경험이다. 특히 우리 같은 아이들에게는.

어른들은 아마도 매일 도시를 가로지르는 출퇴근길, 즉 농장이나 공원을 오가는 일에 진력이 났을지도 모르겠다. 농장이니 공원이니 하니까 일할 만한 곳으로 들리지만 사실 그렇지 않다. 농장이란 살충제와 비료의 중심지로, 농장 일꾼들은 하루 종일 방호복을 입고 사람들이 떠난 척박한 땅에서 과일과 채소, 곡물을 재배하려고 안간힘을 쓰는 곳이다. 에코 공원은 도시의 쓰레기장으로, 모든 쓰레기가 분류 작업을 위해 여기로 모인다. 우리에겐 이것저것 따질 만큼 남아 있는 원자재가 없다. 뭐든지 녹여 다시 사용할 수 있으면 그렇게 한다.

차창 밖으로 열을 지어 빠른 걸음으로 인도를 따라 걸어가는 공원 노동자 무리가 보였는데, 마치 집에 있는 책에서 읽은 개미들의 행렬 같았다.

"엄마." 하고 주저하는 듯한 목소리가 들렸다. 브리타다. 브리타는 손가락으로 버스 유리창을 짚은 채 어떤 한 무리의 줄 뒤쪽에 있는 여자를 바라봤다.

아이들은 브리타 엄마의 주의를 끌려고 유리창에 대고 소란을 피웠다. 브리타는 아무 짓도 하지 않고 그저 보고만 있었다. 고개를 떨구고 걸어가는 브리타 엄마의 등이 구부정했다.

예전에 브리타네 집에 한 번 갔었다. 베어가 오기 전이었는데, 애들이 나를 보면 내 출신을 떠올리며 거리를 두던 때였다. 그날은 브리타의 여덟 번째 생일이었다. 브리타 엄마 아빠가 보물찾기 놀이를 준비해 방마다 쪽지를 숨겨 두었다. 내가 보물을 찾았는데, 함께 나누어 먹을 수 있는 초콜릿 한 상자였다.

그때는 브리타 엄마의 등이 굽어 있지 않았다. 아줌마가 우리 얼굴에 묻은 초콜릿을 보고 머리를 뒤로 젖히며 웃던 모습이 기억난다. "오늘은 너희들 모두 미소가 유난히 더 환하구나. 특별히 더 행복한 게 틀림없어!"

브리타 엄마도 특별히 행복해 보였다.

내 생각에 에코 공원은 행복을 상당히 빨리 앗아가는 것 같다. 거기다가 브리타 아빠도 지금은 없다. 아저씨는 훈련원에 들어갔다. 그 소식은 또 새로운 누군가, 또 다른 아이의 부모가 훈련원에 들어갈 때까지 학교에서 내내 화젯거리였다.

"진드기 트럭이다." 남학생 하나가 소리치자 모두가 버스 반대편으로 이동해 다시 한 번 유리창을, 다만 이번엔 좀 더 세게 두드리기 시작했다. 나는 앞좌석을 꽉 붙잡았다.

글리포세이트 순찰의 날이라 트럭들이 돌아다녔다.

'숨을 곳은 없다!' 이건 글리포세이트 순찰대의 슬로건으로, 트럭 옆면에는 징그러운 진드기가 커다랗게 그려져 있다. 우리가 무엇을 겁내는지 기억할 수 있도록 말이다. 글리포세이트 순찰대는 한 점의 녹색, 어쩌다 도시 방어막을 뚫고 거리에 잘못 뿌리를 내린 작은 풀잎이나 나무의 싹을 끝까지 추적하는데, 거추장스러운 흰색 제복에 부츠를 신고 약을 뿌렸다. 착륙 장소를 잘못 찾은 달 탐험자들 같다.

에티엔은 내 앞자리에 앉아 유리창에 이마를 붙이고 있었다. 그렇게 가만히 있어서 나는 그 애가 자고 있다고 생각했는데, 간간이 낮은 소리가 터져 나왔다. 몸도 떨고 있었다. 한순간이지만 어처구니없게도 그 애가 울고 있다고 생각했다. 그러다 갑자기 깨달았다. 그건 웃음이었다. 에티엔은 그들을 비웃고 있었다. 글리포세이트 순찰대를. 왜 그랬을까?

2

노스엣지 식물원은 우리 팜하우스보다 다섯 배는 더 큰 것 같았다. 입장할 때는 모두 조용히 들어갔는데 그중에서도 내가 가장 조용했다. 마치 내 꿈이 현실로 이루어진 것 같았다. 팜하우스보다 기르는 식물도 훨씬 더 많고 더 야생적이고 더 무성

했다. 벽을 타고 하트 모양 나뭇잎들이 퍼져 있었는데 잎에 물기가 남아 있었다. 유리 돔 지붕으로 쏟아져 들어오는 햇빛에 나뭇잎에 있는 작은 물방울들이 반짝였다.

다른 아이들은 이미 절차를 잘 알고 있었다. 저마다 챙겨 온 작은 플라스틱 상자를 들고 깡충깡충 뛰어 각기 다른 방향으로 흩어져 사라졌다.

식물 재배사가 다가와 자기소개를 했다. 샘이라고 했는데, 애니 로즈만큼 나이가 들어 보였다. 더 많을지도 모르겠다. 얼마 남지 않은 샘의 머리카락은 완벽한 흰색이었다.

"자, 누가 신입이지?" 샘이 묻자 엔도 선생님이 내 이름을 말했다. 완전한 내 이름. 주니퍼 베리 그린.

내 이름을 들은 샘은 깜짝 놀랐다. 엔도 선생님의 태도에도 어떤 기다림 같은 게 있는 걸로 봐서 확실히 내가 잘못 본 건 아니었다. 선생님이 샘을 재촉했다.

"주니퍼의 할머니 애니 로즈 그린은 사우스엣지에서 오래된 팜하우스를 돌보고 있어요."

"애니 로즈 그린. 예전엔 서로 알고 지냈지. 네가 애니 로즈의 손녀딸이라고? 헌데 메리언은 떠났지?" 샘이 이마를 찡그리며 말했다.

"네, 엄마는 떠났어요." 나는 엄마의 이름과 샘의 탐문을 피해 발을 옮겼다. 에티엔이 근처에서 듣고 있었기 때문이다.

"기억나는구나. 메리언과 그 남자애. 세바스찬이었나?"

나는 고개를 끄덕였는데, 볼이 화끈 달아올랐다. 누구나 그 정도는 알았다. 엄마가 어떤 남자애랑 도망쳤고 비난은 엄마에게 쏟아졌다. 세바스찬이라는 남자애가 포르샤 스틸이 가장 아끼는 부하의 아들이었기 때문이다. 사람들은 엄마가 세바스찬을 그릇된 길로 이끌어 타락시킨 거라고 했다. 엄마가 그 남자애의 혈액 검사 결과를 알고 그 애를 이용했다는 것이다.

샘이 묘한 눈으로 나를 쳐다봤다.

"그래서 메리언은 성공했니? 밖에서 살아남았어?"

나는 고개를 끄덕이다가 갑자기 자랑스러운 마음이 들었다. 왜냐하면 엄마는 살아남았고, 내가 그 증거니까.

"엄마가 널 돌려보낸 거야?"

샘이 궁금한 얼굴로 뭔가 또 다른 질문을 막 하려는데 에티엔이 끼어들었다. "주니퍼에게 여기 구경시켜 줘도 돼요?"

"조심해야 되는 거 알지?"

"당연하죠." 에티엔이 얼굴을 찌푸리며 대답했다.

샘의 눈에는 여전히 호기심이 가득했지만, 다른 아이들과 똑같은 흰색 상자를 건네며 "상자 가져가." 하고 말했다. "좋은 잎들로 골라 봐. 쟤가 괜찮은 안내자가 되어 줄 거야."

에티엔이 얼굴을 붉혔다. "주니퍼, 이쪽이야!"

3

"하트 모양 잎은 담쟁이덩굴이야. 대벌레가 아주 좋아해."

에티엔의 말을 들으며 나는 이파리를 비틀어 따는 에티엔의 손가락을 바라봤다.

"글리포세이트 순찰대가 이 광경을 보면 기절초풍할 것 같지 않냐?" 우리는 낄낄대며 한바탕 웃음을 터뜨렸다.

나뭇잎을 따는 게 처음에는 나쁜 짓 같았지만, 여기에는 충분히 많으니까…. 담쟁이덩굴의 비틀린 줄기들은 식물원 지붕을 받치는 둥근 금속 기둥들과 꼭대기 층으로 가는 계단은 물론 통로를 따라 우리 발밑까지 뻗어 있었다.

"꼭 정글 같아. 베어가 아주 좋아할 텐데."

"최고는 아직 나오지도 않았어." 에티엔은 이렇게 말하고 나를 더 깊숙한 곳으로 데려갔다. 거기는 잎사귀들이 서로 뒤엉켜 있었고 줄기에 열매 같은 게 매달려 있었다. 손을 뻗자 무언가 내 손가락을 찔렀고 선명한 핏방울이 맺혔다.

"아얏!"

에티엔이 나를 뒤로 잡아당겼다. "조심해! 내가 주의를 줬어야 했는데. 가시가 있어."

에티엔 말이 맞았다. 이 식물은 뾰족한 바늘로 무장하고 있었다. 나는 식물에 당했다는 게 창피해서 혹시 다른 사람이 봤는지 주위를 둘러봤다. 나는 선인장과 함께 자라서 어떻게 조심해야 하는지 아는데. 다행히 주위엔 아무도 없었다.

"이거 베리 종류야?" 나는 우리 부엌의 잼 병에 붙어 있던 그림을 떠올리며 물었다. 우리는 신선한 과일을 거의 본 적이 없었다. 과일도 이른바 농장이라는 곳에서 키우는데, 우리 손에 들어올 때쯤이면 엄청나게 가공된 뒤라 실제 재배할 때의 모습은 거의 남아 있지 않았다.

"그건 블랙베리야." 에티엔은 슬쩍 주위를 둘러봤다.

"하나 먹어 봐."

나는 본능적으로 어느 걸 따야 할지 알 수 있었다. 단단하고 탱탱한 초록 열매와 피처럼 붉은 열매가 있었지만 내 손은 그중에서도 가장 어두운 색을 향했다. 열매를 따 입에 넣었다. 입 안에서 달콤새콤한 맛이 한꺼번에 폭발했다.

"맛있지, 그렇지?" 에티엔이 물었다.

"굉장하다! 하나 더 먹었으면! 전부 다 먹었으면 좋겠다!"

"좋아, 주니퍼! 하지만 나뭇잎도 좀 따야 해, 알지? 연한 녹색은 안 돼. 어린잎은 독이 있거든. 대벌레는 다 자란 짙은 색 잎을 좋아해." 에티엔은 줄기를 한쪽으로 젖히고, 손가락이 가시에 찔리지 않고 어떻게 잎을 따는지 보여 주었다.

"다 요령이 있구나." 내가 감탄했다.

"하!" 에티엔이 활짝 웃더니 수줍어하며 말했다.

"샘 아저씨가 가르쳐 주셨어. 주말마다 들여보내 주셔. 내가 아저씨 조수가 될 수도 있을 거래. 학교를 마치면."

"식물 재배사?"

에티엔은 쑥스러운 표정을 지었다.

"결국은 누군가가 이어받아야 하니까."

"그런가."

"넌 벌써 하고 있는 거 아냐?"

"그런가." 하다가 갑자기 서글픈 마음이 들었다. 식물 재배사. 에티엔이 꿈꾸는 미래는 여전히 이 도시에 있었다.

나는 오랫동안 에티엔과 늘어선 식물들 사이를 헤매고 다녔다. 우리는 별말 하지 않았다. 한동안 에티엔이 나를 무시한 일도 입에 올리지 않았다. 그래도 기분이 좋았다. 에티엔은 식물에 대해 어디서도 들을 수 없는 수다를 늘어놓았다.

한쪽 구석에는, 바보 같은 추측이겠지만, 이 식물원이 범죄 현장이라도 되는 듯 경찰의 접근 금지 테이프 같은 형광 테이프가 둘러쳐져 있었다. 높이가 낮아서 넘어 들어가 볼까 생각하는데 에티엔이 잡았다.

"주니퍼, 하지 마. 샘 아저씨가 엄청 화내실 거야."

"아저씨가 여기서 대벌레를 길러?" 하고 물어봤다. 테이프 안쪽으로 2, 3미터쯤 들어간 곳에 촘촘한 그물망 벽이 있었기 때문이다. 내 사육 상자 위에 덮여 있는 망과 비슷했다.

"아닐 거야. 대벌레는 여기 없어. 이건 뭔가 의학적인 거야. 가까이 가면 오염시킬 수도 있어." 에티엔이 단호하게 말했다.

"알았어." 나는 눈을 크게 뜨고 그물망 안쪽을 넘겨다봤다. 그때 엔도 선생님이 우리 이름을 불렀다. 학교로 돌아가려고 학생들이 모였다. 식물원을 나갈 때는 모두 글리포세이트 판에 신발 바닥을 적셔야 했다.

"주니퍼, 증거를 없애야지!"

에티엔이 식물원 여기저기에서 빛을 반사하며 걸려 있는 거울 중 하나를 가리켰다. 내 입술과 얼굴은 마치 전사 분장을 한 것처럼 검붉게 물들어 있었다. 나는 얼굴을 닦으며 웃었다.

4

우리는 스피커에서 하교 종이 막 울릴 때 학교에 도착했고, 나는 곧장 베어네 교실로 갔다. 안도의 한숨이 나왔다. 베어는 매트 위에 앉아 문 밖을 응시하고 있었다.

"선생님, 베어 오늘 잘 지냈어요?" 하고 물었다.

"응." 제스터 선생님은 이렇게 대답했지만 나와 눈을 맞추지는 않았다. 베어는 평소처럼 교실을 가로질러 나한테 깡충깡충 뛰어오지 않았다. 동생은 옷걸이에 걸린 가방을 빼 들고 느릿느릿 걸어왔다.

"안녕, 베어." 나는 아이들 물결 속에서 동생을 끌어내 바닥에 반쯤 끌린 채 걸치고 있는 겉옷의 단추를 채워 줬다.

"네가 깜짝 놀랄 일이 있어!"

베어가 눈썹을 치켜올렸다. "대벌레가 더 생겼어?"

"아니, 오늘 탐방 갔다 왔거든. 대벌레들한테 줄 나뭇잎을 따 왔어. 다른 것도 있어. 집으로 곧장 가야 해. 비밀이니까."

"알았어, 쭈." 그런데 베어는 어디가 아픈지 움찔했고 나는 그제야 알아차렸다. 동생의 팔꿈치를 구부려 겉옷 안으로 집어넣으려다가 왼팔 티셔츠 소매 바로 아래 하얀 솜을 봤다.

"이게 뭐야?"

베어가 눈을 크게 떴다. "날 찔렀어!"

"누가 그랬어?"

"몰라. 하얀 가운을 입은 어떤 아줌마가."

"여기서 기다리고 있어!"

나는 급히 제스터 선생님에게 되돌아갔다. "베어 팔, 어떻게 된 거예요?"

"심각한 건 아냐, 주니퍼." 선생님은 짐짓 가벼운 목소리로 이렇게 말했다. "베어가 피 검사를 받았어."

"피 검사라고요?"

제스터 선생님의 얼굴이 어두워졌다. "교장 선생님이 필요한 허가를 받았다고 하셨어. 너희 할머니께도 말씀 드렸겠지?"

"아뇨, 아니에요!" 갈비뼈 안에서 심장이 쿵쿵거렸다. 목덜미에 땀이 송골송골 맺히는 게 느껴졌다.

"명단에 네 이름도 있었어. 그 사람들 중학교는 안 들렀니?"

"전 학교에 없었어요…" 내 목소리는 점점 작아졌다. 에티엔의 말이 생각나서다.

'오늘 가는 건 좀 이상해. 2, 3주 안에 갈 계획이 없었거든.'

그리고 애벗 교장도. 어젯밤 교장이 애니 로즈에게 전화로 무슨 말을 했지? '그들이 뭔가를 해야 한다고 했는데 그게 우리 피와 관련이 있는 걸까?'

갑자기 엔도 선생님이 화가 잔뜩 난 채 걸어왔다.

"베어한테 채혈 전문의가 왔다고요? 그건 중학생만 해당하는 거예요. 초등학생은 너무 어려요. 교장이 약속했다고요!"

"저도 어쩔 수가 없었어요. 교장 선생님이 강하게 밀어붙여서." 제스터 선생님은 당황해서 말을 더듬었다. 목이 빨개졌고, 가쁜 숨을 몰아쉬었다.

"채혈 선생님도 좋은 사람이었어요. 그분은 조심해서 다루려고 했어요. 근데 베어가 몸부림을 쳐서."

"당연히 몸부림쳤겠죠!" 엔도 선생님이 발끈했다.

"그냥 채혈 용기 하나 정도였어요!"

"하지만 그 사람들이 그럴 작정이 아니라면 왜 그랬겠어요…." 엔도 선생님이 말을 하다 말고 나를 보다가 다시 베어를 쳐다봤다. 동생은 팔이 더 이상 자기 몸의 일부가 아니라는 듯 그대로 내밀고 있었다.

"그럴 작정이라뇨?" 내가 조용히 물었다.

제스터 선생님은 내가 거기 있다는 걸 잊어버렸던 것처럼 화들짝 놀랐다. 선생님은 내게서 멀어져 다른 아이들을 배웅하기 시작했다. 아이, 책가방, 도시락. 공장 컨베이어 벨트에 놓인 패키지 상품 같다.

엔도 선생님이 내 팔을 쓰다듬었다. "내가 처리할게. 이건 실수야. 오류라고."

"저도 검사를 받게 되어 있었던 거죠? 그래서 오늘 노스엣지에 갔던 거죠?"

"넌 가만히 있어. 이건 네 싸움이 아니야. 내가 해결할게. 넌 베어를 데리고 집에 가." 엔도 선생님이 조심스럽게 말했다.

"저희도 알 권리가 있어요!"

엔도 선생님이 베어를 대할 때 안심시키려고 늘 그러는 것처럼, 고개를 끄덕이며 다시 말했다. "주니퍼, 약속할게. 내가 지금 교장 선생님을 만날 거야. 너희 둘은 할머니가 계시는 집으로 가고."

선생님이 베어의 머리를 헝클어뜨렸다. "귀염둥이야, 곧 괜찮아질 거야. 당분간은 마구 뛰어다니면 안 돼, 알았지?"

엔도 선생님이 나한테 윙크를 했다. "걱정 마. 너희 둘 다, 월요일에 보자."

나는 고개를 끄덕이고는 선생님이 교장실 계단으로 가는 것을 지켜봤다. 고개를 숙이고 교장실로 걸어가는 엔도 선생님의 모습은 어쩐지 꼭 아이 같아 보였다.

"쭈, 괜찮을까?" 베어가 내 손을 잡아당겼다.

"물론 괜찮을 거야." 내가 가벼운 목소리로 말했다.

"집에 가자. 애니 로즈한테 모든 걸 말해 줘야지."

5

애니 로즈는 부엌을 서성이고 있었다. 할머니는 베어의 붕대를 풀어 주고 식물원에 가서 놀라고 하며 동생을 내보냈다.

베어의 팔꿈치 안쪽은 몸부림친 흔적을 그대로 보여 주는 듯 시퍼렇게 멍이 들어 있었다. 바늘이 피부를 뚫고 들어간 작은 구멍이 다섯 개였다. 애니 로즈가 손가락 끝으로 부드럽게 더듬으며 바늘 자국을 찾는 동안 내가 설명을 해야 했다. 베어는 엉겨 붙은 피를 보자 울음을 터뜨렸다. 애니 로즈가 따뜻한 천으로 피를 닦아 냈다.

"저는 이해가 안 돼요." 내가 말했다.

"그 사람들이 왜 베어의 피를 원하는 건지 이해할 수가 없어요."

"주니퍼, 앉아라."

"애니 로즈! 겁나게 왜 그래요?" 하고 대답하는데 심장이 두근거렸다.

"와서 앉아, 얼른." 애니 로즈가 내 곁으로 다가왔다.

"애벗 교장이 말하고 싶었던 게 바로 이거였을 거야. 피 검사. 그들은 베어한테 면역력이 있는지 확인하고 싶은 거야. 너에 대해서도 당연히 했겠지, 네가 학교에 있었더라면."

"그게 자기들하고 무슨 상관인데요? 그 사람들이 왜 신경을 쓰는 거죠?"

애니 로즈는 손가락으로 식탁 위를 더듬었다. 그림 그리기와 글씨 연습으로 생긴 물감 얼룩과 파인 자국들, 베어와 나의 흔적들. 그리고 우리보다 앞선 엄마의 흔적.

"그들은 어쨌든 너희 피를 써 보고 싶은 거야. 여태껏 불가능하다고 했던 백신을 만들거나, 뭔가 과학적으로 가능한 방법을 찾았는지 모르지."

"그 사람들은 그런 귀찮은 일을 왜 할까요?"

"그러면 밖으로 다시 나갈 수 있으니까."

"그들은 야생을 싫어해요!"

애니 로즈가 고개를 끄덕였다. "하지만 쓸모는 있지. 포르샤 스틸이 인기를 되찾으려면 지금 가장 필요한 게 야생이야."

나는 코웃음을 쳤다. "뭐라고요? 포르샤 스틸은 인기가 더 필요 없어요. 우리의 구세주, 모두가 이렇게 말하잖아요!"

"주니퍼, 그건 선전일 뿐이야!" 애니 로즈가 부드럽게 말했다. "너는 그걸 확실히 알 수 있잖아. 다른 사람도 아니고 너라면. 사이렌 소리 들었지? 그리고 요즘은 또 매일 밤 드론 소리도? 이 도시는 굶주리고 있어."

"네." 나는 조용히 대답했다. 밤마다 울리는 사이렌과 드론 소리, 그리고 행진하는 발소리. 포르샤 스틸의 거리 순찰대가 긴급 상황에 출동하는 소리.

"주니퍼, 사람들은 화가 나 있어. 스틸은 몇 년 동안이나 사냥 부대를 내보낼 거라고 말해 왔어. 먹을거리를 구하려고. 연료와 물건 재료, 약까지. 왜 더 이상 사람들이 스틸을 볼 수 없게 되었다고 생각하니? 그 여자는 자기가 사람들 앞에 나서면 무슨 일이 벌어질지 알기 때문에 벙커에 숨어 있는 거야. 스틸은 시간에 쫓기고 있어. 스틸은 도시 탄생 50주년 기념일 파티가 폭동으로 변하는 걸 원하지 않으니까. 그 여자가 살 길은 다시 야생으로 들어가는 길을 찾는 거야."

"그건 안 돼요. 포르샤 스틸은 야생을 망가뜨릴 거예요."

애니 로즈는 고개를 끄덕였지만 아무 말도 하지 않았다.

"애니 로즈, 그 여자를 막을 수 없을 거예요!" 내가 소리쳤다. "앞으로는 더 나빠지겠죠."

야생에 대한 포르샤 스틸의 증오는 아주 깊었다. 야생이 자신의 라이벌이라도 되는 듯, 경쟁하는 신이라도 되는 듯 취급한다. 야생으로 나간 포르샤 스틸을 생각하면 손에 도끼를 든 모습이 떠올랐다.

"주니퍼, 우린 이 일이 너한테 어떤 영향을 줄지 생각해야 해. 너와 베어에게." 애니 로즈가 말했다.

"그 사람들이 내 피를 가져가게 놔두지 않을 거예요. 애니 로즈, 난 가만있지 않을 거라고요."

"애벗 교장이…." 애니 로즈는 겁에 질려 있었다.

"애벗 교장은 지옥에 갈 거예요. 내가…."

애니 로즈가 내 말을 잘랐다. 근엄한 목소리였다. "주니퍼, 넌 아무 일도 해서는 안 돼. 교장이 어떻게 할지 너도 알잖아."

애니 로즈는 그 단어를 소리 내 말하지 않았고, 나도 그 말은 내뱉지 않았지만 우리 둘 다 그 생각을 했다. 훈련원.

"우리 오늘 밤에는 그걸 점검을 해야겠다. 베어가 잠든 후에." 애니 로즈가 부드럽게 말했다.

"그거요?" 내가 어리둥절해하며 물었다.

"여행 준비물."

"싫어요, 애니 로즈!" 충격으로 울음이 터졌다. 그 말이 무엇을 뜻하는지 깨달았기 때문이다. 우리의 여행에 필요한 물건들. 야생으로 돌아가는 둘의 여행. 에너데일로 가는 여행을 위한 것. 하지만 아직은 때가 아니었다. 때도 아니었고 우리는 준비도 안 됐다. 나는 아무 말이나 마구 쏟아 냈다.

"이제부터 조용히 고개 숙이고 있을게요. 시키는 대로 할게요. 베어도 그렇게 하도록 내가 시킬⋯."

애니 로즈가 고개를 가로저었다. "그렇게 해서 될 일이 아니야, 더 이상은. 그들이 너희 피를 원하는 이상 이제 안 돼."

"저 밖을 여행하기에 베어는 너무 어려요. 게다가 곧 겨울이잖아요. 도와줄 사람을 찾을 수 있는 봄에 가라고 했잖아요!" 나는 베어가 자기 말을 들으라고 할 때 그러는 것처럼 애니 로즈의 손을 잡고 싶었다. 그 손을 힘껏 잡아당기고 싶었다.

가고 싶지 않다는 게 아니다. 다만 지금은 갈 수 없다는 거다. 우린 떠날 준비도, 작별 인사를 할 준비도 아직 안 되었다.

그런데 팜하우스에서 큰 소리가 나더니 부엌 문 앞에 베어가 나타나 자기를 봐 달라고 보챘다. "애니 로즈, 배고파!" 그러더니 "쭈, 우리 대벌레 꺼내 줄까?" 하고 말했다.

6

"누나, 날 놀라게 해 줄 건 어디 있어?" 저녁을 먹은 뒤 베어가 물었다. 동생은 테이블 위에 정글 장난감을 펼쳐 놓았다. 베어의 동물원. 동생이 이 세상에서 가장 좋아하는 작은 플라스틱 장난감 동물들이다.

블랙베리. 그걸 까맣게 잊고 있었다. 나는 책가방에서 하얀 상자를 꺼내 동생한테 건넸다. 베어는 의심스러운 눈길로 바라봤다. 블랙베리가 으깨지면서 나온 즙 때문에 주변 나뭇잎들까지 검게 물들어 있었다.

"난 안 먹을래."

"블랙베리야, 베어." 선물이라고 가져온 건데, 상한 것처럼 보였다. 어쩐지 위험해 보이기도 했고.

"주니퍼, 블랙베리라고?" 애니 로즈가 말랑하고 동그스름한 알맹이를 만지며 물었다. "어디서 찾았니?"

"노스엣지에 갔었어요. 대벌레들한테 줄 나뭇잎을 따러요." 내가 작은 소리로 대답했다.

"샘이 있는 곳?" 애니 로즈가 놀라며 물었다.

"네, 샘 아저씨도 애니 로즈를 안다고 했어요."

"한 번…" 미소를 지으려고 할 때처럼 애니 로즈의 뺨에 살짝 보조개가 패었다. "네가 메리언 딸인 걸 알든?"

"네."

베어가 무슨 말인가 하려고 입을 열었지만, 애니 로즈가 동생의 손에 블랙베리를 슬쩍 쥐여 줬다. "샘이 베리를 줬어?"

"그냥 가져왔어요. 그럴 생각은 아니었는데 하여간 그랬어요. 바보짓을 했네요. 오래 못 간다는 걸 알았어야 했는데."

"뭉개졌다고 해서 맛이 변하는 건 아냐. 베어, 먹어 봐. 이건 내가 먹어도 되지?" 애니 로즈가 뭉개진 열매를 입에 넣었다.

"어머나, 정말 맛있네! 이렇게 맛있는 건 정말 오랜만에 먹어 봐."

베어는 손가락으로 작은 열매를 뒤적이며 노려보았다.

"야생에서 먹는 거야." 애니 로즈가 목소리를 낮췄다.

"무슨 맛이야?" 동생이 물었다.

"병에 든 잼이랑 비슷해. 훨씬 더 신선하지만."

베어는 베리를 코앞에 대고 냄새를 맡더니 혀를 내밀어 열매에 대 보았다. "달아?"

"너도 좋아할걸." 애니 로즈가 대답했다.

베어가 확인하듯 나를 보았다.

"그건 나무에서 자란 거야, 베어. 블랙베리 나무에서 났어. 에티엔이랑 내가 땄지."

"에티엔 형?" 베어는 에티엔을 영웅처럼 숭배했다. 늘 그랬다. 에티엔이 우리를 못 본 척하기 시작했을 때조차. 동생은 만족하며 베리를 입에 넣었다. "더 없어?"

7

나는 너무 불안해서 베어의 잠자리 준비도 도울 수가 없었다. 애니 로즈 혼자 베어를 재운 뒤 나를 찾으러 왔다. 나는 식물원 안쪽 숨겨진 공간에서 완충 지대 너머를 내다보았다. 이유는 나도 모른다. 이런 밤엔 저 너머는 오로지 어둠뿐이다.

"유령이라도 본 것 같구나. 무슨 생각해?" 애니 로즈가 부드럽게 물었지만 나는 아무 말도 하지 않았다.

애니 로즈가 내 옆에 서 있고 나는 유리에 나란히 비친 우리 얼굴을 바라봤다. 우리 집에 있는 엄마 사진에 내가 나온 건 하나도 없다. 사진 속 엄마는 낯설다. 내가 나이 들면 애니 로즈를 닮을 거라고 확신한다.

"내 작문 때문이에요?" 내가 떨리는 목소리로 물었다.

애니 로즈가 격한 목소리로 말했다.

"주니퍼, 아니야. 절대 아냐! 그런 생각조차 하지 마! 애벗 교장은 몇 년 동안 우리 가족을 주시해 왔어. 네 엄마가 떠나는 바람에 그가 곤란해졌거든. 자기 학생 두 명이 몰래 빠져나갔는데, 그중 하나가 포르샤 스틸의 핵심층 아들이었잖아. 교장은 우리에게 늘 앙심을 품고 있었어."

"그런데 그게 뭘 뜻하는 걸까요? 피 검사 말이에요. 무슨 일이 벌어질까요?"

애니 로즈가 고개를 가로저었다. "나도 몰라. 하지만 기분이 좋지 않구나. 주니퍼, 들어가자. 나 혼자서는 그 궤짝을 감당 못 해. 이제 더 이상은."

애니 로즈를 따라 부엌으로 들어가는데, 내 발소리가 팜하우스 타일에 무겁게 울렸다.

궤짝은 우리가 에드워드 할아버지의 물건을 보관해 두는 곳이다. 할아버지는 도공이었다. 사고팔 꽃이 남아 있던 시절에 할아버지는 그릇과 꽃병을 만들었다. 할아버지는 엄마가 내 나이일 때 돌아가셨지만 애니 로즈는 할아버지의 도구를 전부 그대로 보관해 두었다. 심지어 진흙도 한 포대 있다. 비록 지금은 바위처럼 굳어서 만지면 먼지처럼 부서져 버리고 말지만.

"주니퍼, 한쪽을 잡아." 애니 로즈가 말했다. 우리 물건은 궤짝 안에 없다. 그것들은 궤짝 아래, 부엌 마루 밑 깊숙한 곳에 있다. 애니 로즈가 딱 한 번 보여 준 적이 있다. 베어가 온 직후, 모든 사람이 다시금 우리 얘기를 할 때였다.

궤짝 바로 아래 슬레이트로 된 판석이 살짝 헐거운 데가 있었다. 애니 로즈는 할아버지 도구 중 하나인 줄칼을 그 판석 가장자리의 홈에 끼워 넣고 비틀어 올렸다.

"이걸 들어 올려 본 지도 한참 됐네."

"내가 할게요." 애니 로즈가 얼마나 창백해 보이던지 나는 화들짝 놀라서 말했다.

두세 번 시도한 끝에 판석을 살짝 들어 올릴 수 있었다. 어찌어찌 판석을 들어 올리자 부엌 바닥을 지탱하는 나무 들보가 나타났다. 그리고 한 팔 깊이의 흙바닥에 플라스틱 상자가 놓여 있었는데 뚜껑에 알파벳 세 개가 적혀 있었다.

내가 천천히 그 알파벳을 읽었다.

"에스 오 에스(S. O. S.). 애니 로즈, 이게 무슨 뜻이에요?"

"조난 신호야. 무선으로 보내는 건데, 바다에 나가 있는 배들이 쓰지."

"네, 근데 이게 무슨 뜻이에요?"

"Save our souls(우리 영혼을 구하소서)."

애니 로즈의 대답에 나는 침을 꿀걱 삼켰다.

상자는 빨간 밧줄로 묶여 있었다. 손바닥이 밧줄에 쓸려 피부가 찢어지는 것 같았지만, 나는 끝까지 놓치지 않고 부엌 바닥에 무사히 올려놓았다.

다른 시절, 다른 환경에서 열어 보았다면 경이로웠을 물건들이 들어 있었다. 먼저 『캠핑의 기술』. 비록 100년도 더 된 책이라 책장은 누레지고 낱장으로 다 떨어졌지만 내가 가장 좋아하는 책 중 하나였다. 밖에서 자려면 어떤 준비를 해야 하는지 알려 준다. 캠핑. 사람들은 재미로 휴가 때 캠핑을 다니곤 했는데, 그저 재미로 일주일 정도 어딘가 멋지고 어딘가 색다른 곳으로 떠나는 것이다.

또 체온을 유지하고 몸이 젖지 않게 하려면 어떻게 해야 하는지도 나와 있었다. 먹을 것을 찾는 방법, 눈부신 도시의 불빛에서 벗어나 별과 나침반을 이용해 길을 찾는 방법을 알려 줬다. 책 뒤에는 필수 용품 목록이 있었고, 상자에 그 목록에 있는 물건 중 일부가 들어 있었다.

상자에는 왁스를 칠한 두꺼운 방수천이 두 장 들어 있는데, 하나는 바닥용, 다른 하나는 텐트를 치는 지붕용이다. 긴 손잡이가 달린 냄비 여러 개와 물을 담는 병 두 개, 마셔도 되는 물인지 확인할 때 쓰는 검사지가 들어 있는 작은 양철통도 있다. 침낭과 우주 담요라고 부르는 메탈 시트도 있는데, 이 번쩍거리는 시트는 두르고 있으면 몸에서 나는 열을 도로 반사시킨다. 손전등과 둥근 황금 나침반도 있다.

방수천으로 된 파우치 안에는 작은 상자들이 들어 있는데 뚜껑에 우아하고 목이 긴 흰 새가 그려져 있다. 고니다.

애니 로즈가 작은 상자 하나를 건네주었다.

"주니퍼, 하나 그어 봐. 아직 상태가 괜찮은지 확인해 보자."

상자 안에는 화약이 묻어 있는 막대기가 있고 그걸 꺼끌꺼끌한 상자 겉면에 대고 문지르면 일종의 화학 반응이 일어난다. 불이 붙는 것이다. 다만 내가 할 줄 모른다는 게 문제였다. 손바닥에서 자꾸 땀이 났고 내 손가락들은 어설프기 짝이 없었다.

"주니퍼, 더 빠르게. 더 힘껏."

다시 시도해 봤지만 또 막대기가 부러져 버렸다.

"주니퍼, 다시 해 봐." 하는 애니 로즈의 목소리에는 웃음기가 가득했다. "성냥불은 누구나 켤 수 있어."

이런 순간에 어떻게 웃을 수 있는지. 이젠 화가 나서 새 성냥개비를 꺼내 상자 옆면에 죽 내리그었다. 드디어 성공. 불꽃이다. 따뜻한 황금빛 불꽃이 살아났다.

도시에서는 불을 쓸 수 없다. 건물들이 너무 가깝게 붙어 있어서 불은 금지다. 그러나 지금 여기 불이 있다. 깜박거리며 내 손가락에 점점 가까워지는 불꽃.

"주니퍼, 손가락 데지 않게 조심해! 얼른 불어서 꺼!"

나는 후 불었다. 동화 속 생일 케이크의 촛불을 불어 끄는 아이들처럼, 세게.

부츠를 신어 봤는데 차가웠다. 어른 사이즈였지만 나는 발이 큰 편이라 괜찮았다. 애니 로즈는 늘 내 큰 키는 아빠한테 물려받은 거라고 말했다. 하지만 베어의 발보다는 두 배나 커서 금방 벗겨져 버릴 거다.

"애니 로즈, 이 부츠는." 하고 말하는데 내 목소리가 떨렸다. "베어에게…."

애니 로즈는 안다는 듯 고개를 끄덕였다. "우리가 구해야지. 엠포리엄이든 어디서든. 우리가 해결할 수 있을 테니, 주니퍼, 걱정 마." 하면서 계속 물건을 꺼내라는 손짓을 했다.

또 다른 파우치에는 칼이 들어 있었다. 하나는 우리 식물원에서 쓰는 가지치기 칼처럼 작았고, 다른 하나는 좀 더 컸다. 더 예리하고. 나는 손가락으로 칼날을 만졌다.

"애니 로즈, 칼은 뭐에 써요?"

"가는 동안 먹을 음식을 충분히 가져갈 수는 없을 거야. 주니퍼, 에너데일은 500킬로미터나 떨어져 있어. 너희들은 몇 주 동안 걸어야 해. 사냥을 해야겠지. 토끼든 새든." 애니 로즈는 잠시 말을 멈췄다. "네 엄마가 갈 때는 총이 있었어."

"총이라고요?"

"공기총이었지."

나는 고개를 가로저었다. "싫어요, 애니 로즈. 총은 싫어요!"

애니 로즈의 얼굴은 마치 돌처럼 딱딱하게 굳어 보였다. "밤중에 늑대 소리 들은 적 있지?"

물론 들은 적 있다. 모두가 듣고 있다. 도시에는 고유의 소음이 있다. 사이렌 소리와 웅 하는 발전기 소리, 통행금지 경보 소리. 늘 작동 중인 도시의 기계들. 늑대의 울음소리는 그 모든 기계음을 뚫고 들려온다. 베어와 나는 늑대 울음소리를 우리 이야기 속에 엮어 넣는다. 야생의 부름.

"전 못 해요, 애니 로즈."

"총이 있으면 돼."

"아니요." 이번엔 겁에 질려 내가 다시 말했다. "제 말은, 어쨌든 전 못 할 거예요." 나는 테이블 위에 펼쳐진 물건들, 다른 세계의 유물들을 바라봤다. "이 가운데에서 제가 할 수 있는 건 아무것도 없어요!"

"주니퍼, 넌 할 수 있어." 애니 로즈가 단호하게 말했다. "네 엄마가 했던 것처럼."

"전 엄마랑 달라요."

"넌 엄마를 닮았어." 진지한 말투지만 애니 로즈의 뺨에는 알 수 없는 미소의 흔적이 언뜻 비쳤다. "네 생각보다 훨씬 더."

"저 밖의 일은 아무것도 모른다고요."

"주니퍼, 애야." 애니 로즈는 부엌 벽을 따라 서 있는 책장으로 손을 뻗더니 책 제목들을 죽 읊어 줬다. 모두 어릴 적 잠자리에서 듣던 이야기들이다. 학교에서는 절대 들을 수 없는 이상한 이야기들. 『야생화와 식용 식물들』, 『별을 보며 항해하기』, 『천연 응급 처치법』. 또 끝없이 광대한 숲이 나오는 동화도 있었다. 『잠자는 숲속의 미녀』, 『빨간 망토』, 『헨젤과 그레텔』.

그중에는 애니 로즈가 어린 시절부터 간직해 온 책도 있었고, 엠포리엄의 외진 구석 먼지 쌓인 선반에 놓여 있던 책도 있었다. 어쩌면 좋은 책을 다시 펄프로 되돌리는 걸 바라지 않는 사람들이 우리 말고 더 있는지도 모르겠다.

나는 고개를 저었다. "그 책들은 읽은 지 너무 오래됐어요." 자신 없는 목소리로 말했지만 애니 로즈는 물러서지 않았다.

"네가 어렸을 때 읽은 책은 너의 일부가 되는 거야. 베어도 도와줄 테고. 걔는 그쪽으로 재주가 많으니까."

맞는 말이다. 애니 로즈는 더 이상 글을 읽을 수 없지만 베어한테 책 내용을 그대로 들려주었다. 베어가 그림을 묘사하면 애니 로즈가 기억 속에서 단어들을 꺼내서 완성하는 식으로.

"워렌에 가야겠다." 애니 로즈가 차분하게 말했다.

"워렌에요?" 나는 멈칫했다.

"넌 총이 필요해, 주니퍼. 사냥을 해야 할 테니까."

"애니 로즈, 워렌은 안 돼요! 거기는 절대로 가면 안 돼요."
워렌에서는 공기총뿐만 아니라 웬만한 건 다 구할 수 있겠지만,
그 뒷골목은 이 도시에서 가장 위험한 지역이다. 통행금지가 생
긴 진짜 이유이기도 하다.

"주니퍼, 워렌은 그렇게 끔찍한 곳이 아니야. 워렌 사람이라
고 해서 모두가 위험한 것도 아니고."

"물론 일부겠죠." 나는 너무 화가 났다. "솔직히 말해 애니
로즈는 이제 앞을 못 보잖아요! 절대 나가면 안 돼요!"

애니 로즈도 외출을 했었다. 점점 시력을 잃어 가면서도 이
곳저곳을 다니곤 했다. 하지만 내가 베어를 학교에 데리고 가거
나 장보기나 뭐 그런 일을 할 수 있을 만큼 자라자 애니 로즈는
외출을 그만두었다. 이미 일 년 넘게 집 밖을 나가지 않았다.

"거기 어떤 남자가 있었는데, 리와일더였어. 실반이라고. 그
사람이 네 엄마를 도와주었단다. 나는 지팡이도 있고, 길도 아
직 기억해. 어디로 가면 되는지 알아."

"안 돼요, 애니 로즈. 다 변했어요." 내가 간청했다. 우리 할
머니, 용감한 여전사. 우리를 위해 못 할 일은 아무것도 없다.

"샘 아저씨!" 내가 소리쳤다. 노스엣지로 견학을 다녀온 일이 벌써 아득하게 느껴졌지만, 샘의 얼굴이 갑자기 머릿속에 선명하게 떠올랐다. "샘 아저씨가 도와줄 거예요. 아저씨는 식물 재배사잖아요."

애니 로즈가 한숨을 쉬었다. "안 돼, 주니퍼."

"애니 로즈의 이름을 말하니까 샘 아저씨가 바로 알던데요. 엄마 이름도요. 엄마 안부도 물었는 걸요."

애니 로즈가 천천히 고개를 끄덕였다. "메리언이 그에게 갔었지. 샘이 네 엄마를 도와주긴 했지만 이미 오래전 얘기야."

"그래도 물어볼 만하잖아요? 워렌보다는 나아요. 에티엔이 주말마다 노스엣지에 가요. 거기서 일을 돕고 있거든요. 에티엔이 절 데려가 줄 거예요."

"주니퍼, 에티엔한테 말하면 안 돼!" 애니 로즈의 말에 순간 노여움이 묻어 나왔다.

"아무 말도 안 해요. 하지만 에티엔은 날 데려가 줄 거예요. 분명히 그래 줄 거예요."

"이 일에 대해 에티엔에게 한마디라도 입 밖에 내면 안 돼!"

"안 그래요."

"너는 물론 그 애를 위해서야."

"말 안 해요, 애니 로즈. 약속해요."

잠시 뒤 우리는 상자를 다시 바닥에 내려놓고 그 위에 판석을 덮었다. 나는 앞으로 한동안은 그 상자를 다시 꺼낼 일이 없기를 바라며 긴 한숨을 내쉬었다.

내가 꺼내 놓은 건 지도뿐이다. 나는 엄마가 지도에 직접 그려 넣은 오렌지색 선을 따라 손가락을 움직이며 오랫동안 들여다보았다. 우리를 에너데일로 이끌어 줄 길과 강줄기들. 그러나 아무런 느낌도 없는 건 프랙털이나 마찬가지였다. 도대체 집으로 가는 길을 내가 어떻게 찾을 수 있다는 거지?

3 수혈

1

토요일 오전엔 의무 체력 단련 수업이 있다. 도시의 16세 이하 아이들은 모두 아침 9시부터 정오까지 신체 활동에 참여해야 한다. 오늘도 여느 날과 다르지 않았다. 우리 행동이나 일상에 그 어떤 변화가 나타나서는 안 된다. 그 누구도, 그 무엇도 의심하게 해서는 안 된다. 특히 베어는. 여덟 살짜리가 비밀을 지킬 거라고 믿어서는 안 된다.

베어와 나는 등반 센터에 갔다. 베어는 '아동 정글짐'으로, 나는 '십대의 공포' 암벽장으로 향했다.

베어가 웃으며 센터로 뛰어 들어갔다. 동생은 정글짐을 아주 좋아한다. 아슬아슬하게 오르는 동안 아드레날린이 솟구치는 모양이다. 등반의 짜릿함.

반면 나는 혹시나 떨어질까 봐 늘 겁을 낸다. 한 번 올라갈 때마다 안전 장구를 세 번씩 확인하고 천천히, 조심스럽게, 벽에 붙어 있는 인공 홀드를 하나하나 손으로 더듬으며 오른다.

이걸 왜 하는지 모르겠다. 가끔씩 정말 무서울 때가 있는데 그러면 암벽 등반 대신 러닝 머신으로 가서 그냥 달리기만 한다. 아무 생각 안 해도 되니까 쉽다. 하지만 오늘은 나 자신을 시험하고 내가 해낼 수 있다는 것을 증명해야 했다. 나의 한계를 찍고 더 멀리 가야 한다. 게다가 에티엔과도 이야기를 해야 했다. 등반 센터는 에티엔에게 제2의 집이나 마찬가지다.

등반 센터는 옛 빅토리아풍으로 지어진 양수 펌프장 건물에 있는데, 성이라 불리는 그 건물 꼭대기에는 작은 탑들이 솟아 있고 몇몇 창문은 열려 있다. 나는 아직 거기까지 올라가 본 적이 없어서 뭐가 보이는지 모르지만, 어쨌든 완충 지대 너머를 볼 수 있을 거라고 생각했다.

아래만 내려다보지 않으면 계속 올라갈 수 있다. 그저 홀드 하나만 더, 한 번 더 팔을 뻗고 로프를 당겨 올리고 느슨해진 줄을 빼낸 뒤 다음 홀드를 찾는다. 그렇게 반복하는 거다. 아래를 내려다보지만 말 것.

나는 탑을 수직으로 올라 작은 탑들 중 하나로 들어갔다. 여태까지 올랐던 것에 비하면 훨씬 높이 올라온 거다. 창문까지는 겨우 몇 미터밖에 안 남았다. 누군가 이미 저 위에서 잠깐 숨을 고르고 있었다. 에티엔이었다. 창밖을 응시하며 나를 기다리고 있었다.

손가락에 초크를 바르고, 홀드를 찾아 꽉 붙잡았다. 발 디딜 곳을 찾아 오른발, 왼발을 옮긴 다음, 느슨해진 줄을 잡아당기고 호흡을 유지할 것. 그리고 절대 내려다보지 말 것.

잠시 뒤에 나도 에티엔이 있는 창문 가까이 도착했다. 창문은 반쯤 열린 채 고정되어 있는데, 공기가 다른 게 느껴졌다. 정체된 도시의 공기와는 확실히 달랐다. 더 시원하고 더 신선해서 마치 야생에서 오는 산소를 마시는 것 같았다.

공기를 꿀꺽 삼키고 한 걸음 옆으로 움직이자 내 머리가 유리창과 나란해졌다. 밖을 겨우 내다볼 수 있었지만 제대로 보이는 건 없었다. 야생은 보이지 않았다. 아래쪽으로 꺾인 금속판들이 시야를 가리고 있었다. 회색 도시의 주택 단지와 학교, 병원과 훈련원 건물을 내려다보며 감탄할 수도 있겠지. 그러나 아무리 애를 써도 완충 지대가 시작되는 지점까지만 가까스로 볼 수 있을 뿐이었다.

눈물이 나기 시작했다. 바보같이 멍청한 눈물이 뺨을 타고 흘렀다. 나는 손으로 눈물을 닦아 낼 엄두조차 내지 못했다. 손가락이 젖으면 홀드를 못 잡게 될까 봐 무서워서.

"주니퍼." 에티엔이 부드럽게 말하며 내 바로 옆으로 이동해 왔고, 우리는 같은 창문을 내다봤다.

"더 멀리 볼 수 있을 줄 알았어. 그냥 보고 싶었던 것뿐이야. 그냥 한 번만 봤으면."

"이 도시, 진짜 고문이지?" 에티엔이 말했다.

"그런데 다른 사람들은 왜 그렇게 생각하지 않을까?"

에티엔이 코웃음을 쳤다. "그 사람들은 자기들이 뭘 놓치고 있는지 몰라. 보이는 게 다 이런데 어떻게 알겠어? 있잖아, 이건 어제 말했어야 했는데, 미안해. 작년 일 말이야. 내가 바보였어."

"사과 안 해도 돼. 상관없어." 내가 말했다.

하지만 그건 중요한 문제였다. 마음이 아팠으니까. 마음이 쓰라렸다. 에티엔은 베어에게는 처음 생긴 형이었고, 내 친구였다. 그러던 그가 컸다고 우리를 밀어냈다.

"그때 내가 식물원에 질렸다고 했잖아. 너희랑 더 이상 어울리고 싶지 않다고."

"일곱 살짜리 꼬마와 여자애랑 놀기에는 나이가 든 거지. 죄는 아니야."

"주니퍼, 그게 아냐. 솔직히 말할게. 너희 식물원은 내 인생에서 최고였고, 나도 너랑 베어와 노는 게 좋았어. 다만…." 에티엔의 눈빛이 흐려졌다.

"설명 안 해도 돼."

"하고 싶어."

나는 아무 말 없이 고개를 끄덕였다.

"내가 무슨 일을 했는지 들었어?" 에티엔은 슬픈 것도 같고 화난 것 같기도 했는데, 어쩌면 둘 다인지도 모르겠다.

"잭이랑 있었던 일?" 에티엔이 뭘 말하는지 분명했지만, 나는 이렇게 물었다. 잭은 에티엔이 두들겨 팬 아이다. 에티엔이 그 애한테 한 짓을 모르는 사람은 없었다. 잭은 며칠간 학교를 쉬고 나서도 여전히 멍이 남아 있는 상태로 학교로 돌아왔다.

"내가 피했어야 했는데. 그냥 내버려 뒀으면 좋았겠지만 그럴 수가 없었어. 그때는 제대로 못 봤어. 잭이 나한테 미끼를 던진 건데." 나는 로프 매듭을 감고 있는 에티엔의 주먹을 봤다. 가늘게 떨리고 있었다. 목소리도 떨렸다. "그런 적 있어? 누군가를 찢어 버리고 싶다는 생각이 들 정도로 화가 난 적?"

나는 깊숙한 지하 벙커에서 온 도시를 지배하는 포르샤 스틸과 도시에서 도망친 엄마에 대한 괘씸죄로 베어에게 피 검사를 받게 한 애벗 교장을 떠올리며 고개를 끄덕였다.

그것으로 모든 설명이 끝났다는 듯 에티엔이 말했다.

"그러니까 내가 거기서 멈췄어야 했는데, 그럴 수가 없었어. 잭은 멍청이, 바보에다 고자질쟁이고 욕쟁이라는 걸 모르는 사람이 없잖아. 그런 잭이라도 일부러 싸움을 시작하지는 않았을 거야. 제정신이라면 아무도 그러지 않잖아. 우리들 머리 위로 훈련원이 언제나 어두운 그림자를 드리우고 있으니까."

"근데 왜? 그 애가 뭘 어쨌는데?"

에티엔은 곤란한 표정이었다. "실은 내가 어떤 책을 읽고 있었거든. 승인받지 않은 책이야."

"무슨 책? 나는 늘 그런 책들을 읽는데!"

"학교에서는 안 읽잖아. 내가 멍청했어. 내 책이 아닌데도 여봐란 듯 들고 다닌 건 바보 같은 짓이었어."

"응?" 도무지 영문을 알 수 없어 되물었다.

"네 책, 주니퍼."

에티엔이 어떤 책을 이야기하는지 바로 알아챘다.

"『비밀의 화원』!" 내가 말했다.

우리는 에티엔에게 책을 많이 빌려주었다. 아주 많이. 하지만 『비밀의 화원』이 마지막 책이었다. 몇 년 동안 잠겨 있던 정원을 발견한 메리 레녹스라는 소녀와 어린 시절 내내 집 안에서만 지내다가 밖으로 나오게 되는 콜린이라는 성질 나쁘고 병약한 소년에 대한 이야기다.

나는 그 책을 돌려달라고 할 수가 없었다. 에티엔이 우리를 모른 척하기 시작한 뒤로는. 그저 때때로 그가 그 책을 갖고 있다는 게 떠오르면 이렇게 생각하곤 했다. '뭐 괜찮아, 에티엔에게 더 이상 팜하우스는 없지만 그래도 최소한 남은 게 있잖아. 『비밀의 화원』. 아무것도 없는 것보다야 낫지.'

"잭이 그 책을 빼앗아 갔어. 그 자식이 이리저리 나를 피해 그 책을 들고서는 제목에 화원이라는 말이 나오고 표지에 울새가 있으니까, 보내서 펄프로 갈아 버려야 한다며 비웃었어. 책을 펼쳐서 한 글자라도 읽어 볼 생각 같은 건 아예 안 했지. 도저히 참을 수가 없었어!" 에티엔이 내 눈을 빤히 바라봤다.

"그 책은 어떻게 됐어?" 내가 작은 소리로 물었다.

"교장이 가져갔어."

"애벗 교장이?" 하고 되묻는데 내 속의 무언가가 느려졌다. 느리고 걸쭉한 느낌. 내 혈관 속의 피 같았다.

"주니퍼, 교장은 사냥을 시작했어. 그 책이 어디서 왔는지 알고 싶어 했지. 누구한테서 난 건지. 난 말하고 싶지 않았어. 그러자 내가 뭘 하는지, 누구와 어울리는지 모든 걸 감시하기 시작했어. 교장은 범인을 찾아서 포르샤 스틸한테 자기가 직접 보고할 거라고 했어. 그래서 그랬던 거야, 주니퍼."

"포르샤 스틸한테?" 나는 집에 있는 책들을 생각했다. 책이 꽂혀 있는 책장들. 그중에서 허락받은 책은 한 권도 없었다.

"널 멀리할 수밖에 없었어. 베어도. 애벗 교장 때문에."

"교장이 그걸 펄프로 만들었을까, 『비밀의 화원』을?" 나는 표지에 열쇠와 문과 울새가 그려진 그 책을 생각했다. 뭉개져서 펄프가 된 다음, 우리가 학교에서 쓰는 회색 줄이 쳐진 연습장이나 다른 용도로 재생되어 버린 것을 상상했다.

에티엔이 고개를 흔들었다. "아니. 그 책은 여전히 거기, 교장실에 있어. 맨 위 선반에. 그 책이 누구한테서 나왔는지 알아내기 전까지는 없애지 않을 거야."

"그런데 지금은 왜 나한테 말을 거는 거야?"

"네 작문 때문에. 교장은 이미 널 주시하고 있었던 것 같아."

나는 엄습하는 절망감에 사로잡혔다. 완전한 절망. "고작 책한 권 때문에 그렇게 난리를 치다니. 그냥 글일 뿐이잖아."

에티엔이 씁쓸한 목소리로 말했다. "책이 상징하는 것 때문이지. 사람들이 저 밖에 뭐가 있는지 알면 이 도시의 삶에 만족할 수 있겠어?"

"에티엔." 내가 갑자기 서둘러 말했다. "있잖아, 오늘 노스엣지에 갈 거지? 실습하러."

"그런데?"

"너한테 부탁할 게 있어…."

그때 밑에서 날카로운 호루라기 소리가 울렸다. 이 위에서 너무 오래 머물렀다. 우리는 나란히 로프를 잡고 아래로 내려왔다. 우리 둘 다 아무 말도 하지 않았다.

2

베어와 나는 등반 센터 밖에서 에티엔을 기다렸다. 에티엔은 우리를 보자 함박웃음을 지었다. 나는 에티엔을 이용하고 있다는 생각에 갑자기 극심한 고통을 느꼈다. 그를 이용하는 것일 뿐만 아니라 그의 실습 과정도 위험에 빠뜨리게 될 거다.

베어는 자기가 오늘 얼마나 높이 올라갔는지 자랑하더니 작전을 바꿔 피곤하다느니 다리가 말을 안 듣는다느니 하는 말을 늘어놓았다. 에티엔이 베어를 들어 올려 등에 업었다.

"우리 아기 곰, 이러면 좀 낫지?"

"난 더 이상 아기 곰이 아니야!" 베어가 말했다. "생일이 지났거든. 이제 여덟 살이라고."

"와, 여덟 살이야! 그래서 이렇게 무겁구나." 에티엔이 신음 소리를 내며 휘청거리는 척했다. "다 컸으니 그럼 걸을 수 있겠네, 큰 곰 씨."

"아니, 난 여기가 좋아!" 베어가 재빨리 대답했다. "여기서는 전부 다 볼 수 있거든."

에티엔이 내게 미소를 지었다.

베어는 저 혼자 휘파람을 불고 재잘거렸다. 동생은 새다. 동생의 책 맨 첫 장에 나오는 앨버트로스. 날개 길이가 어른 키보다 더 긴 거대한 바닷새. 두 팔을 쭉 펴고 하늘로 날아오르는 건 베어가 가장 좋아하는 상상 중 하나다.

"워어! 조심해!" 베어가 뒤로 젖히자 에티엔이 웃었다.

베어도 신이 나서 소리를 질렀다.

나도 웃었다. "베어를 잘 다루네."

"착한 애잖아."

"학교에서도 그렇게 생각해 주면 좋을 텐데."

"그 사람들이 뭘 알겠어?"

나는 어깨를 으쓱했다. "에티엔, 오늘 나도 너 따라 가고 싶은데. 노스엣지에."

에티엔이 날 빤히 쳐다봤다. "왜? 팜하우스가 있잖아."

"노스엣지는 달라. 너도 알잖아."

에티엔은 고개를 가로젓고는 머리를 숙였다. "안 돼, 주니퍼. 샘 아저씨의 금지 사항이야. 아무도 데려갈 수 없어."

"왜 안 돼?" 이건 정말 불공평하다.

에티엔이 웃었다. "그거야 규칙이니까! 무슨 꿍꿍이야?"

나는 몹시 속이 상해서 얼굴을 찡그렸다. 에티엔이 부럽다. "어쨌든 언제 갈 건데?"

"점심 먹고. 전철을 탈 거야."

"전철도 타게 해 줘?" 전철을 타는 게 딱히 금지된 건 아니지만, 의심을 불러일으키는 행위였다. 게다가 도시 반대편으로 가고 싶어 한다는 건 그들이 이해할 만한 소망이 아니다. '대체 왜 그런 일을 하고 싶어 하는 거야? 필요한 건 너희 집 현관 앞에 다 있잖아.' 그들은 이렇게 생각할 거다.

에티엔이 이상하다는 듯 나를 쳐다봤다. "난 허가증이 있어. 근데 왜 자꾸 물어봐?"

"아, 아무것도 아냐. 신경 쓰지 마."

우린 엠포리엄 앞에 도착했다. 베어는 에티엔 등에서 뛰어내려 유리창에 얼굴을 바짝 갖다 댔다. 진열 상품은 늘 바뀐다. 모두 그들이 더 이상 생산을 허락하지 않는 또는 만들어 낼 수 없는 물건들이다. 지금은 아무도 이런 물건들에 관심이 없지만, 베어와 나는 달랐다. 우린 둥지를 짓느라 온갖 잡동사니를 물어 나르는 까치들 같았다.

"쭈 누나, 에티엔 형한테 스노글로브 보여 줄까?" 베어가 물었다. "사자랑 말이랑 크리스마스트리가 있는 거?"

그 스노글로브는 몇 주 전에 나타났고 그때부터 베어는 내내 그 얘기다. 유리구 안에 도시의 광장이 꾸며져 있었는데, 흔들면 하얀 눈송이가 빙글빙글 흩날렸다. 받침을 빙 둘러 '트라팔가 광장'이라고 쓰여 있었다.

그렇지만 오늘은 스노글로브 생각을 할 여유가 없었다. 찾아봐야 할 물건이 있었으니까. 나는 장난감 코너를 뒤적이는 베어와 에티엔을 내버려 두고 곧장 신발 코너로 갔다. 발레 슈즈와 축구화, 볼링화가 보였다. 심지어 녹슨 날이 붙어 있는, 아득한 과거에서 온 스케이트까지 한 켤레 남아 있었다. 하지만 베어의 발에 맞는 작은 신발은 없었다.

"주니퍼." 하고 부르는 활기찬 목소리에 화들짝 놀랐다. 상점 관리원 바니 아저씨였다. "너 이쪽 코너에는 잘 안 오잖아!"

바니는 내가 처음 도시에 왔을 때부터 줄곧 날 챙겨 주었다. 그리고 베어도. 바니는 우리가 뭘 좋아하는지 안다. 베어에게는 플라스틱 동물 인형들, 나에게는 물감과 붓과 오래된 아트지, 그리고 우리 둘 모두를 위한 책. 바니는 어린이책이 새로 들어오면 우리한테 가장 먼저 건넨다. 늘 같은 방식으로. 살짝 윙크를 하고 비밀이라는 듯 손가락을 입술에 갖다 댄다. 마치 전혀 몰랐지 하는 것처럼. 오래된 책들은 상점 바로 뒤쪽에 숨겨져 있다. 어둡고, 먼지투성이 창고처럼 보이는 구석이지만 잘만 찾으면 최고의 보물을 건질 수 있다.

바니는 자기가 파는 것들이 시대에도 안 맞고 장소도 어울리지 않는다며 불시착한 물건이라고 부른다. 그는 우리 남매 역시 그런 존재라는 걸 안다. 아마도 그래서 우리한테 친절하게 대해 주는 것 같다.

"신발이 필요해서요. 베어 것이 다 떨어져서." 내가 말했다. "신발이 몇 달을 못 가는 것 같아요."

바니가 휘파람을 불었다. "네 동생은 빨리 자라는구나. 너희 식물원에서 개한테 물을 너무 많이 주는 것 같은데."

나는 희미하게 웃었다. "신발은 이게 다예요? 어린이 사이즈 신발은 더 없어요?"

"미안해요, 주니퍼 아가씨. 그런데 너도 알다시피, 쓸 만한 물건은 이렇게 멀리까지 오지도 않아."

나는 고개를 끄덕였다. 바니 말이 맞다. 신발이든 옷이든 뭐든, 이제 모든 게 부족하다. "바니 아저씨." 하고 내가 황급히 말을 꺼냈다. "있잖아요, 아저씨. 예전엔 저 밖에서 사람들이 사냥을 했잖아요? 토끼나 새, 뭐 그런 거요."

"수렵. 그걸 그렇게 불렀어. 수렵. 먹기 위해서 아니면 스포츠 삼아 동물들을 잡는 것 말이야." 바니가 또박또박 말했다.

"수렵, 바로 그거요." 바니가 내 말을 이해하는 것 같아 마음이 놓였다. "그러면 그때 사람들은 총 같은 걸 썼겠죠?"

바니가 긍정인 듯 부정인 듯 애매하게 고개를 끄덕였다.

"혹시 제가 그런 걸 찾는다면요?"

바니 얼굴이 일그러졌다. "그따위 물건은 단 한 번도 들여온 적 없어!"

"아저씨가 생각하는 그런 게 아니에요." 내가 재빨리 말했다. "여기서 필요한 게 아니에요."

"이 도시에는 총이 너무 많아!"

"도시에서 쓸 게 아니에요." 내심 초조했지만 단호한 어조로 말했다. 아마도 내가 여태껏 저지른 일 중 이보다 멍청한 일은 없을 것이다.

"주니퍼, 무슨 생각을 하는 거니? 여긴 그런 곳이 아니야." 바니가 고개를 가로저었다.

"그렇죠." 하고 나는 돌아섰다. 바니의 얼굴에 떠오른 표정을 견딜 수가 없었다. 실망감.

"죄송해요." 나는 그런 질문을 한 것만으로 나에게 화가 나서 이렇게 말했다.

베어가 킥킥 웃는 소리가 들렸다. 에티엔의 웃음소리도. 나는 웃음소리를 따라 세상에서 까맣게 잊힌 물건들이 놓인 진열대 사이로 그들을 찾아갔다. 흔들 목마의 삐걱거리는 소리 때문에 두 사람이 있는 곳을 알 수 있었다. 애완동물 코너.

유리구슬로 눈을 해 넣은 지저분한 늙은 여우는 이미 오래 전에 죽은 것인데도 나는 깜짝 놀랐다. 진드기의 먹이가 될 수 있는 피는 다 빼고 속을 채워 투명 상자 안에 넣어 두었다.

바니는 한두 가지 규칙을 어기는 것쯤은 신경 쓰지 않았다. 플라스틱 동물이나 책, 목마 같은 건 괜찮다. 그러나 총은 아니다. 공기총은 다르다. 그걸 미처 생각하지 못했다.

베어는 칠이 벗겨진 낡은 조랑말의 목을 두 팔로 감싸 안고 앞뒤로 흔들고 있었다. 에티엔은 그 옆에서 금색 은색 메달이 들어 있는 바구니에 손을 넣고 짤랑거리며 헤집고 있었다.

"이건 다 뭐야?"

"애완동물 목걸이야!" 베어가 말했다. "루퍼스, 제이미, 레오, 스모키, 뽀삐, 보, 골디, 스팟." 베어가 그 이름들을 큰 소리로 외쳤다. 동생은 그 이름을 다 외우고 있었다.

"베어, 가자." 내가 가라앉은 목소리로 말했다. "애니 로즈가 기다릴 거야."

"쭈 누나! 우리 아직 스노글로브를 못 봤잖아!"

"베어!"

"걱정 마, 쭈. 어딨는지 알아." 동생은 흔들 목마에서 뛰어내려 잡화 코너 쪽으로 앞장서 달려갔다. 그러더니 선반 맨 아래 칸, 오래된 양철 주전자와 주방용품 뒤에 숨겨진 스노글로브 쪽으로 손을 뻗었다. 베어가 작은 손가락으로 유리구를 감싼 채 들고 있고, 우리 셋은 눈이 날리며 모든 게 마법으로 바뀌는 모습을 함께 지켜봤다.

3

점심을 먹은 뒤 나는 팜하우스에서 두어 골목 떨어진 낡은 창고 밖에서 에티엔을 기다렸다. 그들은 이 창고를 연립 주택으로 바꾸려고 했지만 공사가 늦어져서 몇 달째 빈껍데기만 남아 있었다. 벽에는 다육 식물을 연상시키는 초록색 프랙털 무늬가 그려져 있다. 고리 문양 프랙털, 그 정밀함과 절대적인 완벽함을 응시하고 있는데 에티엔의 발소리가 들렸다. 나를 보자 에티엔이 고개를 떨궜다.

"주니퍼! 뭐 하는 거야?"

"너랑 같이 가려고. 노스엣지에."

"주니퍼, 넌 허가증이 없잖아. 가끔 경비원이 확인을 한단 말야." 에티엔이 다시 말했다.

"오늘은 안 할지도 모르지."

"하지만 만약에 하면?"

"그럼 내가 꾸며 델게."

에티엔이 영문을 모르겠다는 얼굴로 나를 쳐다봤다.

"에티엔, 부탁이야."

에티엔은 내키지 않는 표정으로 고개를 끄덕였다.

전철역은 우리 동네에서 몇 분 거리에 있었다. 에티엔이 앞서 걷고 내가 뒤따랐다. 사람들 눈에 띄지 않으려고 그러는 건지, 아니면 자기가 시작한 몇 안 되는 좋은 일을 위험에 빠뜨려서 나한테 화가 나서 그러는 건지 잘 모르겠다.

전철역의 벽돌 아치를 통과해 들어가자 열차는 이미 플랫폼에 들어와 있었다. 나는 에티엔이 내게 뛰라고 말하기도 전에 냅다 달려서는 열차 경비원을 지나 객차 안으로 곧장 들어갔다.

한때는 객차에 좌석이 있었는지 모르겠지만 지금은 다 뜯겨 나가고 없다. 열차가 철로 위에서 좌우로 덜컹거리며 마구 흔들리는 탓에 금속 천장에 달린 손잡이 끈을 붙잡았다.

나는 불안해하며 에티엔을 쳐다봤다.

"부서지진 않아!" 에티엔이 윙크를 했다.

도시가 창밖으로 빠르게 지나갔다. 한때 대학촌이었던 곳이다. 비록 대학교는 사라진 지 오래지만 뾰족 지붕들과 황금빛 돌 아치, 천사상과 이무깃돌* 같은 특이한 것들이 언뜻언뜻 보였다. 이런 걸 보면 세상에서 가장 아름다운 도시 중 하나였다고 말해도 손색이 없을 것 같다.

단 몇 분만에 노스엣지에 도착했다. 북역은 건물 전체가 알루미늄과 빛나는 유리로 되어 있었다. 언뜻 휘황찬란해 보였지만, 바로 북쪽 경계 지역에 있기 때문에 불안한 느낌도 들었다.

완충 지대가 바로 유리 벽 밖에 있어서 누구나 볼 수 있었다. 여기가 진짜 종착역이라는 것을 확실히 느끼게 해 준다.

"이쪽이야." 에티엔이 나를 스치듯 지나가며 이렇게 말했다. 나는 교대하러 가는 에코 공원 직원들과 어떻게든 축구를 할 만한 장소를 찾아낸 한 무리의 아이들을 피해 에티엔 뒤를 따라갔다. 어느 순간 에티엔이 한적한 길로 내 손을 잡아끌었다.

딱 한 번 우리가 사람들을 따돌렸을 때, 에티엔이 입을 열었다. "샘 아저씨가 허가증을 써 주실 거야. 잊지 말고 부탁드려."

에티엔이 한 말은 이게 전부였다. 에티엔은 내가 왜 노스엣지까지 따라왔는지는 묻지 않았다.

우리가 식물원에 들어섰을 때 샘은 줄지어 서 있는 식물들

* 난간에 끼워서 빗물이 흘러내리게 하는, 이무기 머리 모양의 돌로 된 홈.

에 물을 주고 있었다. 에티엔에게 "일행이 있네?"라고 말하는 샘 목소리에 어제는 느끼지 못했던 퉁명스러움이 묻어 있었다.

"주니퍼가 도움이 될 것 같아서요."

"그야 그렇겠지." 말은 그랬지만 확실히 냉랭했다. "네가 그 아이를 잘 감독해. 난 할 일이 있어서 말이야." 샘은 통로 한가운데 물뿌리개를 버려둔 채 사라졌다.

"이쪽이야. 잡초 뽑는 걸 네가 도와주면 되겠다."

한동안 에티엔과 보조를 맞춰 일을 했다. 여기 흙은 팜하우스보다 더 쫀쫀하고 더 촉촉했다. 우리는 새로 싹을 틔운 모종, 특히 잘못된 곳에서 싹을 틔운 쌍떡잎들을 골라냈다. 뽑아 낸 건 모두 파란색 양동이에 넣었다.

"이것들을 바로 옮겨 심어야 하지 않아? 말라 버리기 전에."

"이거? 이건 심을 데가 없어. 샘 아저씨가 그냥 퇴비로 만드실 거야. 주니퍼, 모든 걸 다 구할 수는 없어."

"내 생각에." 하고 모종 하나를 더 양동이에 던져 넣으며 내가 말했다. "샘 아저씨는 내가 온 게 달갑지 않으신가 봐."

"아저씬 그냥 바쁘신 거야."

"샘 아저씨에게 할 말이 있어."

"주니퍼, 무슨 일인데?"

"묻지 마, 알았지? 제발. 묻지 마." 나는 에티엔의 질문에 답을 할 수가 없었고 거짓말을 하고 싶지도 않았다.

에티엔이 어깨를 으쓱했다. "화분 창고에 계실 거야."

"화분 창고?" 나는 눈썹을 치켜세웠다. "백 년 전 얘기 같다."

에티엔이 웃었다. "아저씨가 자기 사무실을 그렇게 불러. 저쪽이야. 위를 올려다봐. 찾기 쉬워."

4

에티엔이 가리키는 곳에는 식물원 꼭대기로 올라가는 나선형 계단이 있었고, 새장이 매달린 천장 바로 아래로 긴 통로가 이어져 있었다. 보기만 해도 속이 울렁거렸지만, 그곳에 샘의 실루엣이 보였다.

좁고 촘촘한 계단은 가운데를 축으로 둥글게 돌면서 빙글 빙글 올라갔다. 나는 나지막한 난간 너머를 내려다보지 않으려고 내딛는 발에 집중했다. 난간이 너무 낮아서 상체가 아래로 쏠리는 듯했다. 내 체중이 나를 바닥으로 끌어당기는 것 같았다. 현기증, 바로 그 단어다.

나는 현기증을 높이에 대한 공포라고 생각하곤 했다. 하지만 현기증은 공포가 아니라 물건들이 빙글빙글 돌면서 기울어지는 것 같은 느낌이다. 어지럽고 울렁거리는 느낌. 높이를 두려워하는 건 고소공포증이다. 그런데 나는 오늘 아침에 등반 센터의 벽을 타고 꼭대기까지 올라갔다.

통로 끝에 문이 없었는데도 샘은 내가 다가가는 소리를 못 들었다. 곧장 말을 걸려니 어색해서 금속 틀을 똑똑 두드렸다.

"주니퍼!" 샘의 굵은 목소리에 놀라움은 없었다. 마치 나를 기다리고 있던 것처럼.

화분 창고라고? 오해를 불러일으키는 이름이다. 식물은 하나도 없고 컴퓨터만 쌓여 있었다. 벽에는 포르샤 스틸의 공식 사진이 걸려 있었다. 완벽해 보이는 금발에 햇볕에 그을리거나 나이 먹은 흔적도 없었고, 웃음기도 하나 없는 얼굴이 마치 하얀 돌이나 도자기 같았다. 내가 기억하는 한 늘 똑같은 사진이다. 포르샤 스틸도 자기가 지배하는 도시처럼 나이가 들었을까? 나는 일부러 사진을 등지고 섰다.

"저희 엄마를 안다고 하셨죠?" 내가 물었다.

"뭐, 꼭 그렇다고 할 순 없어." 샘의 흐릿한 눈은 나를 향했지만 나를 보고 있는 것 같지는 않았다.

"하지만 저희 엄마를 만나셨잖아요?"

"여기에 한 번 왔었지."

"아직도 연락하세요?"

"아니." 샘은 재빨리 대답했다.

"전 도움을 줄 사람을 찾아야 해요. 저와 제 동생요. 곤란한 지경에 빠질 것 같거든요."

샘이 웃음을 터뜨렸다. 낮고 씁쓸한 웃음이었다. "혹시 내가 도움을 줄 거라고 생각한 거니?"

"네." 나는 굽히지 않았다. "저희 엄마를 도와주셨잖아요."

"주니퍼." 샘은 화가 난 것 같았다. "그런 식으로 말하면 안돼. 누가 듣고 있을지도 몰라."

샘은 경고를 한 거겠지만, 괜한 엄포라고 생각했다. 사무실 구석에 카메라가 있었지만 요즘은 작동하는 카메라가 거의 없다. 우리 도시에는 전자 부품이 없다.

"제 말을 들어줄 사람은 아저씨뿐이에요. 아저씬 식물 재배사잖아요. 저희는 도시를 벗어날 방법을 찾아야 해요. 여행에 필요한 물건도 구해야 하고요."

높은 의자에 걸터앉아 있던 샘이 화분을 하나 건넸다. 화분 테두리에 검은 글자가 선명하게 새겨져 있었다.

"미래 과학." 내가 소리 내 읽었다. "이것 때문에 아저씨가 이 식물들을 모두 지킬 수 있는 거죠. 이것 때문에 이 식물원이 여전히 남아 있는 거고요."

"넌 미래 과학의 존재 의의가 박애에 있다고 생각하겠지."

"과학이 그런 거잖아요? 아저씨는 우리가 음식으로 또 약으로 언젠가 필요로 하게 될 식물을 키우고 있고요. 누군가는 이 일을 해야죠. 중요한 일이니까요."

샘은 어깨를 으쓱했다.

"아저씨가 저희를 도와주셔야 해요! 그 사람들이 제 동생

피를 뽑아 갔어요!" 이제는 애원조로 말했다. "어제 제가 학교에 있었더라면 제 피도 뽑아 갔을 거예요."

샘은 고개를 끄덕이긴 했지만 침묵을 지켰다.

"애니 로즈 말로는 그들이 백신을 만들려고 한대요. 야생으로 들어가려고요."

"그건 아니야." 샘의 목소리가 낮고 담담해서 겁이 났다. "백신은 효과가 없을 거야. 그 병에는. 면역력을 갖고 태어나야 해. 유전적으로 물려받아야 하는 거지. 아니면…."

"아니면요?" 대답을 재촉했지만 정말 그 답을 듣고 싶었던 건지는 잘 모르겠다.

"살아 있는 공급원이 필요해. 항체를 가지고 있는 존재. 포르샤 스틸은 드디어 과학적으로 실현할 수 있는 방법을 찾아냈다고 생각해. 그들은 수혈을 할 거야. 이 사람에게서 저 사람에게 면역력을 넘겨주는 거지. 네 피를 그들에게로."

나는 숨이 턱 막혔다. "우린 그들을 막아야 해요!"

"우리?" 샘이 웃었다. 내 살갗에서 뭔가 스멀거리는 느낌이 들었다. "이곳은 이제 시험 구역이 될 거야."

"시험 구역이라니요?" 형광 테이프를 쳐 놓은 철망을 내려다봤다. "이 식물원에 진드기가 있는 거죠?"

"포르샤 스틸의 부하들이 이미 사람을 모으고 있어." 샘이 여전히 무심한 어조로 말했다. 마치 로봇 같았다.

"지원자들을 찾는 거지. 네 동생 같은 피를 구하려고. 자신들의 이론을 테스트하려고 참가자들을 모으고 있어. 그런 일에 자원봉사를 하다니, 굉장하지!"

"제 동생은 자원한 게 아니에요." 내가 날카롭게 말했다.

"그들은 그 애를 자원봉사자라고 부를 거야. 그들은 나도 자원봉사자라고 부르거든."

"아저씬 그들과 협상을 했잖아요. 그 대가로 아저씨는 도시에서 가장 좋은 직업을 가진 거고요. 하지만 베어는 어린애라서 피를 주고도 아무런 보상도 못 받았어요."

"그 애도 곧 뭔가를 받을 거야. 너희 둘 다. 그들이 병원에 너희 이름을 붙인 병상을 두겠지."

"어떻게 그런 말을?"

"왜 안 된다는 거지?" 샘의 시선이 나를 따갑게 파고들었다. 물론 샘은 계속해서 나를 보고 있었지만, 그의 눈에서 어떤 감정의 빛은 사라지고 없었다.

아래층에서 문이 쾅 하고 닫히더니 콘크리트 바닥을 차는 묵직한 발소리가 들렸다. 샘은 깜짝 놀란 얼굴이었다. 샘은 바로 계단을 내려가려다가 돌아서더니 책상으로 가서 작은 카드에 글자를 휘갈겨 썼다. "이게 필요할 거다. 허가증이야."

"필요 없어요." 내가 톡 쏘듯 말했다. "다시는 찾아오지 않을 거예요. 그리고 아저씨는 에티엔이든 누구든 여기 오게 하면 안 돼요." 나는 교화반 아이들을 떠올렸다. 이곳이 커다란 놀이터라도 되는 듯 식물들 사이를 뛰어다니던 아이들.

"넌 이게 있어야 돼." 샘이 카드를 내 손에 억지로 쥐여 줬다. "내가 써 준 대로 해."

에티엔이 밑에서 기다리고 있었다. "손님들 오셨어요." 에티엔의 눈길이 내 카드를 슬쩍 스치고 지나갔다.

회색 광택이 나는 제복 차림의 남녀 두 사람이 우리 쪽으로 걸어왔다. 프로젝트를 감시하러 온 시 공무원들이었다.

"우린 그만 가는 게 좋겠다." 에티엔이 아무렇지 않은 듯 큰 소리로 말했다.

공무원들이 통행로를 가로막고 섰다.

"이 장소는 출입 제한 구역입니다." 여자가 말했다. "신원 확인을 해야겠습니다. 미성년자들이군요."

샘이 친절한 목소리로 대답했다. "애들요? 어유, 애들은 걱정 안 하셔도 됩니다. 학교에서 시도하고 있는 무슨 치료법 같은 거예요. 애네 둘은 전혀 문제될 게 없어요."

"오늘은 주말입니다." 여자의 얼굴은 표정 변화가 없었다. "왜 이 아이들이 여기 있는 겁니까? 확인이 필요합니다."

"보여 드려라." 그의 말에 에티엔과 나는 이름이 적힌 카드를 내밀었다. 하지만 내 카드에 쓰여 있는 건 내 이름이 아니었다.

"메리 레녹스." 여자가 큰 소리로 읽었다. 나는 샘을 빤히 쳐다봤다. 『비밀의 화원』에 나오는 메리 레녹스? 장난을 치는 건가? 나는 거인이 커다란 손아귀로 내 배를 쥐어짜는 것 같은 느낌이 들었지만 얼굴의 미소만큼은 잃지 않았다.

여자 공무원이 고개를 끄덕였다. 메리 레녹스란 이름은 확실히 아무런 의미가 없었다. "도시 반대편에서 왔군." 여자는 샘이 '사우스'라고 대문자로 써 넣은 카드 아래쪽을 가리키며 말했다. "빨리 돌아가도록 해. 곧 통행금지니까."

5

나는 멍한 상태로 역으로 걸어갔다. 에티엔이 신호를 보낼 때까지 아무 눈치도 못 챘다. "주니퍼! 네 허가증!"

열차 문 앞에 경비원이 서 있었다. 경비원에게 카드를 슬쩍 보여 주고 우리 둘은 뛰어서 차에 올라탔다.

"샘 아저씨가 도와주셨어? 네가 찾던 건 구했고?" 열차가 덜컹거리며 출발하자 에티엔이 물었다. 객차는 사실상 텅 비어 있었고 우린 한쪽 구석에 손잡이를 잡고 서 있었다.

"나한테 아무 말도 안 할 거야? 내가 널 노스엣지로 데려갔잖아. 나한테 신세를 진 거라고!" 에티엔은 반쯤은 농담이라는 것을 보여 주려는 듯 나를 보고 웃었다.

노스엣지에 데려가 주었으니 에티엔에게 고마워해야 했겠

지만, 그저 고개를 흔들 수밖에 없었다. 열차에 설치된 카메라가 비록 다 가짜라 하더라도 위험을 감수할 수는 없다. 지금은 안 된다. 샘한테 그런 얘기까지 들은 지금은 더더욱.

"아저씨한테『비밀의 화원』책 얘기했어?" 내가 물었다.

에티엔은 놀란 표정이었다. "아니, 내가 왜?"

"근데 샘 아저씨는 허가증에 왜 메리 레녹스라고 썼을까?"

에티엔이 어깨를 으쓱했다. "언젠가 읽으셨겠지. 나이가 많으시니까 책을 가지고 있었을지도 모르고. 그리고 너야말로 화원의 그 소녀잖아. 샘 아저씨는 그런 장난을 좋아하셔."

"그래?" 열차가 덜컹거리며 우리를 집으로 데려가는 동안 나는 얼굴을 찌푸린 채 고개를 돌려 가만히 도시를 내다봤다.

애니 로즈가 옳았다. 베어와 나는 떠나야 한다. 월요일, 그 실험실이 문을 열기 전에 우린 떠나야 한다.

우리 피에는 다른 사람들에게 없는 게 있다. 우리의 특이성. 백혈구는 반응이 빠르고 이동성이 높다. 그들의 백혈구는 그 병을 감당할 수 없지만, 베어와 내 백혈구는 다르다. 우리는 그렇게 타고났다. 우리 핏속엔 야생이 있고, 포르샤 스틸은 그 야생을 마지막 한 방울까지 다 빼앗아 가려 한다.

이 열차는 워렌을 지나가지 않지만, 내 머릿속에서는 엄마의 발자취를 그대로 따라가 그곳에 도착한다. 애니 로즈가 그 사람 이름이 실반이라고 했지. 그 사람이 진짜 리와일더라면 당연히 우리를 도와주지 않을까? 그 사람이 아직도 워렌에 있을 거라는 생각은 지나친 희망일까?

우리는 거의 통행금지 사이렌이 울릴 때쯤 집에 도착했다. 애니 로즈가 팜하우스 현관에서 기다리고 있었다. "주니퍼! 너 도대체 어디다 정신을 팔고 다니는 거냐?"

"죄송해요." 내가 숨을 헐떡거리며 말했다. "에티엔이 우리 부엌으로 해서 자기네 집으로 올라가도 돼요?"

"그러는 게 좋을 거야. 드론이 나왔어. 드론 소리 들리지?"

멀리서 지잉지잉 하는 소리가 들려왔다. 애니 로즈 말이 맞았다. 드론이 빙빙 돌고 있었다. 하지만 매일 밤 들리는 한결같은 소음이라 더 이상 신경 쓰지 않는다. 내게는 거의 들리지 않는 소리다.

4 뒷골목 워렌

1

일요일 아침 일찍, 나는 빈 가방을 들고 집을 나섰다. 문간에서 애니 로즈가 내게 지폐를 내밀었다.

"애니 로즈, 이건 만약의 사태를 위한 비상금이잖아요!" 내가 소리쳤다. "이걸 쓸 순 없어요. 돈이 필요하면 어떻게 해요? 우리가 떠난 뒤에요."

애니 로즈가 지폐를 내 손에 쥐여 줬다. "이 도시에 그럴 일이 있겠니? 주니퍼, 너무 무리하지 말고. 조심해라."

나는 고개를 끄덕였다. 부엌 책꽂이에 있는 『아기 이름 짓기』 책에서 실반이라는 이름을 찾아보았다. 징조가 좋았다. 실반은 '숲속에서'라는 뜻이다.

* * *

　워렌은 그늘이 져서 컴컴했다. 건물들이 다른 곳보다 더 높아서가 아니라 더 다닥다닥 붙어 있어서이다. 그리고 지저분했다. 장담컨대 거리 순찰대가 여기서 오래 머물지는 않을 것이다. 그러니 내가 그들과 마주치는 일도 없을 것이다.

　나는 익숙한 척 첫 번째 길로 들어서서 자신만만하게, 그렇다고 지나치게 자신만만해 보이지는 않게 보통 속도로 걸었다. 이 동네 출신인 것처럼 보이도록. 하지만 모퉁이를 돌다가 화들짝 놀라고 말았다.

　여러 쌍의 주황색 눈이 나를 빤히 보고 있었다. 검은색과 회색이 섞인 털에 햇살이 희뜩희뜩 부서졌다. 금방이라도 덤벼들 듯 긴장한 늑대였다. 늑대들의 머리 위로 시커먼 새들이 빙빙 돌고 있다. 까마귀인가? 큰까마귀? 갈까마귀? 베어라면 정확히 알 텐데. 불길한 징조라던 새다. 반짝이는 것을 훔쳐 간다던 새이기도 하고.

　한 여자애가 돌로 덮인 보도에 스프레이를 떨어뜨리는 바람에 쨍강 하는 소리가 났다. 그 애는 몸을 돌려 도망을 치려다가 멈칫했다. 아마도 자기가 그린 늑대와 새를 바라보는 내 태도가 이상해서 그랬는지도 모르겠다. 여자애가 웃었다. "표정 좀 봐! 너 겁먹었구나!"

"아름다워. 이것들은 정말로…." 어떤 단어를 골라야 할지 모르겠다. 이런 동물들은 한 번도 본 적이 없었다. 보통은 프랙털이 있어야 할 거리에 이렇게 크고 이렇게 대담한 동물 그림이 떡하니 자리를 차지하다니.

"난 늘 연습해!" 그 애가 말했다.

"연습?"

"응, 가끔씩 그들이 오거든. 너처럼 이렇게 이른 아침에." 여자애는 의심스럽다는 듯 이렇게 말했다.

"그들?"

"거리 순찰대 말이야. 이걸 하얗게 칠해 버려."

"뭐?" 나는 부르르 몸을 떨었다. 포르샤 스틸의 거리 순찰대가 여기까지 온다는 생각을 한 때문인지, 그들이 흰색 페인트를 통째로 끼얹어 단숨에 여자애의 작품을 지워 버리는 상상을 한 때문인지 모르겠다. 사실적. 이 그림에 딱 맞는 말이다.

"순찰대한테 붙잡히면 어쩌려고?"

"절대 못 잡을걸." 그 애가 말했다. "여긴 내가 훤하거든. 도망치면 돼. 엄청 빠르게, 이 늑대들처럼."

"그래?" 하고 말하는데 얼굴이 붉어졌다. 여자애 다리를 빤히 쳐다보는 걸 들켰기 때문이다. 여자애의 두 다리에는 금속으로 된 인공 뼈가 끼워져 있었다. 바지가 허벅지까지 접혀 있어서 무릎 바로 위쪽에서 금속 핀이 다리 속으로 들어가는 게

다 보였다. 피부는 보라색이고 마치 고무 같았다.

"그럼! 당연하지!" 여자애는 도전적인 표정이었다. "그런 다음에 순찰대가 갈 때까지 기다리면 돼."

그러더니 자기 다리를 가리키며 말했다. "우리 엄마가 돈을 모으고 있어. 하여간 다리가 이렇다고 느리진 않아. 도주로가 다 있으니까. 봐 봐."

나는 주위를 둘러봤다. 여자애는 아무렇게나 장소를 선택한 게 아니었다. 여기에서 갈 수 있는 길이 일곱 갈래나 되었다.

"근데 넌 여기서 뭐 해?" 여자애가 목소리를 낮추어 물었다. "뭘 찾으러 온 건데? 음식? 약? 옷?"

나는 다시 얼굴을 붉혔다. 내 옷이 낡고 해지긴 했어도 여자애 옷에 비하면 훌륭한 편이었다. 그 애는 거의 누더기를 걸치고 있었으니까.

"물건이 아니라, 사람이야. 우리 가족의 오랜 친구."

"그 사람 여기 살아?"

"그랬지. 연락이 끊겼어."

여자애가 눈을 굴렸다. "나한테 물어볼 거야, 말 거야?"

"실반이야."

잠깐이지만, 맹세컨대 여자애는 실망한 것 같았다. 하지만 이내 얼굴을 덮고 있던 머리카락을 획 넘기며 말했다. "실버 영감, 알지."

"실반이야." 내가 바로잡았다.

여자애가 낄낄댔다. "그래, 네가 그렇게 우긴다면."

"그 사람 아직 여기 있어?"

"갈 곳이 아무 데도 없잖아? 당연히 아직 여기 있지. 실버 영감도 나름대로 버티는 방법을 찾아냈거든."

"그 사람한테 날 좀 데려다줄래?" 나는 여자애에게 줄 게 아무것도 없어서 머뭇거리며 물었다. 근데 내가 뭘 챙겨 올 수 있었을까? 식물 화분? 우리 가족의 유일한 재산이 식물이다. 그리고 우리 혈관 속의 피.

여자애는 그런 건 아무 관심도 없는 것 같았다. "달리 할 만한 재밌는 일도 없으니까. 이쪽이야."

여자애는 그런 다리를 하고도 걸음이 가볍고 빨라서 따라가려면 안간힘을 써야 했다. 통통 튀고 뛰어오르는 듯한 여자애의 불규칙한 걸음걸이는 베어를 생각나게 했다. 여자애는 굳이 말하자면 중심가라고 할 만한 길로는 가지 않았다. 우리는 골목길과 계단을 지나 건물로 들어갔다가 반대편으로 나왔다. 때로는 아파트 안으로 걸어 들어가는 바람에 무단 침입을 하는 게 아닌가 생각했지만 그건 아니었다. 공용 공간이거나 연결 통로이거나 복도였다. 단지 개별 주거지가 너무 좁아서 사람들의 물건들이 밖으로 흘러나온 거였다. 윙윙 돌아가는 냉장고, 탁자, 장난감, 세탁물을 넣어놓은 빨래 건조대.

빨래로 눅눅해진 공기, 음식 하는 냄새, 층층이 쌓아 올린 집에서 살고 있는 사람들이 뿜어내는 끈적거리고 역겨운 냄새가 내 코와 입 안으로 들어왔다. 귓가에도 소음이 맴돌았다. 파이프 속을 흐르는 물, 비워졌다 다시 채워지는 물탱크, 어딘가 난로 위에 얹어 놓은 구식 주전자에서 나는 삑삑 소리.

사람 목소리도 있었다. 고함치고 울고 웃는 소리, 캑캑거리는 마른기침 소리.

"너도 이 근처에 사니?" 여자애에 대해 좀 더 알고 싶은 마음에 이렇게 물었다. 그 애는 내가 결코 본 적이 없는, 그리고 앞으로도 절대 보지 못할 늑대와 새를 해부학적으로 아주 완벽하게 그린 사람이니까.

"여기서 멀지 않아." 여자애가 어깨를 으쓱하며 대답했다. 어깨를 으쓱하는 게 다리를 절뚝거리는 것처럼 자연스러웠다.

우리는 화려한 돌 아치들이 늘어서서 거의 다리처럼 보이는 통로를 지나갔다. 아치는 모두 그물망으로 막아 놓았다. 이 아치를 통해 예전엔 뭐가 보였는지 궁금했다.

"너는 내내 여기서 살았…?" 하고 말하는데 갑자기 기침이 나오는 바람에 질문을 끝내지 못했다.

"공기 때문이야." 여자애가 통로를 힐끗 돌아보며 말했다. "미아즈마라고 하지. 병을 일으키는 나쁜 공기가 강에서 올라와. 워렌 바로 밑으로 강이 흐르거든."

그 정도는 나 역시 이미 잘 알고 있는 터라 고개를 끄덕였다. 누구나 아는 사실이다. 진드기가 나타난 뒤 보건 당국은 모기에 대해 편집증적으로 변했다. 그 작은 날벌레는 진드기처럼 사람을 물고 피를 빨아먹는다. 만약 그 병이 모기에게 퍼지면 인간들에게 더 빨리 전파될 것이다. 그런 이유로 모기가 번식할 만한 물이 고여 있는 곳은 모두 없애고 시 공무원들은 땅을 깊이 파내려 갔다. 그들은 엄청나게 크고 넓은 지하 저수지를 건설하고 그 위를 촘촘한 그물망으로 덮었다.

내가 계속 기침을 하자 여자애가 멈춰 섰다. "숨을 천천히 쉬어. 들이쉬고, 내쉬고. 알겠지?" 여자애가 시범을 보였다. "너무 깊지는 않게! 워렌의 공기를 너무 깊이 들이마시는 건 좋지 않아." 여자애는 어깨에 메고 있던 옛날 가죽 가방을 뒤져서 내게 물병을 건넸다. 의도한 건 아니었는데, 내가 주저하는 걸 본 게 틀림없다. "깨끗한 물이야. 보장해. 한참 끓였다고."

여자애가 다시 움직이기 시작했다. 모퉁이를 돌고, 계단을 내려가고 올라가고, 골목 같은 데로 들어가더니 멈춰 섰다.

"다 왔어."

깨어진 돌길 건너편, 정면에 길게 금이 간 낡은 건물을 가리키며 여자애가 속삭였다. "실버는 항상 저 안에 있어."

"실반이야." 내가 숨죽인 채 바로잡았다. 말은 중요하다. 특히 이름은. 실버라고 하면 안 된다. 그건 해적 이름이다. 롱 존

실버*. 실버라고 하면 누구나 은화를 떠올린다. 탐욕. 리와일더와 가장 어울리지 않는 말이다. 하지만 문간에 걸려 있는 간판은 잘 어울렸다. '독수리.' 마음속 깊이 전율이 느껴졌다.

"뭐 하는 데야?" 온갖 생각이 머릿속에서 샘솟았다. 비밀 클럽이거나 비밀 조직의 아지트인지도 모른다. 바깥세상과 은밀히 연결된. 아마도 에너데일에 대해, 그리고 거기까지 가는 길을 알려 줄 수 있는 사람이 저 안에 있을 거다. 독수리가 날고 있는 저 바깥세상으로 가는 길을 아는 사람.

여자애가 새된 소리로 웃는다. "펍을 보고도 모른다고?"

"펍이라면 주막이라는 거야?"

여자애가 웃음을 터뜨렸다. "뭐, 주막? 그런 걸 떠올리다니, 너 이 도시 출신이긴 한 거니?"

"열었을까?" 나는 옛이야기를 너무 많이 읽은 탓에 무심코 뱉은 구식 단어와 무지 때문에 얼굴을 붉히며 중얼거렸다.

"여기는 늘 열려 있어. 너 진짜 잘 모르는구나?"

"길 가르쳐 줘서 고마워." 내가 서먹하게 말했다.

여자애는 좀 서운한 표정이었다. "아, 삐치지 마. 놀릴 생각은 없었어. 이름이 뭐야?"

"주…."라고 말하려다 순간 베어와 내가 탈출해도 애니 로

---

* 소설 『보물섬』에 나오는 외다리 해적 선장.

116

즈는 여전히 도시에 있을 테니까, 할머니에게로 이어지는 흔적을 절대 남기면 안 된다는 사실을 떠올렸다. 잘 웃는 이 여자애를 위해서라도 우리는 마주치지 않았어야 했다. "준." 하고 순간적으로 애벗 교장이 부르던 이름을 댔다. "6월, 달 이름이지."

"진짜야?" 여자애의 얼굴이 밝아졌다. "내 이름도 달 이름이야. 난 메이야. 그리고 우리 언니 이름은 에이프릴."

여자애 얼굴에 기쁜 기색이 넘쳐흘렀고 나는 미소를 지었다. "언젠가는 나도 네 언니를 만날 수 있겠지." 내가 말했다. "석 달이 나란히. 우리가 모이면 봄이 완성되겠다."

누군가 낚아챈 듯 메이의 미소가 갑자기 사라졌다. "에이프릴은 여기 없어."

"어디 있는데?" 나는 목이 메는 것 같았다.

메이가 저 멀리, 온통 콘크리트와 금속으로 된 건물들 위로 우뚝 솟아 있는, 가장 높은 건물을 가리켰다. 훈련원이다.

"저런." 내가 우물거렸다. "정말이지, 정말 안됐다."

메이가 고개를 끄덕였다. 내가 달리 할 말이 없을 거라는 걸 안다. "실버 영감한테서 원하는 게 뭐든 꼭 얻어."

"응, 그럴게. 고마워, 메이."

"안녕, 준!" 메이는 통통 뛰어 모퉁이를 돌아 사라졌다.

2

'독수리'의 빨간색 문이 살짝 열려 있었다. 나는 문을 밀었다. 곧장 들어가지 않으면 기가 죽을 것 같았다.

안은 어둡고 공기가 탁했다. 이건 단순히 강물이 증발해서 생긴 공기가 아니다. 진하고 역겨운 무언가가 폐 속을 긁었다. 처음 들어갔을 때는 순간적으로 실내가 텅 비어 있다고 생각했는데, 자욱한 연기에 눈이 미처 적응하지 못해서 그랬던 것이었다. 탁자 몇 개와 의자들이 보이고, 나무로 된 긴 테이블 앞 높은 의자에 사람들이 앉아 있었다. 남자 두 명은 낮고 불분명한 목소리로 이야기를 나누고 있었고, 다른 이들은 대부분 밤새 마실 작정인 듯 술잔의 밑바닥을 응시하며 뭉개고 있었다.

과거 책에서 주막은 시끌벅적하고 북적거리는 장소로, 활활 타오르는 난롯가에서 여행자들이 길에서 들은 이야기들을 서로 나누는 곳이었다. 하지만 이곳은 그저 적막감만 느껴졌다.

길고 높은 나무 테이블을 카운터라고 한다는 게 뒤늦게 생각났다. 한 여자가 허공을 응시하고 있다가 내 시선을 느낀 듯 고개를 돌려 나를 바라봤다. 그녀가 집게손가락을 까딱거려 나를 불렀다. "미성년자잖아."

"네?"

여자는 표지판을 가리켰다. '만 19세 미만 출입 금지.' "미성

년자 맞지?" 여자의 손톱은 길고 구부러져 있었고 검은색이었
다. 마치 맹금류의 발톱 같았다.

"사람을 찾는데요." 내가 여자의 질문을 슬쩍 피하며 말했다.

"그래? 네가 찾는 사람이 지금 여기 있어?"

"사실은…." 나는 말을 더듬거렸다. "그, 그분 얼굴은 몰라요.
누가 여기 자주 온다고. 그래서…." 목소리가 점점 작아졌다.

"그래서, 그 사람 이름이 뭔데?" 여자는 반쯤은 지루해 보
이고 반쯤은 재미있어 하는 것 같았다.

"실반이라고."

"그런 이름은 들어 본 적이 없는데."

"지금은 아마 실버라는 이름을 쓸 거예요."

여자가 조롱하듯 말했다. "실버 영감? 그 양반 함부로 건드
리면 안 돼. 우리 집 단골 고객이거든. 무슨 말인지 알아?"

"그분한테 할 이야기가 있어요. 중요한 일이에요."

여자가 카운터 쪽으로 몸을 기대자 그녀의 입 속이 훤히 보
였다. 원래 이 대신 변색된 금니가 보였다. "글쎄, 지금은 여기
없어. 거의 매일 오는 사람인데." 그러더니 킬킬대며 웃었다. "내
가 뭐라는 거지? 거의 매일이라니! 실버는 하루도 안 빠져."

"기다릴게요."

"저건 어쩌고?" 여자가 '만 19세 미만 출입 금지'를 가리켰다.

"밖에서 기다리면 되죠. 어떻게 생겼는지만 알려주세요. 부

탁이에요!"

그때 내 뒤에서 문이 벌컥 열리더니 한 남자가 뛰어들었다.
"조심해! 거리 순찰대야!" 건물 밖에서 고함소리, 달리는 발자
국 소리, 황급히 짐 꾸리는 소리가 날아들었다.

여자의 시선이 나에게 꽂혔고 나는 그 자리에서 얼어붙었
다. 여기 있다가 들키면 안 된다. 그렇다고 지금 뛰쳐나가면 그
대로 거리 순찰대의 손아귀에 들어갈 거다. 여자가 뒷문을 힐
끔 쳐다보는 순간, 나는 카운터를 넘어 뒷문으로 가려고 벌써
의자 위로 올라서고 있었다.

뒷문을 열고 나가자 복도가 있고 밖으로 나가는 게 분명한
또 다른 문이 있었다. 다만 그 문에 맹꽁이자물쇠가 채워져 있
었다. 달리 갈 곳이 없었다.

그때 지하 창고로 내려가는 계단이 눈에 띄었다. 허둥지둥
어둠 속으로 내려갔다. 눅눅한 습기와 곰팡이 냄새, 위층 펍의
지독한 단내가 뒤섞여 코를 찔렀다.

지하 창고에 가득 차 있는 상자와 둥그런 금속 통에 부딪힐
까 봐 나는 아주 조심스럽게 움직였다. 그때 위쪽 복도에서 발
소리가 들렸다. 거리 순찰대가 신는 금속 구두 굽 소리다.

탑처럼 쌓인 커다란 운송용 상자들 뒤로 들어가 몸을 웅크
렸다. 움직이지 않으면 들키지 않을 것이다. 그때 그 소리가 들
렸다. 그게 뭔지 안다. 메이 말대로 아래에 강이 흐르고 있었다.

그때 계단이 삐걱거리는 소리가 들리더니 누군가 다가왔다. 발소리를 들어 보니 두 사람인 것 같았다. 한 명은 순찰대원이고 다른 한 명은 펍에 있던 여자다.

"욱!" 남자가 큰 소리로 구역질을 했다. "냄새 한번 고약하군! 이런 걸 어떻게 견딘담?"

"금방 익숙해져요! 사람들 쫓아내는 데 썩 유용하죠."

"숨기기에도 좋겠네!" 남자는 감명을 받은 듯한 목소리였다.

"그렇죠. 냄새를 없애려고 괜히 수고할 필요가 없다니까요."

"그럴 이유가 뭐 있겠소? 내가 눈 감으면 당신이 보상을 해 줄 텐데."

"자, 원하시는 게 술이에요, 고기예요?"

내가 급히 숨을 들이키는데 남자가 내가 숨어 있는 쪽을 흘깃 쳐다봤다.

여자가 킬킬댔다. "운이 좋으시네요. 엊저녁에 신선한 덩어리가 들어왔답니다." 여자가 박스 하나를 발로 툭툭 찼다.

덩어리라고? 고기? 나는 축축하고 끈적끈적한 창고 밑바닥에 더 바짝 웅크렸다. 저 아래 깊은 곳에서 강물 소리가 들려왔다. 꿀렁꿀렁. 배수관에서 물이 빠질 때 나는 소리 같다. 위가 비었을 때 나는 소리 같기도 하고.

상자가 창고 바닥에 끌리는 소리가 나더니 뚜껑이 열리는 듯했다. 탐욕과 교활함으로 가득 찬 남자의 끔찍한 웃음소리가 들렸다. 여자의 웃음소리도 꼭 닮았다. 내가 여기 있는 걸 여자가 알고 신경이나 쓰는지 궁금했다.

"근데 검사는 다 받은 거겠지?" 남자가 물었다.

"왜 가죽을 다 벗겼겠어요? 혹시라도 진드기가 있을지도 모른다면 감히 들여놓게 했을 것 같아요? 내게도 지켜야 할 평판이란 게 있다고요."

"지난번엔 깃털이 있었어. 집사람이 싫어했다고."

"하지만 이번 고기는 아내분이 좋아할 거예요. 댁 아이들도요. 포르샤 스틸 여사가 다음 달에 또 배급량을 줄일 거라는 얘기를 들었어요. 농장이 제대로 돌아가지 않으니까요. 재배 실적도 계속 나빠지고. 그러니까 당신도 번쩍거리는 스틸 여사의 제복을 입고 계속 오는 거고요."

"그러는 게 또 이점도 있으니까. 여러 가지로." 남자가 킬킬거렸다. 남자가 나머지 상자들을 훑어보는 동안 나는 강의 공기를 더 많이 들이마셨다. 메이가 말한 나쁜 공기, 미아즈마다.

드디어 남자가 마음의 결정을 했고, 나는 되돌아가는 두 사람의 발소리에 귀를 기울였다.

다리에 쥐가 나고 공기도 부족해 기절할 지경이었지만 나는 한참, 아니 고작 몇 분 정도였을까, 움직일 엄두를 내지 못했다. 마침내 내가 운송용 상자들 뒤에서 비틀거리며 몸을 일으키는데, 지하 창고 계단 꼭대기에 한 남자가 서 있었다.

헉 하고 숨이 막혔다. 다행히 번쩍이는 제복 차림도 아니고 금속이 달린 부츠도 안 신은 백발의 노인이었다.

"주인 여자 말로는 날 찾아온 사람이 있다던데." 소매를 걷어 올리고 팔을 내미는데, 온 팔에 잉크로 그림이 그려져 있었다. 나뭇잎과 깃털과 물고기다. 그가 그 그림들을 내게 보여 주었다. 바로 그 사람이라는 걸 알려 주는 그림이었다.

"실반." 내가 조그맣게 속삭였다.

"내 앞에서 그 단어를 입에 올리지 마." 그가 화난 어조로 나지막이 말했다. "두 번 다시는. 날 곤경에 빠뜨리려고 그러는 거야? 그래서 찾아온 거야?"

그가 빠르게 계단을 내려왔다. 갑자기 눈앞에 그의 얼굴이 나타나는 바람에 나는 비틀거리며 뒤로 물러났다. 누런 피부에 빨갛게 충혈된 눈. 혈관 속을 흐르던 분노가 터져 나온 눈이다.

"아니요." 겁에 질려 고개를 흔들었다. "곤란하게 해 드리려는 거 아니에요!"

"맹세할 수 있어?"

"약속해요!"

"이쪽이야." 그가 명령하듯 말했다.

허둥지둥 그의 뒤를 따라 계단을 올라가 뒷문으로 나갔다. 맹꽁이자물쇠가 열려 있었다. "그 사람들은 진짜 고기를 먹는 건가요?" 좁은 골목길로 들어섰을 때 숨을 헐떡이며 물었다.

"진짜 동물들한테서 나온 진짜 고기요."

"그런데?" 실반이 으르렁거리듯 되물었다.

"어떻게요? 사람들이 밖에 나가는 거예요? 할아버지는요?"

"너 바보냐? 그 대답은 너도 잘 알 거 아냐."

그가 손목을 뒤집자 팔 안쪽 피부가 드러났다. 잉크는 아니지만 어쨌든 색이 있었다. 정맥과 동맥이 파란색과 보라색으로 돌출되어 있었으니까. "물론 난 나갈 수 없어! 그게 없으니까. 그게 있으면 내가 여기 있을 것 같니? 네가 나한테 뭘 원하는지 모르겠다만, 난 네 편이 아니야. 알겠어? 네가 나를 뭐라고 생각하든 난 더 이상 그런 사람이 아니라고."

실반은 계속 앞으로 걸어갔고 내 심장은 마구 두근거렸지만 어쨌든 그를 따라갔다. 이곳엔 분명 도시 밖으로 나가는 길이 있어. 공기총도. 확실해.

실반은 가끔씩 주위를 흘끔흘끔 돌아봤다가 나를 쏘아봤다 했다. 하지만 나는 그를 놓치지 않고 구불구불한 워렌의 길을 따라갔다. 벽에는 '종말이 가까웠다' 같은 구호나 우리 집 여행 상자에 쓰여 있던 'SOS' 같은 글자가 쓰여 있고 서명 같은 것이 덧붙어 있었다. 다만 이곳의 낙서는 피처럼 빨간색 물감으로 휘갈겨 놓았다는 게 다르다.

어느 순간 실반이 나무가 그려진 벽 앞에서 걸음을 멈추고 숨을 골랐다. 베어가 그린 것 같은 단순한 그림이다. 갈색 몸통에 위로 퍼져 나간 가지들과 나뭇잎, 그리고 작은 깍정이에 싸인 열매.

"참나무예요." 그를 따라잡으며 내가 말했다. 실반이 고개를 끄덕이는데, 그가 내 말에 깊은 인상을 받았다는 생각이 들었다.

워렌은 복잡하고 지저분하고 시끄러운 곳이었지만, 왠지 다른 곳들과 달리 살아 있는 것 같았다.

실반은 석조 주택들 중 한 집 앞에서 걸음을 멈췄다. 그는 현관 계단 위에 올라서서 뒤돌더니 나를 똑바로 바라봤다. "참나무 아가씨, 이쯤 되면 널 들어오게 해야 할 것 같구나. 아무래도 널 떨쳐 낼 수 없을 것 같으니까."

나는 고개를 끄덕였다.

복도에 낡은 나무 난간이 있는 계단이 있었다. 위층으로 올라갈 거라고 생각했지만 실반은 곧장 복도를 따라 집 뒤편, 정원이 있을 것 같은 곳으로 향했다. 실반이 문을 열면 어쩐지 녹색을 볼 수 있을 것 같았다. 하지만 문 안쪽엔 더러운 플라스틱판으로 천장을 덮은 허름한 방이 있었다. 싱크대에는 접시가 무더기로 쌓여 있었고 구석엔 때에 찌든 침대가 놓여 있었다. 방 안 여기저기에 빈 병이 널브러져 있고, 고약한 냄새가 났다.

"자, 참나무 아가씨, 네가 원하는 게 뭔지 말해 봐."

나는 침을 꼴깍 삼켰다. "우린 탈출구가 필요해요. 도시 밖으로 나가는."

"우리?" 그가 날카롭게 캐물었다.

"제… 제 남동생과 저요." 이렇게 드러내 놓고 말하는 게 잘 하는 건지 확신이 서지 않아 말을 더듬었다. 하지만 내게 어떤 선택지가 있을까? 달리 찾아갈 사람도 없었다.

그가 나를 뚫어져라 바라보았다. "저 밖에서 살아남을 수 있을 것 같으냐?"

"면역력이 있어요." 내가 반항하듯 말했다. "그 병에요."

실반은 고개를 젖히고 웃었다. "그거면 충분할 것 같으냐? 그게 그렇게 쉬울 것 같아?" 그는 병 하나에 손을 쓱 뻗더니 손 가락으로 뚜껑을 땄다.

"아뇨." 내가 톡 쏘듯 내뱉었다. "쉽지 않겠죠. 하지만 우린 여기 있을 수가 없어요. 그들이 우리 피를 원하니까요."

실반이 관심을 보였다. "그럼 그들이 널 이미 시험한 거야?"

"제 동생요. 이제 제 차례예요."

실반이 천천히 고개를 끄덕였다. "몇 년 전에 테스트를 한다 며 워렌 사람들을 잡아간 적이 있어. 결국 그중에서 운 좋은 사 람을 몇 명 찾아냈지. 하지만 그 사람들을 밖으로 내보내서 포 르샤 스틸의 눈과 귀가 되게 했을 때, 당사자들은 결코 운이 좋 다고 생각하지 않았어. 포르샤 스틸은 고립이라는 변수를 고려 하지 못했던 거야. 그게 사람에게 어떤 영향을 미치는지."

"그게 무슨 말이에요?" 내가 망설이다가 물었다.

실반이 히죽 웃으며 자기 머리를 가리켰다. "그야말로 거친 야생이 되어 버린 거야. 지금껏 보고를 해 오는 사람은 몇 명 안 돼. 뭐, 그렇다고들 하더군. 그런데 그 사람들 제대로 미친 것 같아. 돌아오게 해 달라고 애원하는 걸 보면."

"그 사람들이 고기를 보내는 거예요?"

실반이 고개를 흔들었다. "아니, 저 밖에는 항상 장사꾼들이 있어. 들락날락하면서 도시와 거래할 기회를 찾는 사람들." 그가 바닥을 가리켰다. 주의해서 들으니 펍의 지하에서 들었던 것처럼 나지막하게 쿨렁쿨렁하는 소리가 났다. "물건들은 물길을 따라 들어와."

나는 얼굴을 찌푸렸다. "강으로요? 우리도 그리로 나갈 수 있을까요? 할아버지가 도와주시면?"

"내가 도와줄 거라고 생각해?"

"우리 엄마가 온 적 있어요. 메리언이라고."

실반의 누런 얼굴에 시뻘건 불길이 확 타올랐다. "이름은 안 돼. 난 누구의 이름도 알고 싶지 않아." 그는 손에 들고 있던 갈색 병을 입에 대고 벌컥벌컥 들이켰다.

"돈을 드릴 수 있어요. 아니면 식물을 가져다 드리거나. 저희 할머니가 식물 재배사거든요. 남은 사람들 중 한 명이죠." 나는 잠시 멈췄다 계속했다. "여기도 식물이 필요해요. 한때는 정원이었겠죠. 식물이 있으면 기분이 좋아지실 거예요."

실반이 진짜 경멸하는 듯한 눈길로 나를 쳐다봤다.

"내가 그런 걸 원할 것 같아? 한때 세상이 어땠는지 기억하고 싶어 할 것 같냐고? 내가 원하는 건 돈이야. 현금 아니면 황금." 그는 병을 들어 한 모금 더 마셨다. "내 기분을 달래 주는 건 이것뿐이야. 도대체 넌 날 뭐라고 생각하는 거야? 아이들을 이끌고 도시를 벗어나 산으로 들어가는 '하멜른의 피리 부는 사나이'? 탈출구는 없어. 완충 지대를 넘어가는 수밖에."

"경비대는…." 하고 내가 입을 열었다.

"그들이 안 볼 때 가야지. 그 사람들이 네 피를 원하는 걸 안다면서 여태 여기서 뭘 하는 거냐?"

눈물이 나서 눈이 따가웠다. 나는 애니 로즈가 준 비상금 주머니 속으로 손을 뻗었다. 돌돌 만 지폐를 실반에게 내미는데, 손을 떠는 나 자신에게 화가 났다. "그럼 공기총이라도."

실반은 양팔을 들어 올리며 웃었다. "이봐, 참나무 아가씨, 나에 대해 잘못 알고 있구나. 총은 처벌이…." 그가 엄지손가락을 자기 목에 대고 옆으로 죽 그었다. "그걸 알아야지."

"우린 식량도 필요해요." 내가 말했다.

"너희 집에 있는 배급품은 다 가져가. 들고 갈 수 있는 건 뭐든지." 실반이 찬장을 샅샅이 뒤지는 걸 보고 나한테 무슨 단백질 볼이나 비타민 스틱, 아니면 다른 인공 음식이라도 챙겨 줄 건가 보다 생각했지만, 실반은 그저 녹슨 금속 틀을 꺼내

와서 의기양양하게 탁자 위에 올려놓았다.

"이게 뭐예요?" 내가 얼굴을 찌푸렸다.

"쥐들의 시대에 쓰던 거지. 네가 이곳을 하멜른이라고 생각하는 것 같으니까. 이건 덫이야."

"우리가 쥐를 먹어야 한다고요?"

"네가 잡을 수 있는 건 뭐가 됐든 먹어야 할 거야. 그곳에서 살아남고 싶다면."

"이거 쓸 수 있는 거예요?"

실반은 어깨를 으쓱하더니 내 손에서 지폐를 낚아챘다. 내가 방금 우리가 모은 돈을 몽땅 녹슨 상자 하나랑 바꾼 건가?

"이건, 잘 모르겠어요." 하고 말을 시작하려는데, 실반은 다시 찬장을 뒤졌다. 마침내 그가 작은 알약이 든 포장 팩을 꺼내 왔다. "이것도 가져가. 난 필요 없으니."

"뭐예요?"

"항생제야."

"우린 면역력이 있는데요." 영문을 알 수 없어 이렇게 말했다.

"이봐 꼬마 친구, 난 네가 누군지도 모르고 알고 싶지도 않지만 면역력에도 정도가 있어. 면역 체계에 시동을 걸어 주어야 할 때도 생긴단 말이지. 혹시 물리면, 아마 그리 되겠지만…."

나는 속이 메스꺼웠지만 어쨌든 고개를 끄덕였다.

"하루에 세 알씩 먹어. 그럼 도움이 될 거야."

"고맙습니다." 말은 이렇게 했지만, 알약 포장 팩을 보고 실망감을 감출 수가 없었다. 하루에 한 알씩만 먹어도 여행 중간에 약이 떨어질 것이다. 두 사람에겐 부족한 양이었다.

"너희 남매에게 행운을 빌어 주마. 어쩌면 이미 필요한 행운을 다 가졌는지도 모르겠지만. 이곳을 벗어날 수 있으니까."

"할아버지도 아셨어요?" 묻지 않을 수가 없었다. "그 당시에 그러니까 그 병을 풀었을 때 인간이 이렇게 도시에 갇혀 살게 될 줄 말이에요." 실반이 고개를 끄덕였다.

"알면서도 할아버지는 그 일을 하신 거죠?"

"가끔은 사태가 걷잡을 수 없게 되어 버렸다는 생각이 들때가 있어. 내 말은, 우리 리와일더들은 지구를 구하려고 했던거야. 우리가 진짜로 사람들이 죽기를 원했을 리가 없잖아?"

실반이 긴 한숨을 내쉬었다.

"하지만 어쩌면 우리가 원했을지도 모르지. 우린 화가 날대로 나 있었으니까. 다만 한 가지, 그렇게 빨리 퍼질 줄은 상상도 못 했어. 마치 그 병이 진드기를 어떻게 한 것 같았어. 무적으로 만들어 놓았지. 진드기를 막을 수 있는 건 아무것도 없었어. 진드기가 가는 곳은 어디든 그 병이 따라갔지. 이 나라를 덮치고, 그다음은 대륙, 그리고 전 세계로. 결국 사람들은 더이상 사망자 수를 세지 않게 되었어."

그가 바닥을 내려다보는데 눈에 물기가 어려 있었다. 내 귀에 엊그제 학교에서 본 오래된 필름에서 나오던 울음소리가 들렸다. 실반이 무엇을 보고 있는지 알 것 같았다.

"할아버지는 야생을 구하셨어요." 내가 조용히 말했다.

실반이 고개를 들어 나를 봤다. "하지만 얼마나 갈까?"

5 에티엔의 GPS

1

우리 아파트 길로 들어섰을 때 에티엔이 나를 기다리고 있었다. 에티엔은 벽에 기대고 앉아서 손가락으로 보도를 계속 두드리고 있다가 나를 보자 벌떡 일어났다. "얘기할 게 있어!"

"안 돼. 시간 없어." 책가방 속에 들어 있는 덫이 철컹댔다. 에티엔에게도 분명 들렸을 거다.

"부탁이야, 주니퍼."

"시간 없어." 내가 되풀이했다. "애니 로즈가…."

"네가 꼭 들어야 하는 이야기야."

그의 목소리에는 나를 설득하는 뭔가가 있었다. "알았어. 무슨 얘기야?"

에티엔이 주위를 둘러봤다. "여기선 안 돼. 우리 집으로 가자." 우린 아파트 건물 현관을 지났다. 예전에는 문 한가운데 햇살처럼 퍼지는 색색의 유리 판이 끼워져 있는 오래된 현관문이 있었다. 그런데 어느 날 밤 몇몇 애들이 현관문을 박살내 버린 뒤에 불투명한 플라스틱 판으로 바뀌었다.

"근데 어디 갔다 오는 거야?" 에티엔이 물었다.

"모르는 게 좋아." 나는 이렇게 중얼거리며 에티엔의 뒤를 따라 성큼성큼 계단을 올라갔다.

에티엔네 아파트는 꼭대기 층이다. 크기는 우리 집과 똑같고, 베어 방이 있는 작은 공간에 에티엔 엄마의 공부방이 있는 것만 달랐다. 벽은 온통 끝없이 나선형으로 뻗어 나가거나 선들이 끊임없이 갈라져 나오는 프랙털로 되어 있어서 최면에 빠질 것 같았다. 모든 게 초록 톤이었다. 에티엔의 엄마는 자신의 프랙털은 자연에서 온 것이라고 했다. "프랙털이 우리에게 도움이 되는 이유는 바로 그 때문이야. 포르샤 스틸은 그 이유를 결코 알아내지 못했지만."이라고 그녀는 말했다.

"엔도 선생님이 사라졌어." 에티엔 방에 들어갔을 때 에티엔이 말했다. "아침 일찍 등반 센터에 갔었어. 마미코도 왔는데, 마미코 말로는 그들이 밤에 왔었대. 동네 사람들이 다 봤대."

"누굴?"

"비밀경찰."

"비밀경찰이 엔도 선생님을? 그들이 선생님을 데려갔다고?" 숨이 턱 막혔다. 바닥이 빙글빙글 돌면서 거대한 손이 내 가슴을 압박해 왔다. 쇳덩이 같은 주먹이….

에티엔이 고개를 끄덕였다. "더 있어. 마미코가 엔도 선생님이 너랑 베어에 대해 자기 엄마한테 하는 말을 우연히 들었대. 무슨 일인가가 벌어지려고 해서 선생님이 막으려고 했다고. 너한테 무슨 문제가 생겼다는 거지."

나는 에티엔을 뚫어져라 쳐다봤다. "엔도 선생님은 우리를 도와주려고 했어! 그저 우리를 도와주려고 했을 뿐이라고, 에티엔!" 거대한 손이 다시 강철같이 차가운 손가락에 힘을 더 세게 줬다. 산소가 부족했다. 이 도시는 늘 산소가 모자란다. 나무를 모두 없애 버렸으니, 당연한 일이다.

"주니퍼! 무슨 일이야?" 에티엔이 불안한 눈으로 나를 봤다.

"포르샤 스틸 때문이야! 그 여자가 우리 피를 가져가고 싶어 하니까. 수혈을 하려고."

"수혈이라니? 무슨 말을 하는 거야?"

"우리한테 수혈을 받아서 면역력을 얻으려는 거야. 그러면 야생으로 나갈 수 있으니까. 예전처럼 또다시 자연을 수탈하는 거지. 그래서 샘 아저씨를 만나려고 했던 거야. 그래서 너한테 다시 노스엣지로 데려가 달라고 졸랐던 거고." 내 얼굴엔 냉소가 떠올랐다. "샘 아저씨가 도와줄 수 있을 거라고 생각했거든."

"뭘 말이야, 주니퍼?"

나는 창가로 걸어갔다. 창밖으로 팜하우스가 바로 들여다 보였다. 팜하우스 안에서 작은 형체가 타일 위를 지그재그로 움직이고 있었다. 베어였다.

"너 떠날 거지." 에티엔이 내 옆으로 와서 섰다.

"에티엔, 그럴 수밖에 없어. 오늘밤에 거길 지나갈 거야."

"거기?"

"완충 지대." 나는 에티엔을 쳐다보지 않고 이렇게 말했다. 공포에 질린 그의 얼굴을 보고 싶지 않았으니까.

"주니퍼!" 에티엔이 헉 하고 숨을 내뱉었다. "밤에 총소리 들은 적 없어? 너도 사격 소리 들었을 거 아냐?"

"응." 내 대답은 거의 속삭임에 가까웠다.

"새나 동물들이 넘어오지 못하도록 겁을 주기 위해서 그러는 거래. 하지만 경비대가 동물이나 사람을 구별할 거라는 생각은 안 들어. 너희가 어느 방향으로 가는지 신경도 안 쓸걸."

나는 완충 지대의 가장자리를 따라 일정한 간격으로 세워진 철제 초소를 바라보았다. 각 초소마다 저격수가 있었다.

"경비대는 절대로 감시를 멈추지 않아. 그리고 정말로 죽일 생각으로 총을 쏜다고." 에티엔의 목소리는 절박했다. 그리고 겁에 질려 있었다. 우리 때문에 두려움에 떨었다.

"방법을 찾을 거야." 나는 대담하게 에티엔의 말은 무시하고 이렇게 말했다. 지금은 그저 에티엔이 입을 다물어 주기만을 바랄 뿐이었다. 불가능하다는 말은 듣고 싶지 않았다. 날 말리기 위해 에티엔이 베어를 이용하는 건 더더욱 바라지 않았다. "우리 엄마는 해냈어. 엄마는 건너갔다고."

"그때랑 달라."

"에티엔, 우린 선택의 여지가 없어!" 내가 딱 잘라 말했다. "그들이 엔도 선생님을 잡아갔다면 이제 우리에겐 다른 방법이 없어. 모르겠어? 애벗 교장이 우릴 데려가려고 나섰다고. 다음 차례는 베어와 내가 될 거야. 분명한 건 훈련원은 아니라는 거지. 그보다 더 나쁜 데야."

에티엔이 천천히 고개를 끄덕였다. "불가능하다는 건 아냐. 불가능이란 없어. 하지만 잘 알아보고 해야 한다는 거지."

"그래?" 나는 이미 잘 안다는 듯 애써 여유 있는 말투로 대꾸했다. 하지만 에티엔이 아는 게 있다면 듣고 싶었다.

"그래서 짜 놓은 계획은 있어?"

"아니." 나는 에티엔에게 솔직해지기로 결심했다. "오래된 캠핑용품 몇 가지랑 지도가 있지만, 그게 다야."

"너희 부모님에게로 가는 지도?"

"일단은 그렇다고 알고 있어."

"그리고 너희에겐 면역력이 있고."

"응, 일단은 그렇다고 알고 있어. 진드기는 우리를 물어 봐야 소용없어. 그 대신 다른 것들이 잔치를 벌일 수는 있겠지."

"근데 완충 지대에 대한 계획은 없구나."

"뛰어가는 거지. 먼저 어두워질 때까지 기다린 다음에."

에티엔이 실망스럽다는 듯 눈을 굴렸다. "진심이야, 주니퍼. 무작정 달리는 것보다는 좀 더 좋은 계획이 있어야 해."

2

애벗 교장이 훈련원을 들먹이며 에티엔을 협박한 뒤 에티엔은 탈출 계획을 세웠다. 혹시라도 훈련원에 집어넣으려고 했다면 에티엔은 언제든 떠났을 것이다.

"주니퍼, 난 훈련원엔 갈 수 없어. 맹세코 난 도망칠 거야. 야생으로. 차라리 그 병에 걸리는 게 나아."

에티엔이 서랍에서 종이 몇 장을 꺼냈다. 흰 종이에 연필 스케치 같은 낙서가 되어 있었다.

"그림 그린다는 말은 안 했잖아?" 내가 놀라서 물었다.

에티엔은 얼굴이 빨개졌다. "네가 그리는 그림 같은 게 아니야, 주니퍼. 그냥 도표 같은 거지." 에티엔은 내가 그림을 못 보게 멀찌감치 놔두고 뭔가 찾기 시작했다. "여기 있다! 이거야."

일종의 지도였다. 이렇게 만들기까지 시간이 꽤 걸렸을 거다. 팜하우스를 기준으로 웬만한 건 다 파악할 수 있었다. 도시의 경계에 붙어 있는 우리 동네 길 양쪽의 모든 건물이 표시되어 있었다. 감시 초소도. 초소 옆에는 일련의 숫자가 적혀 있었다. 시간표였다. 근무 계획표.

"와!" 어찌나 세밀한지 눈이 어지러웠다. 전부 연필로 되어 있었지만 감시 초소만 예외였다. 어떤 건 빨간색, 어떤 건 노란색, 어떤 건 파란색이었다. "이 색깔은 무슨 뜻이야?"

"구역 표시." 에티엔이 대답했다. "연결망이야. 서로 어떻게 연결되는지 알아야 해." 에티엔은 모든 걸 나에게 알려 줬다. 꼼꼼한 사고력과 영리한 두뇌가 제정신을 유지한 결과였다.

감시 초소는 늘 경비대원이 지키고 있지만 초소에 배당된 인력은 규모가 작다. 때로 누군가 아파서 빠지더라도 그 초소를 대신 봐 주는 수고는 하지 않는다. 게다가 마을에 무슨 일이 생기면 가장 먼저 그쪽 관할의 경비대에 연락이 간다. 에티엔이 깨끗한 종이 한 장을 꺼내서 스케치를 하는 동안 에티엔의 손가락을 바라봤다. 어느 쪽 경보가 울리면 어느 쪽 경비대원들이 얼마나 오랫동안 그 상황을 경계하는지, 완충 지대를 건너가는 데 필요한 시간만큼 무방비 상태가 되게 하려면 어떤 일이 일어나야 하는지에 대한 모든 것.

에티엔은 면역력도 없으면서 탈출 계획을 짰다. 그만큼 우리 도시의 상황이 나빠진 거라고 할 수 있다.

"어떻게 경보를 울리게 할 수 있을까?"

에티엔이 얼굴을 찌푸렸다. "그게 가장 어려운 부분이야. 가끔씩 워렌에서 문제가 생길 때가 있어. 그러면 1.5킬로미터 이내에 있는 경비대원을 전부 동원하기도 하지만 네가 그런 일을 일으킬 수도 없고. 흠, 쉽지 않아. 때로는 이 지도의 다른 지점에서 달아나는 사람이 나올 때도 있지만, 그러려면 누군가 기꺼이 자유를 위해 나설 만한 사람을 구해야겠지…."

"안 돼." 에티엔이 지금 그런 걸 제안하려 한다는 사실에 기겁했다. 미친 짓이다. 우리를 위해 자신을 희생하다니.

"그래도 내가 뭔가 할 수 있지 않을까? 주의를 흩뜨리는 거지. 관청 건물들 중 한 군데에서 보안 경보 장치가 울리도록 하는 거야. 그러면 돼."

"그리고 난 네가 훈련원으로 이송되는 걸 알면서 떠나겠지."

"그냥 도와주려는 거야." 에티엔이 다시 인상을 썼다.

"불은 어때?"

에티엔이 신기하다는 듯 나를 쳐다봤다. "그래, 그러면 되겠네. 불을 붙일 수만 있다면."

"마침 우리 캠핑용품 중에 성냥이 한 통 있지." 내가 말했다.

3

"쭈 누나, 내가 도와줄게." 베어가 깊은 확신이 담긴 눈빛으로 나를 올려다봤다.

"그래, 고마워."

나는 베어 방에서 동생 옷 중에 가장 가볍고 가장 따뜻한 옷을 골랐다. 애니 로즈는 부엌에서 도시에서 주는 배급 식량에 대해 투덜거리며 가져갈 만한 음식을 챙겼다.

"에밀리 데려갈 거야?" 베어가 물었다.

내가 고개를 흔들었다. "아니, 가져가야 할 게 많아." 에밀리가 들어갈 자리면 얇은 담요를 한 장 더 넣을 수 있다. 아니면 음식을 좀 더 넣을 수도 있고.

"에밀리를 두고 간다고?" 베어는 충격을 받은 것 같았다.

"에밀리는 그냥 인형이야. 내 나이쯤 되면 인형 놀이 안 해."

"누난 하잖아."

나는 베어에게 눈을 흘겼다. 그건 인형 놀이가 아니다. 에밀리는 다르다. 에밀리는 엄마와의 연결 고리다. "장난감이 들어갈 자리는 없어. 필수품만이야."

"내 정글은?"

"베어, 그건 안…" 하고 말하는데 동생 얼굴이 일그러졌다. 정글 장난감을 두고 갈 수는 없다. 베어한테는 그 장난감이 필요하다. 동생의 일부니까.

"몇 개는 가져갈 수 있을 거야." 내가 말했다. "네가 젤 좋아하는 거. 사자와 호랑이와 기린 정도는."

"그리고 갈색곰도." 베어는 선반에서 곰을 꺼내며 말했다.

"그럼, 당연하지. 갈색곰을 두고 갈 순 없어, 안 그래?"

그건 바니가 베어의 세 번째 생일에 맞춰서 준 거다. 동생이랑 이름이 같은 동물. 이 곰은 베어의 동물 중에서 최고다. 가장 진짜 같다. 전통 있는 독일 장난감 회사에서 만든 건데, 그 회사에서는 동물 장난감을 하나하나 손으로 칠해서 만들었다.

동생은 자기 침대에 펼쳐져 있는 지도 위, 뱀처럼 구불구불한 하늘색 선을 따라 곰을 움직였다.

"곰은 헤엄도 칠 줄 알아." 동생이 말했다.

"그러면 그 곰도 이 호수들을 다 좋아하겠네. 여기 봐." 나는 지도의 왼쪽 위, 에너데일이 있는 곳을 가리켰다. 그러고는 파란색으로 표시된 곳들의 이름을 찾았다. 작은 석호와 육지로 파고든 좁은 물길, 넓은 호수. 윈드미어, 엘터워터, 그래스미어, 와스트워터. 나는 이름들을 소리 내 읽었다.

"미어?" 베어가 물었다. "미어도 물을 뜻하는 말이야?"

"응." 내가 대답했다. "바다처럼 아주 많은 물." 바다는 이야기 속에 등장한다. 물에 사는 소녀는 인간 소년과 사랑에 빠져 사악한 바다 마녀와 계약을 맺는다. 소년과 함께 춤출 수 있는 다리와 사람의 영혼을 원했기 때문에. 그러나 나는 상상 속에서 반대로 했다. 헤엄칠 수 있는 바다와 물고기 꼬리를 원했다.

"쭈 누나, 우리 아빠도 리와일더였어?"

"우리 아빠는 그렇게 안 늙었어, 베어. 리와일드 사건은 50년 전에 일어난 일이야."

"그럼 아빠의 아빠가 리와일더였을까?"

나는 웃었다. "그래. 아니면 아빠의 엄마, 아니면 아빠의 할머니. 거기 가면 아빠에 대해 모든 걸 알 수 있을 거야."

"아빤 분명 영웅일 거야. 로빈 후드처럼. 우리만 빼고 모든 사람이 아빠를 아는 거지. 그런 아빠가 기억이 안 난다니."

나는 어깨를 으쓱했다. 베어 말이 맞다. 나는 아빠를 잊었다. 그저 가끔 꿈에, 한창 꿈꾸는 중간에 누군가가 등장한다. 베어처럼 숱 많은 곱슬머리에 키가 큰 사람, 머리카락을 만져보려면 그 사람을 타고 올라가야만 한다. 그러나 장면은 거기서 멈추거나 그 사람 얼굴을 자세히 보려고 하면 사라져 버린다. 마치 아예 그곳에 존재한 적이 없었다는 듯.

"엄마 아빠가 거기 없으면 어떡해?" 마치 내 마음을 읽기라도 한 듯 베어가 물었다.

"가서 보면 알겠지." 내가 재빨리 대답했다.

동생이 고개를 끄덕였다. 갈색곰은 강을 따라 헤엄쳐 가다가 언덕 위를 질주하는 중이다. 그게 아주 쉬운 일이라는 듯.

부모님은 당연히 에너데일에 있을 거다. 만약 무슨 일이 생기면 어떻게든 애니 로즈에게 전갈을 보낼 거라고 엄마가 약속했다. 엄마가 직접 올 수 없다면 다른 사람이 올 거라고. 그동안 아무 소식도 없었으니 엄마 아빠는 여전히 그곳에 있을 거다. 그래야만 한다.

그때 방문을 두드리는 소리가 났다. 나는 무심코 쳐다보다가 깜짝 놀랐다. 에티엔이었다. "애니 로즈가 들어가도 된다고 해서. 줄 게 있어."

"나한테 주는 선물이야?" 베어가 신이 나서, 에티엔이 손에 들고 있는 걸 빤히 쳐다보면서 물었다. 작은 통이었다.

"주니퍼한테 주는 것이기도 하고." 에티엔이 나를 슬쩍 넘겨다봤다.

"이게 뭔데?" 베어가 명랑하게 물었다.

"일종의 지도야. 지도를 펼칠 만한 공간이 없을 때 쓰는."

내가 웃었다. 베어의 침대가 지도로 덮여 있어서 에티엔이 앉을 수 있게 지도를 접었다. 에티엔이 들고 있는 물체는 작고 둥글었다. 옆쪽 버튼을 누르자 마치 잠에서 깨어나는 것 같았다. 앞쪽 화면에 지도가 나타나고 작은 녹색 점이 반짝였다.

"어디서 났어?" 내가 수상쩍어하며 물었다.

"예전에 발견한 거야. 엠포리엄의 잡화 코너에서. 바니 아저씨는 이게 뭔지 몰랐을 거야. 나도 확실히는 몰랐지만, 옛날 과학책을 보고 알아냈어. 지피에스(GPS)야."

베어랑 내가 멍하니 에티엔을 쳐다봤다.

"글로벌 포지셔닝 시스템(Global Positioning System)." 에티엔

이 읊조리듯 말했다. "현재 위치, 정확히 내가 어디에 있는지 표시해 줘. 목적지를 입력하면 어느 방향으로 가야 하는지 또 현재 위치에서 목적지가 얼마나 떨어져 있는지도 보여 주고."

"어떻게 그렇게 할 수 있어?" 베어가 커진 눈으로 물었다.

에티엔은 위성부터 설명했다. 우주에서 궤도를 돌고 있는 작은 금속 덩어리들이 빛의 속도로 신호를 보낸다는 것이다.

나는 얼굴을 찌푸렸다. "위성은 더 이상 작동을 하지 않잖아, 경로를 벗어나서. 안 그래?"

에티엔이 코웃음을 쳤다. "그건 포르샤 스틸이 하는 말이지. 스틸은 사람들이 더 이상 테크놀로지가 작동하지 않는다고 믿기를 바라. 대부분의 위성이 쓸모없게 된 건 사실이지만, 아직 몇 개는 남아 있어. 지피에스가 그 위성의 신호를 찾으면 돼."

"위성을 유지 보수하는 사람이 있다고?"

"어딘가에는." 에티엔이 대답했다. "우리보다 잘하고 있는 나라가 있지 않을까."

나는 천천히 고개를 끄덕였다. 실반이 하는 말이나 포르샤 스틸의 공고문 내용이 어떻든지 나는 이 세상에 진드기 병이 없는 곳은 없다는 말은 믿지 않는다. 당연히 지금쯤이면 회복된 곳들이 있을 거다. 그러나 지금 이 순간엔 다른 데 신경 쓸 겨를이 없다. 내 질문은 훨씬 단순하다. "이거 쓰기 쉬워?"

"물론 한계는 있겠지. 시험해 봤는데, 여기서는 괜찮아. 한번은 노스엣지까지 걸어갔는데 거기까지 제대로 데려다줬어. 업데이트를 한 지 오래되긴 했지만 다른 도시들도 입력이 되어 있는 건 확인했어. 그러니 그 도시들을 피해 갈 수 있을 거야."

"에너데일도 입력할 수 있어?" 동생이 간절히 물었다.

"베어, 그건 네가 해." 에티엔이 지피에스를 베어 쪽으로 밀었다. "숫자로 넣는 게 가장 좋아. 좌표 두 개. 경도와⋯."

"위도." 베어가 대답했다. "우리 집에 있는 『캠핑의 기술』이라는 책에서 배웠어. 좌표는 이 지도에 나와 있을 거야. 전에 본적 있어."

베어가 차례로 숫자를 입력할 수 있게 에티엔이 도와주는 것을 지켜보았다. 황금 열쇠를 건네받는 셈이니 기뻐해야 마땅하겠지만, 나는 코가 시큰하면서 눈물이 났다. 이건 우리 열쇠가 아니라 에티엔 것이니까. 그리고 에티엔은 이제 이걸 쓸 수 있는 기회가 영영 없을 테니까.

"나 대신 방법을 잘 배워 둬, 베어." 나는 겨우 미소를 지으며 말했다. "식물들을 보러 가야겠어, 마지막으로."

4

에티엔이 날 쫓아 팜하우스에 왔다. 나는 돔의 한가운데, 식물들과 하늘만 보이는 곳에 있었다. 이미 해가 지기 시작했다.

"준비 다 됐어?" 에티엔이 물었다.

우리 둘이 그 계획을 짰다. 내가 낡은 창고에서 불을 낼 거다. 껍데기뿐이니까 아무도 다치진 않겠지만, 12층짜리 주거용 아파트와 가까운 곳이라 일급 비상경보가 울릴 것이다. 반경 약 3킬로미터 안의 모든 경찰이 호출을 받고 건물 밖으로 사람들을 대피시키고 불을 끄기 위해 달려올 거다. 여기엔 우리 건물에서 가장 가까운 곳에 있는 경비대원 두 명도 포함된다.

우리 배낭은 미리 꾸려져 팜하우스에 준비되어 있을 거다. 울부짖는 사이렌 소리에 우리가 유리창을 깨뜨리고 나가는 소음은 쉽게 묻힌다. 베어와 나는 한 번도 가 본 적 없는, 그 누구도 발을 들여놓을 생각조차 하지 않는 곳으로 간다. 우린 완충지대를 건너갈 것이다. 그 길을 넘어서 결국 야생으로 갈 거다.

"내가 그 일을 하게 해 줘." 에티엔이 다시 말했다. "나한테 성냥을 줘. 내가 불을 낼게. 넌 탈출하는 데만 집중해."

내가 단호하게 고개를 저었다. 계획을 짤 때 도와주는 것과 거기에 직접 참여하는 건 완전히 다른 문제다. "말했잖아, 에티엔. 내가 할 수 있어. 안 도와줘도 돼."

"주니퍼, 하게 해 줘. 이 모험에서 내가 유일하게 할 수 있는 부분이야." 고집스러운 목소리다. 에티엔은 샘이나 실반과 다르다. 정말로 우리 탈출의 한 부분이 되고 싶어 했다.

"안 돼. 저 밖에 나가서 네 걱정을 하고 싶진 않아. 그들한테 시달릴 사람이 남아 있는 건 싫어."

"주니퍼, 넌 이제 여기 있을 시간이 얼마 없어. 애니 로즈와 지낼 시간도. 불을 내느라 시간을 허비하고 싶은 건 아니지?"

"나를 용서할 수 없을 거야, 만약…"

"주니퍼." 하고 에티엔이 다시 말했다. "너랑 베어는 이제 매일 밤이 캠프파이어일 거잖아. 나한텐 이번 한 번뿐이야. 너 진심으로 거절할 생각이야?"

솔직히 엄청 울고 싶었지만 가만히 웃었다. "넌 이미 많은 일을 해 줬어. 지피에스는 특히. 지도를 보고 가야 하는 것 때문에 얼마나 걱정했는지 알아?"

에티엔이 싱긋 웃었다. "진작 줬어야 했어. 내가 발견한 바로 그날 말이야. 나한테 필요한 물건은 결코 아니니까. 난 입력할 좌표도 없잖아. 『비밀의 화원』에 나오는 콜린 같은 신세지. 바깥세상은 나하고 상관없는 곳이야."

"아니, 아니라고! 그런 말 하지 마. 사실이 아니잖아. 콜린은 밖으로 나갔다고. 콜린이 나갔으니 너도 그럴 거야. 난 알아."

"네가 안다고?" 에티엔이 웃음을 터뜨렸다.

"그래, 마음 깊은 곳에서 난 알아." 이렇게 말을 하자 어쩐지 그게 현실로 느껴졌다. 바깥세상에 있는 에티엔이 보인다. 우리 모두, 에티엔과 베어와 내가 동생 방 벽에 그려져 있던 진짜 꽃들이 피어 있는 풀밭을 가로질러 함께 달리는 모습이 보인다.

"에티엔." 내가 문득 생각난 듯 말했다. "노스엣지에서 형광 테이프를 쳐 놓은 곳 말이야, 내가 대벌레가 있는 덴 줄 알았던 곳 있지?"

"거기가 왜?"

"음, 대벌레가 아니야. 진드기야! 진드기라고, 에티엔! 그 병에 대한 저항력을 시험한대. 테스트 참가자를 찾고 있나 봐."

에티엔이 멍하니 고개를 끄덕였지만, 움찔하는 게 보였다.

"무슨 말인지 알지?"

"샘 아저씨한테 아무 말도 못 들었어." 어쩐지 마음이 상한 듯한 목소리였다.

"내 말 들어! 너 다시는 거기 가면 안 돼. 다른 애들도 절대 가면 안 된다고. 너무 위험해."

에티엔은 고개를 끄덕였지만 날 제대로 쳐다보지 않았다.

"정말이야, 에티엔. 그들은 네가 살든 죽든 상관 안 해. 샘 아저씨도 신경 안 쓸 거야. 그곳에 가지 마!"

"샘 아저씨는 상관할 거야." 에티엔이 충성스럽게 말했다.

"에티엔, 아니야!"

"주니퍼, 아저씬 그럴 거야. 넌 나만큼 샘 아저씨를 모르잖아. 잭 사건 이후로 아저씨는 날 이해해 준 유일한 사람이었고, 노스엣지는 내게 남은 유일하게 좋은 곳이야. 나를 지탱해 준 단 한 가지야." 에티엔의 목소리가 갈라졌다.

"에티엔, 샘 아저씨를 믿으면 안 돼. 아저씬 그들 편이야. 아저씨도 하고 싶지 않았을지 모르지만 어쨌든 아저씨는 그 일을 했어!" 나는 에티엔의 손을 잡아 흔들었다. 에티엔이 다시는 거기 가지 않도록. 샘 아저씨도 처음에는 에티엔을 도와주려고 했을지 모른다. 그래도 에티엔이 그 일에 휘말려서는 안 된다.

에티엔은 내가 자기 손가락을 잡고 있는 걸 보더니 표정이 부드러워졌다. "알았어. 네가 그렇게 이야기하니, 다신 안 갈게."

"맹세하지?" 내가 물었다. "가슴에 손을 얹고?"

"그래."

"제대로!"

에티엔이 부드럽게 웃었다. "맹세해, 주니퍼."

갑자기 극심한 두려움과 슬픔이 밀려와 내 안에 가득 찼다. "어쨌거나 이젠 갈 이유도 없을 거야. 앞으로는 네가 이곳의 식물 재배사니까. 애니 로즈를 잘 돌봐 줘. 에티엔, 그럴 거지?"

에티엔이 미소 지었다. "물론 그럴 거야. 약속해. 매일 내려와서 볼게. 팜하우스 때문에 내가 널 얼마나 질투했는지 모르지? 여긴 너만의 정원이잖아. 메리 레녹스처럼. 이제 넌 황야도, 언덕도 곧 보게 될 테지. 주니퍼 그린, 너 집에 가는구나."

"난 아직 준비가 안 됐어."

에티엔이 내 손을 꽉 쥐었다. "늘 준비가 되어 있었어, 너랑 베어는. 그래서 너희는 가야만 하는 거야."

5

나는 부엌으로 돌아와 베어에게 오래된 책들을 여행용 물건들이 놓여 있던 마루 밑으로 옮기게 도와달라고 했다. 포르샤 스틸의 경찰들이 찾아오면 이 책들이 유죄의 증거로 쓰일 테니까.

"사람을 묻는 것 같아." 함께 마루 위로 궤짝을 끌어다 놓으면서 베어가 말했다.

"찾는 게 경찰들의 일이니까." 애니 로즈가 말했다. "언젠가는 포르샤 스틸이 아닌 다른 사람을 위해 그 일을 하겠지."

"『세계의 조류』는 아무한테도 줄 수 없어." 베어가 격렬하게 버텼다. "그 책은 내 거라고."

한참을 씨름한 뒤에야 겨우 베어가 그 책을 포기하게 만들 수 있었다. "걱정 마, 베어. 내가 잘 보관할게." 애니 로즈가 말했다.

선반에 남아 있는 아주 미미한 양의 음식을 둘러봤다. 애니 로즈는 스낵바와 말린 과일, 단백질 볼 등 우리 여행 가방에 들어갈 수 있는 건 전부 다 쑤셔 넣었다.

나는 선반 맨 위 칸에 있는 병들을 아래로 옮기기 시작했다. "그냥 둬. 내가 할 수 있어, 언제든⋯." 애니 로즈가 말했다.

"아뇨." 내가 신경질적으로 말했다. "애니 로즈는 저 위까지 손도 안 닿잖아요. 넘어질 수도 있다고요." 나는 할 일이 필요했다. 에티엔이 거리 순찰대에 잡힐 걸 생각하니 머리가 핑 도는 것 같았다. 엔도 선생님처럼 붙잡혀 끌려가는 에티엔의 모습.

"쭈 누나!" 베어가 내 생각을 중단시켰다. "한 권 빠뜨렸어."

흘깃 보니, 내가 실반이라는 이름을 찾아봤던 책이다. 베어가 궁금한 듯 그 책을 휘리릭 넘겼다. "『아기 이름 짓기』 책이야! 내 이름도 있을까?"

애니 로즈가 어처구니없다는 듯 웃었다. "『아기 이름 짓기』라고! 그 책이 여전히 남아 있었니? 아니, 베어. 네 이름은 거기 없어. 네 이름은 이 책에서 따온 게 아니거든."

자랑스러운 듯 베어의 어깨가 올라갔다. "주니퍼 누나는?"

"주니퍼도 없지. 너희 이름은 책이 아니라 진짜에서 따왔어. 진짜 야생에서. 그 책은 너희 엄마 이름을 고를 때 썼던 거야."

베어는 '메리언'을 찾아보았다. 쉬운 일이었다. 이름이 있는 쪽의 한쪽 귀퉁이가 접혀 있었고 그 이름 주변으로 꽃이 그려져 있었으니까.

"메리언, 바라던 아이." 내가 말했다. 넘겨다볼 필요도 없었다. 그 항목은 다 외우고 있으니까.

거기에는 반항이라는 뜻도 있었다. 뜻밖의 가시가 숨겨져 있는 셈이었다. 애니 로즈는 엄마를 무척 사랑했지만, 품고 있기엔 엄마가 너무 야생적이었다.

화재 경보가 울렸다. 귀청을 찢을 듯 날카롭고 압도적으로 덮쳐 오는 큰 소리에 금요일부터 꾹꾹 눌러 놓았던 위장에 갑자기 힘이 빠졌다. 나는 화장실로 달려가 변기에 토를 했다.

에티엔은 경비대가 원래 위치에서 벗어날 때까지 5분 동안 기다려야 한다고 했다. 내가 부엌으로 돌아왔을 때 베어가 초를 세고 있었다. 애니 로즈는 베어가 백 언저리에서 더듬거릴 때 슬쩍슬쩍 알려 주면서 고개를 끄덕였다. 백 하나, 백 둘.

이백이 되었을 때 애니 로즈가 우리 손을 하나씩 잡고, 또 베어와 내가 서로 손을 잡아 우린 완벽한 원이 되었다. 애니 로즈는 울지 않았다. 애니 로즈는 지나치게 감정적이 되는 법이 없다. 우리 할머니는 그런 스타일이 아니다. 애니 로즈는 자기가 울면 우리의 집중력이 흐트러지고 우리가 약해질 걸 누구보다 잘 안다. 지금은 그 어느 때보다도 강해져야 할 시간이다.

삼백, 갈 시간이다. 애니 로즈가 베어의 배낭을 들어 등에 메 줬다. 배낭 밑에 끈으로 매어 놓은 냄비끼리 서로 부딪혀 땡그랑 소리가 났다.

"내 귀여운 깡통 인간." 애니 로즈가 베어의 머리에 부드럽게 입 맞췄다. "이 운동화가 모험을 잘 견디면 좋겠구나!"

베어는 더 어려 보였다. 동생은 이게 현실인지 잘 모르겠다는 듯 어리둥절한 얼굴이었다. "애니 로즈도 같이 가면 안 돼?"

애니 로즈는 흔들림이 없었다. 여전히 밝은 목소리로 머지 않은 어느 날 누군가 백신을 개발하면 그때 우리에게 오겠노라고 말했다. 어쩌면 그보다 먼저 누군가가 애니 로즈를 찾아올 수도 있다. 우리에게 데려다주려고. 에너데일로.

애니 로즈는 자기가 하는 말을 믿지 않는다. 그저 베어에게 둘러대는 이야기일 뿐이다. 나는 가슴이 찢어지고 심장이 둘로 쪼개지는 것 같았다. 이게 진짜 이별이 될 수도 있다는 걸 아니까. 마지막으로 애니 로즈가 나를 끌어당겨 입을 맞췄다. 나도 애니 로즈를 끌어안았다. 할머니의 야윈 몸을 힘껏 껴안아 그녀가 우리에게 얼마나 소중한 존재인지를 알려 주었다.

애니 로즈가 손가락으로 내 뺨을 쓸어내렸다. "주니퍼 베리, 준비 됐어?"

"네."

"그럼, 베어는 이리 와." 애니 로즈가 베어를 안전한 곳으로 피신시킨 뒤 나는 에드워드 할아버지의 도끼를 들고 유리에 대고 휘둘렀다. 나는 유리가 산산조각 나는 것을 지켜보았다.

6

우리는 완충 지대를 가로질러 걸었다. 내 손에 잡힌 베어의 손은 작고 뜨거웠다. "쭈 누나, 우리 뛸까?"

"아니, 그냥 빨리 걷자. 발을 헛디뎌 넘어지면 안 되니까."

지형에 대해서는 충분히 생각하지 못했다. 경비대가 온갖 곳에 흩뿌려 놓은 바위와 콘크리트 덩어리들 때문에 발을 제대로 딛기 힘들었다. 뭔가에 걸려 넘어질 수도, 발목을 삘 수도 있었다. 그들이 원하는 바다. 누군가 완충 지대를 넘어가려고 할 만큼 미쳤을 수도 있다는 상상을 경비대가 한 거라면.

"베어, 혹시 우리가 미친 걸까?" 여덟 살짜리 동생에게 미치지 않았다는 걸 확인받고 싶어서 내 곁에서 충실하게 종종거리며 걷고 있는 베어를 내려다보며 물었다.

"쭈 누나, 우리 뛰어야 할 것 같아." 동생이 뒤를 돌아보며 말했다. 하늘 높이 치솟는 연기와 이리저리 튀어 오르는 붉은 불꽃이 보였다. 한 번도 본 적이 없는 광경이었다. 목덜미에 열기가 느껴지는 듯했고, 재가 끔찍한 검은 비처럼 떨어졌다.

불을 끄려면 우리 도시의 물을 전부 다 퍼부어야 할 거다.

"우리 동네가 다 타는 거야? 팜하우스도?" 베어가 물었다.

"아니야, 그냥 창고만이야. 아무도 다치지 않을 거야." 매캐한 연기가 코와 입 속으로 스며들었다. 우리 둘 다 기침을 했다.

나는 앞으로 나아가는 길에만 집중했다. 한 걸음 한 걸음 신중하게 디딜 곳을 골랐고, 손전등은 아래로 내려 우리 모습이 보이지 않게 했다. 가끔은 높다랗게 쌓인 쓰레기 더미 때문에 돌아가야 할 때도 있었다. 콘크리트 덩어리들에는 못이랑 유리 파편이 박혀 있어서 보기보다 훨씬 위험했다. 또 둘둘 말린 철조망 더미에도 자꾸 발이 걸렸다. 우리는 가다가 몇 번이고 멈춰서 철조망을 풀어야 했다.

완충 지대는 인간의 땅이 아니다. 그 자체로 하나의 거대한 덫이다. 우린 가능한 한 진짜 땅이 보이는 곳으로만 가려고 노력했다. 비록 여기저기 장애물이 제멋대로 흩어져 있고 화학 물질로 초토화된 흙이 드러난 곳이지만.

어느 순간, 발밑에 뭔가 부드러운 게 밟힌다는 사실을 깨달았다. 계속해서 푹푹 빠지는 느낌이었다. 멈추면 안 되었다. 내려다봐서도 안 되었지만, 아래쪽을 보고 말았다. 들고 있던 손전등이 바닥에 빛을 쏟아부었다.

깃털이 달린 사체들. 부드러운 피투성이의. 우린 썩어 가는 새들 위를 걷고 있었다. 베어가 비명을 질렀고, 나는 동생 입을 틀어막았다. 사이렌 소리 때문에 아무도 듣지 못했을 거다. 어쩌면 비명 소리를 듣고 싶지 않은 건 나라는 생각이 들었다. 뭔가 불길했다. 첫 번째로 본 야생의 존재인데, 이미 죽어 있었다.

"누나, 이 새들 어떻게 된 거야?" 베어의 목소리가 떨렸다.

"총에 맞은 거야, 베어." 밤에 들리던 총소리의 정체. 무의미한 경고 사격이 아니었다. 에티엔이 옳았다.

"그런데 이 새들은 왜 여기까지 왔을까? 멀리 도망가지 않고?" 동생의 작은 몸이 떨고 있었다. 이건 너무 지나치다. 이렇게나 가깝게, 이렇게나 많이. 계속 걸으려고 베어를 내 곁으로 바짝 끌어당겼지만, 나 역시 다리가 떨렸다.

도시에서는 죽은 것들을 볼 수 없다. 가끔 이상한 곤충이 지나가기는 한다. 한번은 학교 가는 길에 죽은 바퀴벌레를 본 적도 있었다. 생명체들은 도시에서 죽을 때까지 못 버틴다. 혹시라도 작은 균열이 생겨서 어떤 생명체가 들어오더라도 글리포세이트 순찰대가 즉시 치워 버린다.

그런데 여기에는 죽은 동물들이 무더기로 쌓여 있다. 부러진 날개와 작고 동그란 머리, 그 머리에 박힌 흐릿한 눈이 우리를 올려다보고 있다.

"보지 마, 베어. 숲으로 가자. 거긴 괜찮을 거야." 나는 지평선을 넘겨다보며 나무를 찾아봤지만, 너무 어두워서 아무것도 분간할 수가 없었다. 저 앞에 뭐가 있는지 알 수가 없었다.

"갈매기, 비둘기…." 베어는 내 말은 무시한 채 자기 손전등을 새들의 사체 쪽으로 내리 비추며 이렇게 말했다. "까마귀."

"안 돼, 베어. 보지 마."

"찌르레기, 까치…."

"베어, 제발. 그만 하라고!"

동생이 그 새들의 이름을 불러 버린 탓에 이제는 모르는 척할 수도, 못 본 척할 수도 없었다.

"이 새들은 여기 왜 왔을까?" 동생은 못 참고 물었다.

"도시에서 사는, 아니 한때 도시에서 살던 새들이야. 새들은 도시에 들어오면 안 된다는 걸 몰라."

다시 지평선 쪽을 바라보며 제발 나무가 시작되는 곳이 눈에 띄기만 바라고 있는데, 나도 모르게 눈이 젖어들면서 눈앞이 흐려졌다. "가자, 얼른! 계속 가야 돼, 베어. 가야 해."

하늘 높이 달이, 온전히 둥근 하얀 달이 우리 바로 위에 걸려 있었지만 우리가 사물을 분간할 수 있을 만큼 충분한 빛이 되어 주지 못했다. 도시의 인공조명에 너무 익숙해진 탓이다.

나는 "베어!" 하고 소리를 지르고 동생의 팔을 잡아당기면서 억지로 다리를 움직이도록 끌어당겼다.

"숲으로 가자."

2부

야생

6 야생이 시작되는 곳

1

지평선에 그림자가 보였다. 하늘과 맞닿은 곳의 윤곽선이 삐죽삐죽하다. 이제 진짜 가까워졌다. 나무를 밤이 아니라 대낮에 먼저 봤으면 좋았을걸. 사방이 이렇게 어두울 때는 아무리 안 그러려고 해도 무서운 상상을 할 수밖에 없다.

등 뒤로 약한 바람을 타고 고함 소리가 실려 왔다. 어쩌면 비명 소리인지도 모르겠다. 이제 총소리와 경비대의 사이렌은 그쳤다. 하지만 화재 경보만은 소리가 좀 줄어들긴 했지만 끊임없이 울부짖고 있었다.

우린 말 그대로 숲속으로 빠져들었다. 가쁜 숨을 몰아쉬며 잠시 숲의 문턱에서 발을 멈췄다. 우리가 이렇게 멀리까지 왔다는 게 한편으론 믿기지 않으면서 한편으론 두려웠다. 야생의 시작이다. 우리가 그토록 갈망하고 꿈꾸고 그리워했음에도, 우린 도시에서 사는 내내 야생을 두려워하도록 배웠다.

"베어, 멈추면 안 돼." 말은 이렇게 하면서도 나는 여전히 그 자리에 뿌리박힌 듯 서 있었다.

"왜 속삭여?"

"이쪽에도 경비대가 있을까 봐." 하지만 그렇지 않았다. 우리 머리 위로 어렴풋하게 나무들이 나타났고 갑자기 정적이 우리를 둘러쌌다. 도시에서 정전이 되어 모든 게 꺼지고 잠시 침묵이 몰려와 자기 심장 박동 소리를 듣던 순간처럼.

"먼저 서쪽으로 가야 해. 도시에서 완전히 벗어나려면." 내가 말했다. 나는 에티엔의 지피에스를 목에 걸고 있었다. 전원을 켜자 화면에 희미하게 불이 들어왔다. 가능한 한 배터리를 아껴야 하고 우리가 보이지 않게 조심해야 한다. 드론은 빛을 찾아낼 수 있다. 손전등도 마찬가지다.

지피에스의 뒤집힌 모래시계 아이콘을 뚫어져라 바라봤다. 내 생각에 위성에서 오는 신호를 나무들이 막고 있는 것 같았다. 어떻게 이게 진짜로 작동할 거라고 생각했을까?

다행히 이 장치는 생각보다 똑똑했다. 몇 초 뒤 화면의 녹색 점에 불이 들어오더니 그 주변으로 지도가 나타났다. 도시의 남쪽 끝, 우리의 출발점이 거기 있었다.

"이쪽이야." 나는 종이 지도를 꺼내지 않아도 된다는 사실에 마음이 놓였다. 지도는 나침반과 함께 안전하게 가방 안에 넣어 두었다. 하지만 지도를 읽는 건 자신이 없다. 여태껏 지도를 사용해 본 적이 한 번도 없었으니까. 지도는 이야기 속에서만 등장했다. 이야기 속엔 도움이 될 만한 게 없었다.

마지막으로 다시 한번 뒤로 돌아섰다. 여전히 저 멀리 도시가 보였다. 아니, 어쩌면 내 상상이었는지도 모르겠다. 머릿속에서 그림을 그렸던 건지도. 오래된 빅토리아풍의 유리 돔을 그린 그림. 우리만의 에메랄드 도시.

숲은 고요하지 않았다. 우리가 걸어 들어가자 숲이 살아났다. 모든 게 움직였다, 조금씩. 머리 위에서 속삭이는 듯한 소리가 나고 덤불 속에서 바스락거리는 소리가 나더니 갑자기 부엉부엉 하고 부엉이 울음소리가 들리자 베어가 내 손가락을 꼭 쥐었다. 어둠 속에서도 동생 눈이 빛나는 걸 볼 수 있었다.

베어는 "부엉이야." 하고 소곤대더니 그 새를 찾아 앞으로 돌진했다. 그때 타닥 하는 소리가 선명하게 들렸다.

"쭈!" 동생이 겁에 질려 소리쳤다. "이게 뭐야?"

"그냥 나뭇가지야."

"경비대한테 우리 소리가 들릴까?"

"아니."

"늑대는, 쭈?"

"없어. 어쨌든 말은 이제 그만 해."

도시의 불빛이 가라앉는 데는 그리 오래 걸리지 않았다. 어둠이 마치 액체처럼 우리를 집어삼키는 것 같았다.

베어가 거친 숨을 내쉬었다. 동생이 완충 지대를 걸어서 건너다니, 정말 놀라웠다. 우리가 지나온 모든 길. 비틀거려 넘어질 뻔도 했고 죽은 새들 때문에 공포에 질리기도 했지만, 베어는 한 번도 투정을 부리거나 울지 않았다. 위기 상황에 아드레날린이 분비되어 우리 둘 다 버틸 수 있었을 거다. 하지만 아드레날린은 영원히 지속되지 않는다. 잠잘 시간을 훌쩍 넘긴 채 등에 무거운 가방을 메고 있는 여덟 살짜리 꼬마라면 더더욱. 베어는 뭐라고 말은 하지 않았지만 걸음이 느려지면서 자꾸 뒤처졌다. 다리가 나보다 짧으니 보폭도 작았다.

나는 동생을 부드럽게 잡아당겼다. "베어, 계속 가야 해."

"쭈, 우리 텐트는 언제 쳐?"

"완충 지대에서 좀 더 멀어져야 해. 이리 줘, 내가 멜게." 나는 이미 등에 메고 있는 큰 내 가방과 그 아래 매 놓은 방수포와 쥐덫 때문에 아까부터 허리가 쑤시고 아팠지만, 베어의 어깨에서 가방을 받아 앞으로 멨다.

"우리 오늘 밤에 불 피울 거야?" 동생이 물었다.

"해 봐야지."

"지금부터 나뭇가지를 모을까?"

"아직은 안 돼, 베어." 조용한 목소리로 간절하게 타일렀다. "지금보다 좀 더 빨리 걸어야 해."

지금쯤이면 비상경보가 전달됐을 것이다. 경비대가 벌써 우리를 쫓고 있을지도 모른다. 그게 아니면 내일, 학교가 시작되는 월요일 아침 9시. 우리 책상이 비어 있고, 담임 선생님들은 결석 체크를 하겠지. 애벗 교장은 애니 로즈에게 전화를 하고, 애니 로즈는 전화를 받아서 우리가 아프다고 할 것이다. 수색하기 전에 우리에게 좀 더 시간을 벌어 주려고.

때로는 그들을 본 것도 같았다. 달빛에 허옇게 빛나는 형상들이 느릿느릿 움직이는 모습. 방호복을 입은 경비대. 하지만 모두 내 머릿속에서 일어난 일이었다. 더 이상 걸을 수 없어서 텐트를 쳤다. 방수포 한 장은 적당한 높이로 뻗은 나뭇가지에 걸치고 다른 한 장을 바닥에 깔았다.

베어는 나뭇가지를 모으거나 불을 피워야 하지 않냐고 묻지 않았다. 동생은 바로 자기 침낭에 들어가 잠이 들었다. 베어는 더 이상 아무것도 할 수 없는 상태였다. 나도 몹시 지쳐서 동생 바로 옆, 내 침낭 속으로 기어들어가 눈을 감았다.

2

새 한 마리가 우리 위에서 지절거리고 있다. 아주 높은 톤으로 짧은 노래 한 마디를 불렀다 멈췄다 끊임없이 반복했다.

베어는 벌써 침낭 밖에 나와 있었다. 나도 겨우 기어 나와 동생 옆으로 갔다. 무슨 말이든 하고 싶었지만 단어를 못 찾겠다. 어쨌든 베어가 어떤 느낌인지 아니까 상관없었다. 어마어마한 규모를 본다면 누구든 그럴 거다. 하늘로 쭉 뻗은 나무들, 온갖 녹색과 노랑, 금빛 나무들 사이로 햇빛이 뚫고 들어와 위를 올려다보는 우리 얼굴에서 춤을 췄다.

꼭 팜하우스 같았다. 팜하우스보다 수백 배 더 푸르고 수천 배 더 신선하다는 점만 빼면.

첫 번째 새가 여전히 노래를 하고 있었지만 다른 새들도 있었다. 그들의 노래가 한데 엮였다. 아름다웠다. 아니 아름다움 그 이상이다. 살아 있다.

"해냈어." 베어가 말했다.

"그래, 우리가 해냈어!"

"그 말이 아냐, 쭈!" 베어는 반쯤 짜증이 난 것 같았다. "리와일드 말야. 지어낸 얘기였을까 봐 걱정했어."

"지어내다니?"

"자연은 되살아나지 않았다고 했잖아. 다 죽어 있다고."

"그래." 내가 부드럽게 말했다. "리와일드가 효과가 있었어. 자연이 길을 찾았어."

"거미줄이야, 주니퍼 누나! 누나 그림이랑 진짜 똑같아!"

나는 거미줄을 쳐다봤다. 공중에 화려하고 완벽한 장식이 걸려 있었다. 나뭇가지 사이에 매달린 기하학 무늬. 거미가 있는 거미줄도 있었다. 이 생명체는 똑같이 다리가 여덟 개이지만 진드기하고는 상관없었다. 그래도 겁나는 건 어쩔 수 없었다.

거미줄을 치고 있는 거미도 있었다. 긴 다리를 가진 경이롭고 우아한 존재. 거미줄은 중앙에서부터 나선형을 그리며 밖으로 퍼져 나오는데, 거미는 마치 서커스 단원처럼 줄 위를 걷는다. 곡예사 같다.

"애니 로즈에게 이 얘기를 해 줄 수 있었으면." 베어가 말했다. "그리고 에티엔 형에게도. 형은 자기가 못 떠날 걸 알면서도 왜 지피에스를 갖고 있었을까, 누나?" 베어가 코를 찡그렸다.

나는 최대한 평온한 목소리로 대답했다. "에티엔은 언젠가 상황이 달라지길 바랐어. 그 병이 저절로 사라지거나 어쩌면 과학자들이 백신을 만들어 낼 수 있을 테니까." 그게 아니면 상황이 더욱 악화되어 테스트 대상자로 병에 걸리거나 아니면 훈련원에 들어가거나 하는 선택밖에 남지 않을 수도 있다. 그러면 에티엔은 무조건 야생으로 도망쳐 나올 거다. 자신은 밖에서 버틸 수 없다는 걸 알면서도. 하지만 나는 마지막 말은 하지 않았다. 야생에서는 도시가 악몽처럼 느껴졌다.

베어가 갑자기 꺅 하고 비명을 질렀다. "악! 쭈! 뭐가 물었어." 동생은 멋대로 자란 녹색 수풀 속을 헤매고 있었다. "뱀이 있었나 봐, 누나! 화끈거려."

"화끈거린다고? 뭐, 뱀?" 나는 동생에게로 다가가며 수풀을 헤치고 손을 내밀었다.

"누나!" 베어가 몹시 분해하며 소리를 질렀다. "어떻게 좀 해 줘! 진드기면 어떡해?"

베어의 손을 살펴보니 피부에 작고 동그란 두드러기가 돋아 있었다. 뭔가 해서 거기 있는 작은 나무들을 헤쳐 보는데 내 손도 따끔거렸다. 처음 느껴 보는 이상한 감각, 간지러움과 찌르는 듯한 통증 중간쯤이다.

"진드기는 아니야, 베어!"

"그럼 뱀이네. 그런 것 같았어, 누나. 왜 웃어?"

"안 웃어." 나는 동생의 잔뜩 화난 얼굴을 보며 즐거운 기분을 겨우 억누르고 이렇게 말했다. "봐, 나도 물렸어. 그 뱀한테. 우리 발밑에 있잖아."

동생은 놀랐지만 조용히 아래를 내려다봤다. "어디?"

나는 킥킥대며 웃었다. "너 자연 박사인 줄 알았더니. 이 정도는 다 아는 거 아니었어?"

베어는 우리를 둘러싼, 작은 가시가 달린 초록색 잎을 보고 얼굴을 찡그렸다. 그러고는 아깝다는 듯 크게 중얼거렸다. "쐐기 풀이야. 맞잖아! 뭐가 날 쏘았다니까."

"글쎄, 넌 물렸다고 했거든."

"살모사였을 수도 있다고, 주니퍼 누나. 그러면 못 웃었을걸. 어쩌면 더 나쁜 거였을 수도 있고!" 베어는 씩씩대며 쐐기풀을 이리저리 헤치며 걸어 나왔다. "누난 부츠를 신었으니까 괜찮지. 내 건 그냥 운동화잖아! 발목도 다 찔렸어."

"아, 베어." 나는 웃지 않으려고 애쓰면서 상냥하게 말했다. "쐐기풀에 찔렸을 때 쓰는 잎사귀가 있었잖아? 기억 안 나? 『자연의 응급 처치』 책에서…."

"소리쟁이 잎." 베어가 마치 바보에게 말하듯 천천히 말했다.

"맞아. 내가 찾아볼게."

"어떻게 생겼는지도 모르면서." 베어가 내게 눈을 흘겼다.

"그럼 네가 말해 봐." 나는 동생을 구슬리기로 했다. "어떻게 생겼는지 설명해 줘."

나는 베어가 소리쟁이 잎, 즉 분홍색을 띤 줄기에 가는 줄무늬가 있는 잎사귀를 찾게 놔 두었다. 내 기억에 소리쟁이는 언제나 쐐기풀 근처에서 자란다. 독과 치료제가 나란히 있는 것이다.

우린 소리쟁이 잎을 두드러기가 돋은 피부에 대고 문지르며 앉아 있었다. 이 이파리가 정말로 효과가 있는 건지는 모르겠지만 어쨌든 따끔거리던 게 서서히 가라앉았다. 그 순간 비로소 모든 것을 받아들이게 된 것 같았다. 식물이 자라고 또 무언가에 쏘일 수도 있는 바깥세상으로 나왔다는 사실을.

갑자기 몇 미터 떨어진 곳에서 뭔가 획 하고 움직이자 베어가 벌떡 일어섰다. 동생은 미끄러지듯 나무 뒤로 숨었다.

"와, 진짜 재밌는 숨바꼭질을 할 수 있겠다!" 동생의 숨죽인 목소리가 들려왔다.

"그러지 마! 돌아와!" 내가 소리쳤다. 거의 비명에 가까웠다.

베어가 나무 뒤에서 나타나 나를 봤다. "나 여기 있잖아, 쪽."

"알아, 근데…" 그런데 뭐라고 해야 하지? 숲이 널 삼켜 버릴까 봐 걱정했다고? 베어는 여기 바깥세상에, 바로 그 애가 있어야 할 곳에 있는데. 동생을 줄에 묶어서 데리고 다닐 수는 없다.

"뭐 좀 먹어야겠다." 나는 대신 이렇게 말했다.

"뭐 있어?" 베어가 관심을 보이며 다가왔다.

"애니 로즈가 샌드위치를 만들어 줬어. 상하기 전에 그것부터 먹는 게 좋겠어."

"상한 거랑 별 차이도 없는걸, 뭐. 플라스틱 같아." 베어는 실망한 듯 얼굴을 찌푸렸다. "야생 음식을 먹고 싶어."

"그럴 때가 올 거야. 우선은 가져온 걸 먹자."

우리는 텐트 옆에 있는 긴 의자 모양 통나무에 나란히 앉았다. 자연이 주는 의자. 애니 로즈가 그랬다. 자연이 우리에게 필요한 것을 줄 거라고.

"이제 얼마나 남았어?" 베어가 물었다.

"멀어. 거의 480킬로미터쯤. 기억해 둬."

"되게 먼 거야?"

"그냥 거리가 그렇다고." 우린 거리와 시간에 대해서는 잘 모른다. 도시에서는 멀리까지 걸어가 본 적이 없다. 애니 로즈 말로는 어른들은 하루에 25에서 30킬로미터쯤 걸을 수 있을 거라지만, 베어한테는 절대 불가능한 일이다. 애니 로즈는 우리가 하루 평균 13킬로미터 정도 걸을 수 있을 거라고 했다. 계산을 해 보려는데 머리가 핑핑 돌았다. 우리가 매일 13킬로미터씩 걷는다 해도 30일 이상 걸어야 한다. 한 달 넘게. 우리가 에너데일에 도착할 때쯤이면 12월이 될 것이다. 완연한 겨울.

베어에게 한 달 내내 걸어야 할 거라는 말을 어떻게 해야 할까. 게다가 호수나 강을 만나 돌아가거나, 다른 도시들을 피해 가거나, 길을 잃을 가능성은 고려하지도 않았다.

베어는 더 이상 내 말을 듣고 있지 않았다. 동생은 공기를 깊이 들이마셨다. "맡아 봐, 쭈! 도시처럼 깨끗한 냄새가 안 나."

나는 웃음을 터뜨렸다. "그건 깨끗한 게 아니야, 베어. 소독약과 제초제 냄새였다고."

"아, 그래." 베어는 숲의 공기를 마시려고 입을 크게 벌렸다.

그런데 갑자기 바로 그때, 내게 흙과 나뭇잎과 나무껍질 냄새의 기억이 되살아났다. 무언가가 밀물처럼 내 안에 차오르는데, 그중에는 내 기억 속의 목소리도 있었다. 아마도 엄마 목소리겠지. 잘 모르겠다. 하지만 엄마는 저 멀리 북쪽에 있고, 결국 우리를 데리러 오지 않았다. 지금 내게는 베어가 있다. 나의 베어를 엄마에게 데려갈 거다.

모든 걸 미리 생각할 수는 없다. 나는 방수포와 침낭, 우주 담요를 말아서 정리하느라 바쁘게 움직였다. 우주 담요는 베어가 들고 다녔는데, 웬일인지 자기 배낭엔 손도 못 대게 유난을 떨며 자기가 담요를 집어넣을 수 있다고 우겼다.

"거기 뭐 들었어?"

"아무것도 없어!"

나는 의심스러운 눈으로 베어를 쳐다봤다. 뭘 숨겨 놓았을까? 뭘 두고 올 수 없었을까? 뭐가 됐든 지금은 너무 늦었다. 지금 우리한테 있는 게 우리 전 재산이다. "베어, 출발하자."

우린 지피에스의 화살표대로 옛날 길을 따라 갔다. 도로는 아스팔트를 뚫고 나온 나무뿌리에 갈라져 있었고, 이끼와 내가 몇 년 동안 그려 온 양치식물이 그 위를 온통 덮고 있었다.

"주니퍼 누나!" 베어가 높은 소리로 외쳤다. "저기 봐!"

새 한 마리가 깜짝 놀라 날개를 퍼덕이며 하늘로 날아올랐다. 내가 제대로 보기도 전에 높은 나무 위로 올라가 버렸다. 언뜻언뜻 갈색과 파란색과 흰색이 반짝였다.

"왜 저렇게 빨리 날아갈까?" 베어가 물었다.

"아마도 우리 같은 건 한 번도 본 적이 없어서일 거야."

"어치인 것 같아! 내 책이 있었으면 좋았을 텐데."

"이제 책 없어도 돼. 다 알잖아." 동생을 부러워하며 조용히 말했다. 베어는 그저 위험한 걸 찾아다니는 게 아니라, 주변에서 일어나는 일을 순식간에 알아차린다. 어떻게 저럴 수 있을까?

"또 저기! 저기 봐, 쭈! 청설모야!"

청설모가 나무 위로 빠르게, 거의 날다시피 뛰어 올라갔다. 회색 몸에 배는 흰색이었고 등에 군데군데 붉은색 털이 나 있었다. 두툼하고 둥글게 말린 꼬리는 또 다른 다리처럼 움직였다.

빽빽하게 얽히고설킨 식물들 아래 숨겨져 있었지만, 과거의 흔적은 어디에나 있었다. 지난날은 이끼와 가시와 덤불들 밑에 남았다. 공주가 물레에 손가락이 찔려 백 년 동안 잠들었을 때처럼. 메리 레녹스의 비밀의 화원처럼.

처음에는 뭐가 뭔지 알아차리지 못했다. 그저 아무렇게나 쌓인 쓰레기 더미라고 생각했는데, 점점 뭔가가 보이기 시작했다. 표시가 될 만한 건 모두 사라지고, 한때 집과 정원이었던 곳이 지금은 한데 어울려 자라고 있었다. 벽은 허물어지고 금속도 녹이 슬어 가고 있었다. 언젠가는 모두 가루가 될 거다. 그리고 어딘가에는, 이 빽빽한 것들 속에, 깊고 어두운 그곳에 진드기도 있겠지.

3

"배가 계속 고파, 쭈. 스낵바 먹으면 안 돼?"

"글쎄, 베어. 아무래도 좀 더 아껴야 할 것 같아."

"우리, 음식은 많잖아."

"가능한 한 오래 먹어야 해."

베어가 날 보며 얼굴을 찡그렸다.

내가 무슨 일을 해야 하는지 알고 있다. 어젯밤에 했어야 하는 일이다. 우리가 자는 동안 뭔가 잡히게 덫을 놓았어야 했다. 날 괴롭히는 건 덫을 놓는 게 아니라 그다음에 닥칠 일이다. 토끼 턱 밑에 손바닥을 받치고 뒷목을 누른다. 딱 하고 부러진다. 내가 할 수 있을지 확신할 수 없는 게 이 부분이다.

도시에서 먹던 고기는 살아 있던 적이 없는 고기였다. 정말 그랬다기보다 무슨 실험실 같은 데서 키워졌다.

"조금만 더 걷자, 베어." 나는 최대한 간식 시간을 늦추려고 이렇게 말했다. "그러면 스낵바를 줄게. 오늘 밤엔 뭔가 잡을 거야. 고기 말이야. 그럼 배를 든든하게 채울 수 있을 거야."

밖에 나오면 달라질 줄 알았다. 다른 정체성의 나. 더 용감하고 더 강해질 줄 알았는데 나는 여전히 나였다. 토끼를 발견할 때마다 목덜미가 오싹했다. 더 나쁜 건 토끼들이 우릴 무서워하지 않는다는 거였다. 토끼들은 호기심이 많았고 심지어 우호적이었다. 이 토끼들은 사람이 무슨 짓을 했는지 잊어버렸다.

"쭈 누나, 지피에스 내가 들고 가면 안 돼?" 베어가 다시 입을 열었다. 나는 고개를 저었다.

"불공평해! 좋은 건 누나가 다 해. 고장 안 낼게, 약속해, 쭈." 동생은 눈을 크게 뜨고 내 손을 잡아당겼다.

"나도 알아."

"근데?"

"이건 높이 들어야 하거든, 신호를 잘 받으려면. 그렇게 해서 위성까지 가는 최상의 경로를 찾는 거야. 기억하지? 에티엔이 그랬잖아. 근데 내가 키가 더 크니까."

베어가 뭐라고 중얼거렸지만, 어쨌든 수긍하는 눈치였다.

정말로 베어가 그걸 고장 낼까 봐 걱정한 건가? 어쩌면 그럴지도 모르겠다. 하지만 실은 더 중요한 이유가 있었다. 지피에스를 내 몸 가까이, 이렇게 목에 걸고 있어야 하는 까닭은 바로 이게 우리를 에너데일로 인도해 줄 장치이기 때문이다.

베어는 내가 땔나무를 모으는 건 아직 이르다고 아무리 말을 해도 듣지 않고 나뭇가지를 주우며 앞장서 갔다.

엠포리엄에 낡은 상자가 있었다. 양철 상자에 달린 손잡이를 돌리면 용수철에 달린 원숭이 인형이 갑자기 툭 튀어나오는 놀람 상자이다. 베어는 그 인형 같다. 뚜껑이 닫힌 채 도시의 어둠 속에 갇혀 있다가 여기 이 공간, 이 빛 속에 용수철처럼 튀어나온 거다. 베어는 잔뜩 신이 나 있었다.

그런 베어를 보고 당연히 기뻐해야겠지만, 물론 기쁘다, 걱정도 되었다. 내가 베어를 제대로 통제할 수 없을까 봐. 베어가

174

내게서 멀리 튀어 나갈까 봐.

그러다 왠지 우리가 감시당하는 것 같은 느낌이 들어 베어를 불러 세웠다. 우린 이 땅을 아직 잘 모른다. 안심할 수 없다.

내가 맨 처음 본 건 노란색 눈이었다. 여우인 것 같았다. 몸집이 큰 여우. 하지만 아니었다.

"베어." 내가 다급하게 속삭였다. 고양이였다. 갈색 아니면 황금색 같은데, 검은 반점이 있고, 표범같이 생겼다. 귀 끝에는 마치 붓털처럼 검은 털이 길게 나 있었고, 큼직한 발에도 털이 수북해 장화를 신은 것 같았다. 목덜미에도 털이 수북한 것이, 잔뜩 주름 잡힌 러프 칼라를 두른 먼 옛날의 여왕 같았다.

"뭐야, 쭈?" 동생이 멈춰 서며 물었다. "무슨 동물일까?"

"나도 몰라, 베어. 그냥 이리 와. 등을 돌리지 말고."

포식자를 만나면 절대 돌아서서 도망치면 안 된다. 그들도 어쩔 수 없는 거니 비난할 수도 없다. 추격은 그들의 본능이다.

베어가 동상처럼 꼼짝도 하지 않아 대신 내가 앞에 있는 베어에게로 다가갔다. 아주 무섭지는 않았던 것 같다. 고양이는 우리에게서 눈을 떼지 않았다. 그럴 작정이었다면 베어를 덮칠 수도 있었을 거다. 베어보다 키는 작지만, 이 고양이는 강하다. 보면 알 수 있다. 나는 막대기를 주워 경고를 보내듯 위로 쳐들었다. 내 동생한테 덤비면 내가 나설 거라는 경고였다.

고양이는 귀 끝의 검은 붓털을 바짝 세우고 뭉툭한 짧은 꼬리를 한 번 휙 흔들었을 뿐 움직이지 않았다. 긴 다리로 거기에 가만히 서서 마치 우리가 무슨 관계인지 연구라도 하듯 눈길을 옮겨 가며 우리를, 나와 베어를 바라봤다.

나는 팔을 뻗어 동생을 더 가까이 끌어당겼다. 둘이 함께라면 우리가 더 크고, 더 강하다.

"동물원에서 나왔을지도 몰라." 베어가 이렇게 말했다. "총알을 피해서. 동물원에서 도망친 동물들이 있을 거야." 동생은 무서워하기는커녕 호기심으로 눈을 빛내며 무슨 동물인지 알지 못한다는 것 때문에 조금 짜증을 냈다.

그 순간 나는 갑자기 깨달았다. 학교에서 뭔가 쓸모 있는 것을 배우긴 한 것 같다. "스라소니야. 리와일더들이 풀어 줬어."

"스라소니." 베어가 그 이름을 천천히 말했다. 스라소니는 우리 야생 동물 책에는 등장하지 않는다. 그 책들이 쓰이기 훨씬 오래전에 이 땅에서 사라졌으니까. 우린 몇백 년 전에 이미 사냥으로 스라소니를 멸종시켜 버렸다.

"스라소니는 원래 들여오면 안 되는 거였어. 불법이었지. 리와일더들이 러시아에서 데려왔어." 리와일더들은 사슴이나 토끼의 수를 억제할 무언가가 필요했다. 그대로 두면 개체 수가 폭발할 테고, 초식 동물이 너무 많아지면 숲이 자랄 수 없을 테니까. 하지만 그들은 총보다는 좀 더 자연적인 방법을 원했다. 리와일드, 즉 다시 야생이 된 뒤에도 계속 남아 있을 수 있는 존재. 물론 우리 교육위원회의 교안에 따르면 스라소니는 리와일더들의 무책임함을 알려 주는 또 하나의 사례일 뿐이었다. 이미 초만원인 땅에 위험한 포식자들을 풀어놓았다는 것이다.

"왜 우릴 지켜보는 걸까, 쭈?"

스라소니는 정말로 궁금한 듯 우리를 골똘히 주시했다. 아이라이너로 그린 듯 검은 윤곽선이 있는 눈이 아름다웠다.

나는 어깨를 으쓱했다. "아마 사람을 본 적이 없었을 거야."

"여기야, 야옹아, 쯥쯥." 고양이를 부를 때 이런 소리를 낸다는 걸 이야기에서만 접했을 뿐인데도 베어는 익숙한 듯 입으로 소리를 냈다.

"베어!" 내가 겁에 질려 속삭였다. "그런 고양이가 아니야."

"우릴 해치지는 않을 거야."

"여긴 야생이야, 베어."

베어가 얼굴을 찌푸렸다. "야생은 좋은 거잖아, 안 그래?"

"늘 그런 건 아냐." 스라소니는 눈만 천천히 깜박였고, 몸은 가만히 있었다. 누군가는 움직여야 했다.

"이리 와!" 나는 베어를 뒤로 끌어당기면서 뒷걸음질쳤다.

"안녕! 야옹아. 근데 계속 이렇게 뒤로 걸어야 해, 쭈?"

"응, 고양이가 더 이상 우리를 볼 수 없을 때까지는 그러는 게 좋겠어. 어서 가자, 물도 찾아야 하고 야영할 곳도 찾아야 해. 우리를 잡아먹을지도 모르는 동물이 없는 곳. 알지?"

4

몇 킬로미터 전부터 강이 있다는 건 알고 있었다. 지피에스에도 나오고, 나무 너머에서도 소리가 들렸다. 물이 속삭이는 소리. 하지만 거기서 무엇을 발견할지 괜히 두려웠다. 그래도 더 이상은 참을 수가 없었다. 우리는 물을 향해 걷기 시작했다.

리와일드 이전에는 오염되어 갈색 또는 주황색 강물이 흘렀다. 쓰레기 매립지나 배수가 안 되는 땅에서 유출된 화학 폐기물이 강으로 흘러들었던 것이다. 피부에 닿으면 화상을 입을 수 있는 강도 있었고, 성냥불을 갖다 대면 불이 붙는 강도 있었다. 애니 로즈는 우리 캠핑 장비 중에서 중요한 도구 중 하나가 깨끗한 물인지 아닌지를 알려 주는 검사지가 들어 있는 작은 양철통이라고 했다. 우리가 팜하우스를 떠나기 전 애니 로즈가 사용법을 알려 주었다. 나는 애니 로즈에게 우리 부엌 싱크대의 물에 검사지가 주황색으로 변했다는 말을 차마 못했다. 주황색은 마시기에 안전하지 않다는 뜻이다. 이 강물도 띠가 파란색으로 변할 것 같지는 않았다. 강물 색은 어둡고 탁했다.

"내가 해 봐도 돼, 쭈?"

나는 양철통을 든 채 베어와 함께 있었다. "글쎄, 어쩌면. 하지만 여긴 너무 가파른 것 같아."

물로 내려가는 경사면은 나무뿌리와 가시덤불이 빽빽했다.

자칫 발을 헛디디면 바로 물로 떨어질 거다. 물이 얼마나 깊은지 알 수 없었고, 강바닥도 보이지 않았다. 게다가 우린 수영을 배운 적이 없다. 도시의 수영장은 생각만 해도 너무 역겹다. 기름 더께가 물 위에 둥둥 떠다녔다. 사람 몸에서 나온 분비물과 소독약이 합쳐져 만들어진 찌꺼기였다.

"상류 쪽으로 더 가야 해." 도시에서 써 보지 못한 새로운 단어가 내 입에서 자연스럽게 흘러나왔다. 상류. "물가로 내려가기 좀 더 쉬운 곳으로 가자. 진드기 조심하고."

상류에는 키가 큰 풀이 무성하게 자라고 있었다. 사방에 진드기가 있을 거다. 진드기에게 여긴 완벽한 환경이다. 진드기는 흡혈귀와 비슷하다. 둘 다 피를 빨아 먹고 해를 싫어한다. 둘 다 어둡고 습한 곳을 가장 좋아한다. 초목이 우거진 곳, 따뜻한 피를 가진 무언가가 지나갈 때까지 눈에 띄지 않고 기다릴 수 있는 곳. '진드기의 기다림.' 바로 그걸 가리키는 말이다.

"블랙베리야! 누나가 노스엣지에서 가져왔던 거!" 베어가 꺅꺅 소리를 질렀다. 베어 말이 맞았다. 같은 식물이었다. 검은색 작은 열매가 총총히 박혀 있는 나무.

"우린 채집가야!" 베어의 입 주위에는 이미 즙이 묻어 있었다. 처음 블랙베리를 봤을 때 품은 의심은 사라진 지 오래였다.

나도 입 안 가득 그 맛을 느끼고 싶어 열매를 땄다. 달콤함과 새콤함이 어우러진 맛. 그런데 여기 나무는 노스엣지에서 본 것과는 달랐다. 여기 블랙베리는 대부분 칙칙한 검은색이었고, 덜 익은 작고 단단한 열매는 보이지 않았다. 마지막 남은 열매들이었다. 상하기 시작한 듯 탁해 보이는 것도 있었다.

"이리로 지나가면 돼, 쭈." 베어는 덤불이 갈라진 곳에 서 있었다. 뭔가가 우리보다 앞서 여기 있었다. 물을 마시러 내려간 어떤 동물이겠지. 아마도 그 스라소니이지 않을까.

"좋아." 내가 조심스럽게 말했다. "조심해서 내려가, 알았지?" 땅이 축축하고 미끄러워서 넘어지지 않게 강둑에 손을 짚어야 했다. 강물은 언제 이런 높이까지 올라오지? 최근에 비가 내린 걸까? 우린 도시 밖의 날씨에 대해서는 전혀 몰랐다.

베어가 납작한 신발 바닥 때문에 자꾸 미끄러져서 내가 앞에 가는 베어의 어깨를 붙잡아 주었다. 우리가 물가에 도착하자, 베어가 내 쪽으로 휙 돌아섰다. "쭈 누나, 내가 해 볼래! 누난 지피에스가 있잖아! 이건 내가 할래!"

베어에게 양철통을 건네줬다. "10초 동안 물속에 담그고 있어야 해, 알지?" 나는 눈을 감고 싶은 충동을 느꼈다. 하늘을 올려다볼까. 그럼 검사지가 같은 색을 보여 줄 것 같았다. 고개를 들고 베어가 말을 할 때까지 기다리는 거지. 파란색이라고.

하지만 그러지 않았다. 가만히 베어 손에 들린 얇은 띠가 물에 젖는 것을 바라봤다. 몇 초 뒤에 색이 나타났다. 내 팔레트 어디쯤 있었는지는 모르겠지만 초록색으로 변하려는 파란색이었다. 청록색. 내가 늘 상상해 온 바다색이 나타났다.

"좋아, 베어. 이건 진짜 좋다는 거야."

"마셔도 돼?"

"마셔도 돼."

베어가 자기 옆에 내 자리를 만들어 줬다. 우리는 손으로 물을 떠서 입에 넣었다. 꿀꺽꿀꺽, 오랫동안 목을 축였다.

물은 얼음처럼 차가워서 우린 둘 다 오들오들 떨었다. 그냥 차갑기만 한 게 아니라 다른 게 더 있었다. 신선했다. 맛있게, 아름답게 신선했다. 영원히 순환하는 도시의 오래된 물과는 완전히 달랐다. 도시의 물과 관련한 통계 수치는 아무도 알고 싶어 하지 않을 정도로 끔찍했다. 자신이 마시는 물이 이미 얼마나 많은 몸을 거쳐 왔는지, 또 물속에는 플라스틱이 얼마나 들어 있는지에 대한 거였다.

태양이 하늘에서 낮게 타올랐다. 더 이상 지체해서는 안 된다. 하지만 내 머릿속에서는 가장 중요한 목표인 물을 발견했다는 승리감이 뛰놀았다. 애니 로즈에게 소식을 전할 방법만 있다면 더할 나위 없을 텐데.

"분명 물고기가 있을 거야!" 베어가 물 위로 몸을 기울였다.

"어쩌면."

"물고기를 먹을 수도 있겠다!"

"어쩌면." 하고 내가 대답했다. "우리가 잡을 수만 있다면."

"쭈 누나, 내가 잡을 수 있어. 여긴 물고기가 있을 것 같아. 아주 많을 거야!" 베어의 확신에 저절로 미소가 지어졌다.

베어 말이 맞으면 좋겠다. 그럼 강이 좋아졌다는 거니까. 리와일드 사건이 일어난 건 물고기가 사라지고도 한참 지난 뒤였다. 애니 로즈 말로는 처음엔 죽어서 배가 부풀어 오른 물고기가 강에 가득했고, 물고기 사체가 썩어 없어진 뒤에도 강은 오염된 채 그대로 남았다고 한다. 그 뒤에는 물고기의 자리를 차지한 조류 식물이 퍼져 커다란 그물처럼 물을 덮어 버렸다.

아마도 이런 과정들을 봤기 때문에 사람들은 좀 더 쉽게 강과 나무, 그때까지 남아 있던 다른 것들까지 그대로 내버려 두고 떠날 수 있었을 거다. 더 이상 아름답지 않았으니까. 그 무렵 병이 돌기 시작했다. 그 병이 얼마나 치명적인지 알게 되었을 때, 사람들이 그 모든 일에 동조할 수밖에 없었다는 것도 이해가 된다. 사람들은 스스로 우리 안으로 걸어 들어갔고, 밖으로 나가는 문은 모두 닫아걸었다.

우리는 아직 물고기는 보지 못했지만 곤충은 찾아냈다. 길고 검은 몸통에 네 다리를 십자가처럼 뻗은 곤충들이 물 표면에서 위태롭게 균형을 유지하고 있었다.

"소금쟁이야." 베어가 단언하듯 말했다.

더 멋진 곤충도 있었다. 그건 베어가 먼저 봤다. 이 곤충은 갈대 끝에 앉아 있었다. 길고 가느다랬고, 금속성이 느껴지는 밝은 청색 몸통에 네 장의 날개가 달려 있었다. 투명하게 반짝이는 날개는 마치 우리 아파트 건물의 예전 현관에 끼워져 있었던 유리 판 같았다.

"잠자리!" 내가 의기양양하게 말했다. 내가 아는 거였다.

"혹시 약대벌레인가? 잘 모르겠어." 베어가 말했다.

"잠자리가 더 좋아!"

그 생명체는 공중으로 날아올라 강물 위에 무리 지어 있는 날벌레들의 소용돌이 속으로 들어갔다. 먹이를 찾아. 내 귀에는 잠자리 날갯짓 소리가 들리는 듯했다.

이제 그만 가자는 말을 안 해도 되면 얼마나 좋을까. 하지만 잠자리가 잡으려는 저 날벌레들이 모기라면? 혹시 모기에게도 이미 그 병이 옮겨 갔다면?

날이 점점 어두워지고 있었다. 아직 앞이 보일 때 텐트를 치려면 좀 더 걸어야 했다. 나는 가능한 한 깨끗한 강물을 담으려고 최대한 손을 멀리 뻗어 갖고 온 통에 물을 채우기 시작했다. 하지만 서두르지는 않았다. 손가락을 물속에 넣고 휘저을 때의 느낌을 계속 느끼고 싶었다. 그때 베어가 비명을 질렀다.

"쭈 누나! 저게 뭐야?" 동생은 그게 뭔지 이미 알고 있었다. 베어의 목소리에서 공포가 느껴졌다. 우리가 심장박동 소리만큼이나 잘 아는 소리였다. 애니 로즈는 귀에 날벌레가 들어간 것처럼 붕붕거리고 윙윙거린다고 했지. 글리포세이트로 날벌레를 다 죽였기 때문에 뭔가 붕붕거리는 소리가 나면 베어와 나는 단 한 가지만을 떠올린다. 감시 드론.

드론은 물 위 2, 3미터 정도쯤을 날아다니고 있었다. 강이 완벽한 통행로를 제공하는 셈이었다. 베어는 배낭을 찾느라 더듬거렸다. 배낭은 내버려 두고 그냥 도망치라고 말하고 싶었지만 우리에겐 그 가방 안에 든 물건이 전부 다 필요했다. 나는 동생 가방을 어깨에 걸쳐 주고 내 가방을 와락 집어 든 다음 가시덤불을 헤치고 나아갔다. 다시 나무들 속으로, 숲속 더 깊이.

강가에서 그렇게 꾸물거리다니 바보 같은 짓이었다. 당연히 경비대가 우리를 찾아다니고 있을 텐데. 당연히 그랬을 거다. 애벗 교장은 우리가 학교에 오지 않았다는 걸 알게 된 순간 제일 먼저 보고를 했을 테니까.

강은 그들이 수색할 가장 확실한 장소였다. 우리가 살아남으려면 물이 필요하다는 걸 알 테니까. 강을 따라 양방향으로 드론을 보냈을 거다.

우리 뒤에서 소리가 들렸다. 붕붕거리는 소리를 내며 우리의 모든 움직임을 비췄다. 우릴 쫓아서. 금속 다리가 붙어 있는, 공처럼 생긴 은회색 물체. 시끄러운 소리가 커졌다. 휘감아 도는 공기가 마치 추적자의 손가락처럼 내 목덜미에 와 닿았다.

"더 빨리, 베어!"

이건 그냥 기계일 뿐이다. 하지만 도망칠 때는 그런 생각이 안 든다. 무조건 달리는 수밖에. 빨리, 더 빨리, 좀 더 빨리. 드론이 우리를 해치지는 못하더라도 어디선가, 저 도시의 관제탑 아니면 벙커에서 누군가 드론이 보는 모든 것을 보고 있을 거다. 그들은 우리가 어디 있는지 알고 있다. 우리가 살아 있고, 보급품을 충분히 담을 수 있을 만큼 가방이 크다는 것을 안다. 이건 누군가 우리를 도와주었다는 것을 의미한다. 즉 애니 로즈가 진술하기로 한 것과는 완전히 상반되는 거다. 유리가 깨진 걸 발견하고 놀라는 애니 로즈. 애니 로즈는 손주들이 사라져 버려 절망에 빠진다. 왜냐하면 입은 옷 그대로 집을 나간 우리가 밖에서 살아남을 가능성은 없으니까.

"베어, 손 잡아!" 우리는 방향을 바꾸어야 했다. 오른쪽으로 틀었다가 다시 왼쪽으로 틀었다. 지그재그로 나무들 사이를 지났다. 나는 머리가 빙빙 돌고 어지러웠다. 그러나 멈추면 안 되었다. 오른쪽, 다음엔 왼쪽, 그런 다음 다시 오른쪽으로.

드론은 오랫동안 우리 뒤를 쫓았다. 운전수인지 조종사인지가 열심히 조종 연습을 했겠지. 반사 신경이 뛰어난 사람인 것 같았다. 기계가 마치 잠자리처럼 날았다. 빠르고, 정확했다.

그러다가 그 소리가 내 머릿속에서 들린다는 것을 깨달았다. 뒤를 돌아보니 드론은 보이지 않았다.

"그만! 잠깐 쉬자."

베어가 바닥에 드러누워 가슴을 들썩거렸다. 베어가 이렇게

까지 힘이 빠진 건 본 적이 없었다. "따돌렸어?"

"그런 것 같아." 나도 숨을 헐떡였다. 나뭇가지 아래로 몸을 숙였다가 나무뿌리를 뛰어넘고, 나무와 가시덤불을 헤치며 정말 오랫동안 달렸으니까.

"나무에 부딪혔을까?"

"어쩌면." 그렇다 해도 또 다른 드론을 보낼 거다. 애벗 교장이 나선다면 그들은 뭐든지 보낼 수 있다.

"쭈 누나, 물 있어?" 베어가 물었다.

물병을 건네는데 갑자기 속이 울렁거렸다. 이건 내가 제일 먼저 채운 물병이다. 드론을 발견했을 때까지만 해도 손에 물병을 쥐고 있었는데. 그 물병은 강둑에 놓고 왔다.

"다른 병은 어딨어?" 얼어붙은 나를 보고 베어가 물었다.

"이 한 병으로 버텨야 할 것 같아."

"돌아가면 돼." 베어는 일어나 왔던 길을 찾기 시작했다.

"안 돼! 안 돼, 베어!" 내가 소리쳤다. "드론이 우릴 볼 거야. 이 병을 계속 채우면 돼. 이제부터 더 조심하면서 재빨리 물을 담자. 어두워졌을 때나."

"그러면 괜찮을까?"

내게 남은 대답은 한 가지뿐이었다. "곧 비가 내릴 거야. 빗물을 받아서 마시면 돼."

"에티엔 형이 있으면 좋겠다." 베어가 말했다.

"에티엔은 없어." 내가 톡 쏘아붙였다. "나하고만 있어야 해."

베어가 움찔했다. 내가 갑자기 왜 그렇게 화가 났는지 모르겠다. 어쩌면 나도 그걸 바랐기 때문인지도. 이런 일은 나보다 에티엔이 더 잘했을 거라고 생각하기 때문만은 아니었다. 에티엔이 있었다면 베어도 잘 구슬리고 우리 짐도 나눠서 졌을 거다. 그리고 친구가 되어 주었겠지. 대화를 나누고 결정을 내리는 걸 도와주는 친구. 에티엔이라면 어떤 길로 가야 할지 미리 짰을 텐데. 그럼 우리는 어디로 가야 할지, 얼마나 걸릴지 정확히 알 수 있었겠지.

베어의 눈이 물기로 반짝였다. 동생한테 소리를 지르다니. 베어를 달래 줄 애니 로즈도 없고 우리 둘뿐인데. 나는 죄책감 때문에 속이 꽉 막히는 느낌이었다. "이리 와, 우리 곰돌이. 원래 길로 다시 돌아가서 캠핑을 할 만한 곳을 찾아보자."

"쭈 누나, 오늘 밤엔 땔나무 모을까? 불 피우면 안 돼?" 이 모든 상황에도 베어는 여전히 들떠 있었다.

"잘 모르겠어, 베어." 내가 천천히 말했다. "나도 불을 피우고 싶은데, 드론이 근처에 있으면 신호를 보내는 꼴이 될까 봐."

"늑대를 쫓으려면 불이 있어야 한다고."

늑대는 동물원에서 나왔다. 스스로 탈출했거나 아니면 사육사들이 풀어 주었을 거다. 그러는 편이 나았을 테니까. 도시의 다른 애완동물들에게 일어난 일과 비교한다면 말이다. 루퍼스, 제이미와 레오. 스모키, 뽀삐와 보.

"늑대가 있었으면 벌써 소리를 들었겠지, 베어. 어젯밤에 아무 일도 없었잖아. 아무것도 안 왔고." 늑대들은 사람을 멀리해야 한다는 것을 이미 알지 않을까? 피비린내 나는 길고 긴 사냥의 역사를 통해 인간들은 늑대에게 그 사실을 충분하고도 분명하게 보여 주었으니까. 그런데 늑대라는 종의 기억에 그게 남아 있을까? 토끼들은 확실히 그렇지 않은 것 같은데. 하지만 늑대는… 늑대는 훨씬 더 영리하다. 그래서 옛날이야기에 늑대들이 그렇게 많이 나오는 거다.

"불 피울 거라고 약속했잖아. 춥단 말이야, 쭈."

"알아, 베어. 불 피울 거야. 하지만 오늘 밤은 안 돼."

베어는 부루퉁한 얼굴이었다. 겁먹고 슬퍼 보였다.

"네가 텐트를 칠래? 끝을 눌러 놓을 돌만 있으면 되잖아. 좀 더 가서 적당한 장소를 찾아보자."

"너무 어두워." 베어가 심드렁하게 말했다.

베어 말이 맞았다. 하지만 드론이 올까 봐 손전등을 켤 수 없었다. 남은 건 오로지 내 가슴에 있는 에티엔의 지피에스뿐이었다. 위성과 통신하는 부드럽게 빛나는 둥근 물체.

"우린 달빛으로만 걸어갈 거야. 진짜 탐험가들처럼."

"그리고 별빛도?"

"바로 그거야. 우리한테는 불빛이 백만 개나 있는 거지. 우린 진짜 운이 좋아. 조금만 더 가서 텐트를 치자, 약속해."

우리는 힘들게 다리를 들어 올려 계속 걸었다. 드론은 없었지만, 있다면 소리가 들렸겠지, 나는 계속 뒤를 돌아다봤다. 우리가 미행당하고 있다는 느낌을 떨칠 수가 없었다.

7 진드기

_____

1

달이 머리 위에 걸려 있었다. 별들이 만들어 낸 긴 줄에 하얀 연이 달려 있는 듯했다. 수조 킬로미터 떨어져 반짝이는 불빛들.

우리가 자리를 잡고 막 텐트를 치려는데 베어가 그 단어를 내뱉었다. 아니, 거의 비명을 질렀다.

"진드기야, 누나! 진드기!"

"어디?" 나는 소리치면서 바보스럽게 손에 든 막대기를 휘둘렀다. 막대기가 벌레를 물리치는 데 도움이나 되는 것처럼.

"내 목에!" 동생은 울고 있었다. 베어가 무서워하는 유일한 동물이다.

나는 정신없이 손전등을 켜고 베어가 작은 손가락으로 가리키는 귀 아래를 비췄다. 갈색이나 검은색일 거다. 둥근 몸체에 여덟 개의 다리가 있고, 머리는 피부 속 깊이 파묻힌 벌레.

"가만히 있어. 만지지 말고." 이런 상황을 수도 없이 연습했다. 학교에서도 진드기에 물렸을 때를 대비해 어떻게 해야 하는지 가르쳤다. 진드기는 절대로 짓이기면 안 된다. 핀셋을 꼭 쥐고 피부에 바싹 붙여서 잡아당길 것. 천천히, 흔들림 없이.

시간이 중요하다. 진드기가 오래 빨수록 그 병이 피부 장벽을 뚫고 들어갈 시간도 늘어난다. 그러면 바이러스가 체액 속으로 스며든 거다. 그러니 제대로 해야 한다. 지나치게 힘을 줘서 진드기가 으깨지면 바이러스를 한꺼번에 방출한다. 아니면 주둥이를 피부 속에 남긴 채 떨어져 감염의 중심이 된다.

우리한테 면역력이 있다 해도 감염이 되었을 때 내버려 둬도 된다는 말은 아니다. 그런데 우리한테 면역력이 없다면? 실반의 말처럼 그 병이 우리가 가진 면역력을 넘어서 변이가 되었으면 어떡하지? 베어는 겨우 여덟 살이다. 어릴수록 감염에 더 취약하다. 아직 면역 체계가 충분히 발달하지 않았으니까.

"쭈 누나, 진드기는 우리한테 해를 못 주지? 괜찮지?" 베어는 두려움에 목소리가 갈라졌다.

"맞아, 하지만 그래도 떼 내야 해."

나는 금속 핀셋을 손에 쥐고 정확한 각도로 최대한 피부 가까이 다가가 진드기의 몸통과 버둥거리는 다리 아래로 핀셋을 집어넣었다. 하지만 내 손가락에는 아무런 감각도 느껴지지 않았다. 핀셋으로 진드기를 꽉 잡고 당겼다. 천천히, 흔들림 없이, 똑바로. 벌레가 베어의 피부 속에 그 집게 주둥이를 묻어 두려고 딱 달라붙어 저항하는 게 느껴졌다.

떼어 내려 해도 진드기가 스스로 떨어지려고 하지 않으면 문제였다. 어쩔 수 없이 베어의 피부까지 조금 떼 내야 했다. 그때 갑자기 진드기가 떨어져 나왔다. 피를 잔뜩 빤 검은 진드기가 핀셋 사이에서 버둥거렸다. 나는 진드기를 바닥에 내던진 다음 부츠 굽으로 땅에 짓이겼다. 그런 다음 구급상자에서 소독용 솜을 꺼내 베어의 목에서 빨갛게 부어오른 데를 부드럽게 두드렸다. "괜찮아, 우리 곰돌이. 괜찮아, 이젠 사라졌어."

베어가 눈을 크게 뜨고 고마운 눈길로 나를 올려다봤다. "병에 안 걸리겠지, 쭈?"

나는 고개를 끄덕였다. "상처를 잘 지켜보기만 하면 돼. 깨끗하게 하고. 이리 와 봐. 다른 데도 살펴봐야겠어."

나는 손으로 동생의 목에서부터 어깨까지 쓰다듬으며 부드러운 피부에 혹시 뭐가 난 게 없는지 찾아보았다. 오늘 아침에 이 일을 가장 먼저 했어야 했는데. 어쨌든 진드기는 오늘 처음 나온 게 틀림없다. 아마도 강에서 왔겠지. 어쨌거나 지금 그걸 확인하느라 시간을 허비하는 건 아무 의미도 없었다. 너무 어두워서 보이지도 않으니까.

"이제 됐어. 텐트 칠 데를 찾아보자. 우리 꽤 멀리 왔어."

2

나무 아래에 바닥용 방수포는 깔았지만, 위에는 아직 텐트를 치지 않았다. 하늘 위를 올려다보고 싶었다.

베어는 하늘의 별들이 그려 내는 생명체들을 상상하고 있었다. 필수품이 아닌 것 중에서 내가 유일하게 챙긴 것은 스케치북이었다. 동생은 내 스케치북을 차지하고 손전등을 비췄다.

도시에서는 별을 본 적이 없다. 거의 불가능한 일이다. 빛 공해가 너무 심하니까. 너무 많은 사람이 너무 빽빽이 모여 살아서 어디에선가 누군가는 항상 깨어 있었다.

진드기 자국은 세 군데 더 있었다. 베어의 오른쪽 발목에 두 개, 내 정강이에 한 개. 바닥에 앉은 다음에야 우린 물린 자국을 발견했다. 우리는 감기에 걸리지 않도록 조금씩 옷을 벗고, 소름이 돋은 피부를 손가락으로 죽 더듬어 보았다.

진드기에 물려도 처음에는 아무 느낌이 없다. 그게 내 다리에 붙어서 오랫동안 피를 빨았는데도 나는 전혀 알아채지 못했다. 진드기는 피를 빠는 동안 우리 몸속에 진통 물질을 주입해 그 부위를 마비시키기 때문이다. 그래서 진드기가 붙어 있어도 아무런 감각을 느끼지 못하는 거다.

베어의 목덜미에 난 자국은 빨갛게 부어 있었지만 커지는 것 같지는 않았다. 진드기에 물리면 빨갛게 부어오르는데 상처 부위가 더 커지지 않는지 조심해서 지켜보아야 한다.

우리는 마지막 샌드위치를 먹었다. 베어에게는 스낵바 하나를 더 주었다. 그리고 텐트에서 몇 미터 떨어진 나무 아래 덫을 놓았다. 힘이 빠지는 게 느껴졌다. 우리에게는 단백질이 필요했다. '그것'이 뭐든 아침에 일단 3, 4킬로미터쯤 걷고 나서 '음식'으로 만들 거다. 불도 피워야지. 그러면 따뜻하게 조리한 음식을 정말로 배불리 먹을 수 있을 거다.

우리는 강으로 다시 돌아가야 했다. 베어에겐 빗물을 받아 마실 거라고 했지만 비가 언제 올지 알 수 없었다. 오늘 밤은 하늘이 붉었다. 하늘이 온통 피를 흘리는 것 같다. 하늘이 이러면 날씨가 어떻게 된다고 했던 것 같은데, 도무지 기억이 안 났다.

"쭈 누나, 그 고양이야." 베어가 무심한 말투로 속삭였다. 너무 무심해서 무릎 위에 펼쳐 놓은 스케치북의 별자리 그림에 그려 넣은 스라소니를 말하는 거라고 생각했다. 하지만 베어는 어둠 속을 가리켰고, 그곳 나무 아래 흐릿한 형체가 보였다.

내 눈으로 전체 모습을 파악하기까지는 시간이 좀 걸렸다. 고양이였다. 낮에 본 그 고양이. 고양이는 엎드려서 발 위에 머리를 얹고 우리를 지켜보고 있었다.

"우릴 따라온 것 같아?" 베어가 물었다.

"나도 몰라."

"그래도 캠핑 장소를 옮겨야 하는 건 아니지? 오늘은 더 이상 걷고 싶지 않아. 못 해!" 울먹일 듯한 목소리였다.

나 역시 더 걷고 싶지 않았다. 온몸이 쑤시고 머리도 아팠다. 저건 그냥 고양이다. 크긴 하지만 사자나 호랑이만큼 크진 않다. 게다가 우리는 한참 동안 가만있는 사냥감들이었는데도 내버려 두었다. 마음을 먹었다면 벌써 우리를 덮쳤을 거다.

"잠깐 두고 보자, 뭘 하는지."

"나 대벌레가 보고 싶어." 베어가 말했다.

"그래?" 나는 동생을 꼭 안아 주었다. "대벌레들은 잘 지낼 거야. 알지? 훌륭한 사육사가 있다는 거."

베어가 미소를 지었다. 동생은 떠나기 전날 대벌레를 에티엔에게 주었다. "에티엔 형이 대벌레를 팜하우스에 데려가면 좋겠다. 모험을 할 수 있게 말이야. 대벌레들은 거길 좋아하거든."

나는 고개를 끄덕였다. 에티엔이 대벌레를 위해 또 애니 로즈를 위해 뭐든지 해 줄 거라고 했으니까 우리가 걱정 안 해도 된다는 말을 해 주고 싶었는데 그럴 수가 없었다. 에티엔과 애니 로즈를 생각하면 목구멍에 덩어리 같은 게 느껴졌다. 게다가 애니 로즈 걱정을 할 필요가 없다는 건 순 거짓말이었다.

포르샤 스틸의 경비대가 애니 로즈의 이야기를 그대로 믿어 줄까? 베어랑 내가 유리창을 깨뜨렸고, 할머니에게서 도망쳤다는 말을? 그들은 바보가 아니다.

"저 스라소니에게 우리가 이름을 지어 줄까?" 베어의 목소리에서 어떤 기대가 느껴졌다. "저 녀석이 우리의 새로운 애완동물이 될 수도 있어."

"베어, 또 그러는 거야?" 나는 이렇게 말하며 눈썹을 치켜올렸다. "녀석이라니, 남자라는 거야?"

"여자야?"

"나도 몰라. 내 생각엔 여자인 것 같아." 이유를 설명할 수는 없었다. 고양이가 우리를 지켜보는 방식 때문인 것 같았다.

"그럼 제인 그레이 여왕이라고 부를까? 목둘레에 왕족들처럼 칼라를 두르고 있으니까."

"하지만 그 이름은 이미 썼잖아. 에티엔하고 있는 제인 그레이 여왕. 다른 이름 없어?"

"몰라. 골디는 어때? 엠포리엄 애완동물 목걸이에 있었어."

"아니, 너무 뻔해." 이 고양이는 훨씬 멋지다. 목에 반짝거리는 금 목줄을 두른 애완동물이 될 수는 없다.

"저 고양이는 그림자 같아." 베어가 코를 찡그리며 이렇게 말했다. "우리 뒤를 따라오는 게."

"그거 좋은데."

"아니면 숲속의 유령 고스트는 어때?"

"그거 맘에 든다, 고스트."

"유령 벌레인 대벌레처럼." 베어가 만족스러운 듯 말했다.

"바로 그거야. 우리가 두고 온 대벌레들을 기리는 뜻으로 너의 이름을 고스트라 명명하노라." 내가 거만한 말투로 이렇게 말하자, 베어도 엄숙하게 나를 따라 그 이름을 되풀이했다.

"자, 그럼 텐트 치는 것 좀 도와줘. 저 스라소니에게 이름을 지어 주긴 했지만 정확히 말하면 아직 친구는 아니야. 잘 때는 텐트 안이 좀 더 안전할 것 같아."

"고스트가 늑대들이 못 오게 지켜 줄 거야."

"그럴 수도. 그러면 좋지."

"우리 경비 고양이야."

나는 고스트를 건너다봤다. 여전히 노란 눈을 뜨고 우릴 지켜보는 중이었다. 정말로 저 고양이가 우릴 지켜 주면 좋겠다. 혹시 드론이 오는 소리를 들으면 고양이이든 스라소니이든 우리한테 경고를 해 주렴.

텐트는 달빛은 막아 내지만 추위는 막아 내지 못했다. 바닥에 깔아 놓은 방수포 역시 습기가 우리 침낭 속으로 들어오는 걸 막지 못했다.

숲은 건조해 보여도 그 속에 빠져들면 전혀 건조하지 않다. 며칠 전에 내린 빗물 때문인지 아니면 나뭇잎 때문인지는 모르겠다. 나뭇잎이 빨아올린 물은 잎들이 떨어져 땅의 일부가 될 때 전부 빠져나온다. 그리하여 물의 여행은 다시 처음으로 돌아간다.

"배고파, 쭈." 베어가 말을 걸어 와 생각이 멈췄다.

"알아." 나는 조금 떨어진 곳에 놓아둔 덫을 생각하며 대답했다. "고스트가 우리 식량을 가져가지 않으면 좋겠다."

"맞아." 베어가 졸린 목소리로 말했다. "뭐가 잡힐까?"

"토끼나 청설모 같은 걸 거야. 뭐가 제일 맛있을까?"

"내 생각엔 토끼가 더 맛있을 것 같아. 토끼는 청설모만큼 꼬리가 크지 않으니까 버릴 것도 없고. 청설모는 다 꼬리야."

"맞아." 나는 우리가 얼마나 미친 짓을 하고 있는 걸까 하는 생각을 하며 이렇게 대답했다. 두 번째 날에 우린 벌써 토끼랑 청설모 고기가 어떤 맛일지 상상하고 있다. 심지어 야생의 스라소니가 왠지 우리를 보호해 주는 건 아닐까 기대하면서.

3

"고장 났나?" 베어가 두 손으로 빈 덫을 집어 들며 말했다.

"조심해! 손가락이 낄 수도 있어!"

"그 아저씨가 누나한테 고장 난 덫을 판 거 아냐?"

"밤새 아무것도 안 왔나 봐. 아니면 뭔가 오긴 했는데 미끼가 마음에 안 들었거나." 충분히 그럴 수 있다. 그 스낵바는 '달콤 사과'라는 이름을 가졌지만 도시의 모든 것이 그러하듯 플라스틱 모형 같았다. 포장지를 뜯었을 때 사과 냄새조차 나지 않으니까. 그런 걸 여기 사는 어떤 동물이 먹고 싶어 할까?

"배고파, 쭈! 배고파 죽겠어!" 베어가 큰 소리로 투덜거렸다.

"알아, 베어." 나는 힘없이 대꾸했다. 오늘 아침 잠에서 깼을 때 드론이 우리 텐트를 둘러싸고 있지 않을까 하는 걱정에 뒤이어 떠오른 생각은 덫이었다. 나는 우리가 뭘 발견할지, 그 때문에 내가 무슨 일을 해야 할지 걱정했다.

설핏 잠에서 깼을 때 이런저런 생각을 했다. 조금이라도 온기를 느끼려고 무릎을 당겨 끌어안고, 다시 잠들려고 애썼다. 그러다 곧 잠이 들었는데 꿈에까지 그 생각이 이어졌는지, 덫에 걸린 사슴을 발견하는 꿈을 꿨다. 하지만 나는 그 사슴을 어떻게 죽여야 하는지도 모르는 데다 내가 그만한 강심장인지도 알 수 없어서 난감했다. 그러고 보니 덫이 비어 있을 거라는 생각은 꿈에도 하지 않은 모양이다.

"스낵바가 좀 남았어. 그거 줄게."

"스낵바 싫어. 질렸단 말이야." 베어는 이렇게 말하면서도 '여름 딸기' 스낵바 한 개를 다 먹고는 더 달라고 졸랐다.

배 속에서 울리는 꼬르륵 소리가 점점 커져서 모르는 척할 수가 없었다. 그들은 스낵바에 이런저런 칼로리와 단백질이 함유되어 있다고 주장하지만 이제 보니 배고픔을 제대로 채워 주지 못하는 게 분명하다. 그런 데다 이런 속도로 먹어 치우면 이마저도 곧 떨어질 것이다. 문제는 우리가 그저 밖에서 지내기만 하는 것이 아니라 밖에서 지내면서 매일 엄청난 거리를 걷고 체온을 유지해야 한다는 거다. 그것만으로 우리가 섭취한 에너지를 깡그리 소모하게 될 것이다.

"마로니에 열매를 먹어도 될 것 같아." 베어가 제안했다. "청설모들처럼 말이야. 내 주머니에 몇 개 있어."

베어는 온갖 걸 다 모은다. 어떤 나무에서 뭐가 나는지 잘 안다. 참나무의 도토리, 단풍나무의 헬리콥터 날개가 달린 씨앗, 오리나무와 소나무의 방울 그리고 열쇠 뭉치처럼 매달린 물푸레나무 씨앗 등.

동생은 말밤이라고 하는 마로니에 열매를 최고로 친다. 베어가 왜 그걸 먹고 싶어 하는지 알 것 같다. 윤이 나는 이 커다란 열매는 손바닥 모양의 잎이 달린 나무에서 떨어진다. 이런 마로니에 열매를 줍지 않고 그냥 지나치기는 힘들다. 반질거리는 열매를 손바닥에 쥐고 직접 느껴 보고 싶은 생각이 들게 마련이다.

"마로니에 열매를 먹어도 되는지는 모르겠어."

반쯤 썹다 남긴 것들이 눈에 띄는 걸로 봐서 청설모나 다른 동물들이 마로니에 열매를 먹는 건 분명했다. 하지만 사람이 먹었다는 얘기는 읽은 기억이 없다. 밤은 먹어도 된다. 개암도. 하지만 아직 보지는 못했다. "도토리는 먹어도 될 거야." 나는 기대를 담아 이렇게 말했다. "도토리는 확실히 먹어도 안전해."

책에서 도토리에 대해 읽은 기억이 났다. 뜨거운 물에 담가 떫은맛을 없애면 먹기도 좋고 소화도 잘된다고 했다. 다만 우리한테 물이 충분치 않았다. 강으로 가야 하는 이유가 또 생겼다.

"도토리도 있어." 베어가 자기 주머니를 뒤적거리며 말했다. "근데 몇 개밖에 없어. 참나무를 찾아야 해!" 그러면서 벌써 일어서려고 했다.

"잠깐만. 짐 먼저 싸야지. 가는 길에 주울 수 있을 거야."

베어는 실망한 듯 고개를 떨궜다. "난 여기가 좋은데."

"우린 가야 할 곳이 있잖아, 베어." 내가 부드럽게 재촉했다. "엄마한테 가야지."

"엄마가 우리를 데리러 왔어야지." 부루퉁한 얼굴을 일그러뜨리며 베어가 말했다.

"우리가 나타나면 엄마가 우리를 엄청 자랑스러워할 거야. 엄마도 이런 여행을 한 거잖아, 알지?"

"얼마나 남았어? 아직 백 킬로미터 넘게 가야 해?" 가장 큰 걸림돌은 우리가 가야 할 거리라는 게 확연히 느껴졌다.

나는 고개를 끄덕였다. "우린 이미 출발을 했잖아. 시작을 했다는 게 중요해."

"고스트가 안 보여. 고스트한테 작별 인사도 안 하고 떠나는 건 싫은데."

"고스트가 원하면 우릴 찾아낼 거야. 어제도 그랬잖아."

베어가 뭐라고 투덜거렸다.

"베어!" 나는 거의 사정하는 말투로 동생을 달래며 어깨에 가방을 걸쳐 주었다. 그러고는 빈 덫을 내 배낭 밑에 도로 묶었다. 그 무용지물은 다시 내 등 뒤에서 덜컥거렸다.

아무것도 안 잡힌 건 스라소니 때문일 거다. 감히 야생 고양이 가까이 접근할 수 있는 토끼나 청설모는 없으니까. 나는 그 노란 눈동자를 찾아 숲을 한 바퀴 둘러봤다. 어젯밤 처음으로, 늑대가 길게 울부짖는 소리를 들은 것 같다.

4

머릿속으로 오늘의 목표를 재빨리 훑어보았다. 물을 찾고, 먹을거리를 구하고, 도토리를 익히고, 다시 텐트를 치고, 그리고 덫을 놓아 이번엔 확실히 뭔가를 잡을 것. 드론에 들키지 않고 가능한 한 멀리 걸어가면서 이 모든 일을 해내야 했다.

베어는 스스로를 도토리 수색대라 부르며 길을 가는 동안 도토리를 주워 모았다.

"네가 실제로 도토리를 얼마나 많이 먹을 수 있을지 잘 모르겠는데, 그 정도면 아마 충분할 거야." 나는 약간 짜증을 내며 말했다. 베어가 허리를 숙일 때마다 걸음이 느려졌다. 게다가 이미 도토리는 우리가 갖고 다니기에 양이 많았다.

베어는 사납게 나뭇잎을 발로 찼다. "진짜 배고프다고."

"배가 고파? 배가 아파?" 내가 말놀이를 시작해 봤지만, 동생은 차갑게 나를 노려보기만 했다.

"나, 스낵바 먹을래."

"지금은 안 돼, 베어. 스낵바는 최대한 아껴 먹어야 해. 그래야 오래 버텨. 스낵바 대신 블루베리 같은 열매를 찾아보자. 열매는 걸어가면서 먹을 수도 있잖아."

쐐기풀도 먹을 수 있을 텐데. 널린 게 쐐기풀이었다. 다만 이렇게 가시가 있는 풀은 어떻게 먹는 건지 모르겠다. 한 줌 드르륵 따서 입에 털어 넣을 수는 없으니까. 이파리와 따가운 잔털을 연하게 만들려면 물이 필요했다. 수프나 차를 만들 때 그런 식으로 했다는 게 어렴풋하게 기억났다.

버섯도 있었다. 버섯은 모양과 색이 제각각인, 기묘하고 멋진 식물이다. 우리가 제대로만 안다면, 어떤 건 아마 먹을 수 있을 거다. 하지만 우리는 버섯에 대해 전혀 모르기 때문에 너무 위험했다. 배가 너무 고픈 나머지 심지어 우리 집 부엌의 레인보우믹스가 그립기까지 했다.

"쭈 누나, 덫에 도토리를 넣자. 청설모가 좋아하거든."

"청설모가 도토리를 찾으려고 왜 덫으로 오겠어? 마음만 먹으면 언제 어디서든 구할 수 있는데." 그렇다. 우리 덫에는 잘못된 논리가 깔려 있었다. 우리가 잡고 싶어 하는 동물들의 먹이는 여기 숲속 바닥에 널려 있다. 그런데 어떤 동물이 말라빠진 도시 음식을 먹겠다고 덫으로 걸어 들어오겠는가?

"그럼 우리 아무것도 못 잡는 거야?" 베어가 울먹였다.

"잡을 거야." 하고 말하는데 내 생각보다 훨씬 자신감 있게 들렸다. "어쨌든 물부터 떠야 돼."

어제 갔던 강을 향해 갔다. 조금 더 멀리, 조금 더 북쪽으로. 이번에는 내려가기 편한 길을 찾느라 지체하지 않고, 덤불을 헤치고 곧장 강물로 향했다.

드론 소리는 들리지 않았지만, 물속에 뭔가 떨어진 것처럼 첨벙 하며 물이 튀었다. 나무에서 뭔가 떨어졌거나 아니면 어떤 수생 생물이 갑자기 수면 아래로 내려간 건지도 모르겠다.

"물고기야." 내가 속삭였다. 물고기들이 그대로 보였다. 수면 아래, 짙은 올리브색 형체가 빛을 받아 반짝거렸다. 여기 물은 완벽하게 깨끗했다.

"내가 물고기 잡을게!" 베어의 목소리가 흥분으로 떨렸다.

"안 돼, 베어, 시간이 없어. 드론이…."

동생은 이미 몸을 기울여 두 손으로 물을 움켜쥐었다. 하지만 물고기들은 흩어진 뒤였다. 베어가 손으로 물을 가르는 순간, 물고기들은 벌써 사라졌다.

"물고기들이 내 그림자를 봤어. 기다리면 다시 올 거야."

베어는 두리번거리며 막대기를 찾았다. "날카로운 게 필요해, 물고기들을 찌르려면. 칼 좀 꺼내 줘!"

"베어!" 나는 어찌할 바를 몰랐다.

"내 생각엔 피라미인 것 같아. 크기는 작지만 그래도 아주 많으니까 괜찮아!"

"그만 해, 베어." 내가 조용히 말했다.

"오래 안 걸릴 거야."

"안 돼, 베어!" 나는 책임감을 발휘해 단호하게 말했다. 왜냐하면 내가 베어를 지켜야 하니까. 드론은 포기하지 않았을 거고 강은 가장 눈에 잘 띄는 노출된 장소다.

"누나!" 동생은 이제 완전히 성이 나서 소리를 질렀다.

"드론이 올 때까지 여기서 기다리고 싶은 거야?"

"아니야, 하지만…."

나는 동생의 말을 가로챘다. "여기서 기다릴 순 없어. 병이 모자라니까 냄비에도 물을 담아야 해. 도와줄 거야, 말 거야?"

강에서 벗어나 걸어가는 동안 냄비에 담은 물은 흘러넘쳤고, 베어는 걷는 내내 물고기에 대해, 물고기가 어떻게 가만히 기다리고 있었는지에 대해 웅얼거렸다. 한 번 더 시도해 봤더라면 한 마리 잡았을지도 모른다고. 아마 그랬겠지. 모르겠다. 이렇게 피곤하고 배고픈 상태에서는 분명하게 생각할 수가 없다.

5

베어가 불을 피웠다. 나뭇가지를 모아 서로 엇갈리게 쌓은 다음, 불이 빨리 붙게 나뭇가지 사이사이에 나뭇잎을 채우고 맨 위에도 나뭇잎을 더 얹었다. 불쏘시개다.

나는 베어가 성냥도 긋게 해 줬다. 동생은 한 번에 바로 성공했다. 동생은 나처럼 손을 떨지 않았다. 성냥개비를 긋자 불꽃이 일면서 나뭇잎이 타기 시작했다. 우린 아래쪽 나뭇가지로 불이 번지는 것을 지켜봤다.

"잘하는데, 베어. 야영꾼이 다 됐네."

베어는 웃지 않았다. 물고기 때문에 여전히 화가 나 있었다.

우리는 물이 담긴 냄비를 조심스럽게 통나무 위에 얹고 도토리 껍질을 까기 시작했다. 깍정이는 쉽게 깠지만 연한 알맹이를 싸고 있는 딱딱한 껍질을 벗겨야 했다.

칼을 써 봤지만 자꾸 손가락에서 미끄러져 빠져나갔다. 껍질에 구멍을 뚫기도 힘들었다. 특이한 탄력 때문이었다. 그래서 처음에 베어가 낸 아이디어대로 결국 돌에 세게 던져 보기로 했다. 껍질이 깨지긴 했지만 그 속에 든 알맹이도 같이 부서지는 바람에 우리는 앉아서 그 쪼가리들을 분리해 알맹이는 냄비 속으로 껍데기는 저 멀리로 던졌다.

물이 끓는 데 한참 시간이 걸렸다. 끓는다기보다 그저 뭉근히 데워지는 정도였다. 처음에는 불이 잘 붙었지만 불꽃은 곧 사그라지고 서서히 타기만 했다. 나뭇가지도 더 넣고 다시 성냥불을 붙여 보기도 했지만 고작 2, 3분 정도만 효과가 있을 뿐이었다. 아직 한낮인데 도토리 한 줌과 쐐기풀을 익히느라 성냥을 낭비하고 싶지 않았다. 우린 다음번에야말로 좀 더 실속 있는 게 생길 거라고 기대했다.

그러고는 별생각 없이 도토리를 입에 넣고 우적우적 씹었는데, 베어가 바로 뱉어 냈다. "독약 맛이 나, 쭈."

나도 인상을 찌푸렸다. 베어 말이 맞았다. 도토리는 그저 쓰기만 할 뿐이었다. "더 오래 놔둬야 하나 봐. 아니면 물이 덜 끓어서 그런지도 모르고."

쐐기풀은 좀 더 성공적이었다. 우리는 가장 작은 냄비에 담긴 그 녹색 물을 냄비째 들이켰다. 베어는 이 음식에 '글루프'라는 이름을 붙여 주었다. 글루프는 '그린(green)'과 후루룩 마신다는 말인 '슬루프(slurp)'를 합친 말이었다. 쐐기풀 물은 쓴맛이 나기는 했지만 나쁘지 않았다. 그 물에는 분명 좋은 게 들어 있을 거라고 생각했다. 녹색은 좋다. 녹색은 비타민과 철분이다.

글루프를 마신 뒤 베어는 기분이 나아졌다. 동생은 내 입 주변에 생긴 녹색 수염 자국을 보고 웃더니 청설모를 쫓아 깡충깡충 뛰어다녔다.

"고스트다!" 나뭇잎으로 냄비를 닦고 있는데 동생이 소리쳤다. "쭈 누나, 고스트가 우릴 찾아왔어."

내가 둘러봤다. 그 스라소니였다. 그 야생 고양이는 얼굴에 독특한 무늬가 있었는데, 왼쪽과 오른쪽이 약간 달랐다.

"고스트가 배고픈 것 같아?" 베어가 물었다. 나는 고개를 흔들었다. 스라소니는 흥미롭다는 듯 불을 쳐다보며 불에 관심을 보였다. 배가 고파 보이지는 않았다. 유연하고 근육이 잘 발달한 몸매에 털은 반짝반짝 윤이 났다.

"고스트, 넌 뭘 먹어?" 내가 큰 소리로 물었다. "쐐기풀이나 도토리보다는 나은 걸 먹겠지."

"고스트가 우리한테 뭘 잡아다 주면 좋을 텐데." 베어의 목소리가 간절했다.

또다시 덫을 설치했다. 이번에는 텐트에서 좀 더 멀리 떨어진 곳에 갖다 두었다. 잠시 뒤 나뭇잎 사이로 뭔가 재빠르게 움직이는 수상한 소리가 들린 것 같았다. 생쥐나 들쥐일 것이다. 하지만 가서 확인해 보니 덫은 여전히 비어 있었다.

우리가 일어나 걷자, 고스트가 따라왔다. 고스트는 거리를 유지한 채, 우리가 멈추면 따라서 멈추고, 절대 가까이 오지 않았다. 걸을 때도 마치 전문 사냥꾼들처럼 발소리가 나지 않았다. 아직까지 우리를 덮치진 않았다. 아마 앞으로도 그러진 않을 것 같다. 내가 쳐다볼 때마다 고스트는 노란 눈을 천천히 깜박였다. 마치 우리에게 말을 거는 것 같았다. 뭔가 원하는 게 있는 것 같은데, 우리한테 스라소니가 원할 만한 게 뭐가 있는지 나로선 도무지 짐작조차 할 수 없었다.

"너 정신 나간 고양이로구나." 내가 부드럽게 말했다.

해가 지고 있어서 추웠다. 이렇게 추운 적은 없었다. 아무래도 한기가 몸속에 점점 쌓이는 것 같다. 뼛속까지 한기가 느껴졌고 손발은 너무 차서 아플 정도다. 피부 깊숙한 곳까지 얼어붙는 듯한 통증이 느껴졌다. 이러다 동상에 걸리는 게 아닐까 하는 걱정이 들기 시작했다. 나는 베어에게 잠깐 멈추자고 하고 각자 양말을 한 켤레씩 더 신고 손에도 양말을 세 겹 꼈다. 이제 더 이상 여분의 양말은 없었지만 이걸로 손가락과 발가락은 무사히 지킬 수 있을 것이다.

6

숲에서의 세 번째 밤이다. 덫에 도토리, 마로니에 열매, 스낵바 한 조각을 미끼로 놓아두었다. 우리가 차린 진수성찬 중에서 누군가는 원하는 게 있을 거다. 생쥐 한 마리라도 없는 것보다는 낫다. 아니면 들쥐도 괜찮다.

베어는 덜덜 떨고 있었다. 나는 동생이 불에 데지 않게 최대한 불 가까이 앉히고 우주 담요로 단단히 감싸 주었다. 베어의 피부에 붙은 진드기를 벌써 여러 마리 떼 냈다. 진드기가 목까지 어떻게 올라갔는지 모르겠지만, 목에서 한 마리, 다리에서 두 마리. 내 다리에도 두 마리 있었다.

나는 물린 데를 닦고 소독약을 발랐다. 처음에는 물린 곳이 부어올랐지만 금방 가라앉았고, 둘 다 열도 없었다.

저녁은 글루프와 스낵바, 단백질 볼이었다. 도토리는 손대지 않았다. 도토리 쓴 맛이 아직 입 안에 남아 있었고, 아랫배도 아팠다. 탈이 날 만한 것을 먹는 건 좋은 결정이 아니다.

나는 다시 나뭇잎으로 냄비를 닦아서 빈터에 물병과 나란히 늘어놓았다. 비가 내려서 이 그릇들을 가득 채우면 아침 걱정거리가 하나는 줄어들 텐데.

멀리서 늑대 한 마리가 다시 울부짖었다. 어쩌면 두 마리인지도 모르겠다. 아주 오랫동안 들어 온 늑대 소리에 비추어 볼 때, 그 소리는 마치 서로 대화하는 것 같았다. 멀리 떨어져 있지만 숲을 넘어 똑같은 소리로 서로를 부른다. 도시에서도 늑대 소리를 들었지만 실제로 본 적은 한 번도 없었다. 결코 넘어온 적이 없으니까. 큰일 날 소리다. 완충 지대를 건너오려고 했다면 총에 맞았을 거다.

나는 스라소니를, 노랗게 빛나는 두 눈을 찾아봤지만 어둠뿐이었다. 어느 순간 해가 지평선 아래로 넘어갔고 스라소니도 슬그머니 자취를 감췄다. 그 뒤로는 안 보였다.

침낭이 규칙적으로 오르락내리락 하는 걸 보니 베어는 잠든 것 같았다. 하지만 내 머리는 작동을 멈추지 않았다. 온갖게 머릿속에서 헤엄치며 돌아다녔다. 깜깜하고 혼란스러웠다.

찬 공기가 들어오지 못하게 텐트 자락을 돌로 눌러 틈새를 막아야 했다. 그러기 전에 나는 밖을 내다봤다. 그리고 눈을 감고 잠들기 전에 마지막으로 한 번 더 살폈다.

드론도 스라소니도 없었다. 숲은 텅 비고 크게 느껴졌다. 머리 위에서 끽끽 소리가 났다. 그저 부엉이일 뿐이야 하고 생각했지만, 그 새는 나를 뚫고 들어와 악몽을 꾸게 만들었다.

8 실종

_____

1

"베어!"

아침이다. 나는 허파 속의 모든 공기를 밀어내 베어의 이름
을 불렀지만, 그저 숲속의 아주 작은 소음일 뿐이었다. 베어가
없었다.

스라소니는 있었다. 우리를 보호하거나 공격하거나, 둘 중
하나일 거라고 생각했던 야생 고양이는 남아 있었다. 스라소니
는 혹시 문제는 없는지 점검하듯 대충 쳐 놓은 우리 텐트와 다
타 버린 모닥불, 서서 비명을 지르고 있는 나, 모든 것을 둘러보
았다. 하지만 작은 남자애는 없었다. 베어는 없었다.

혹시 땔나무를 주우러 갔을지도 모른다. 하지만 사방에 나

뭇가지가 흩어져 있는데 왜 그렇게 멀리 간단 말인가? 아니면 어떤 동물이나 새를 쫓아간 걸까. 그러다 엉뚱한 데 정신이 팔려 돌아오는 길을 잃어버렸을지도 모른다. 그런 걸까? 내 소리가 안 들릴 정도로 너무 멀리 가 버린 건가?

내가 부르는 소리가 안 들리는 게 분명했다. 들렸으면 나한테 소리를 질렀을 텐데. 베어는 내키면 쏜살같이 달릴 수 있다.

머릿속에서 모든 게 미쳐 돌아가 제대로 생각을 할 수가 없었다. 침착해. 침착해야 해. 잘 찾아봐. 단서. 사람이 그냥 사라지는 법은 없어. 하지만 베어는 그랬어. 사라져 버렸다고. 다 놓아두고 그냥 입은 옷 그대로. 외투도 여기 남아 있어.

늦잠을 자 버렸다. 숲의 어둠이 나를 잠에서 깨지 못하게 하고 베어를 데려가 버렸다.

"베어! 베어!"

논리적으로 생각해야 한다. 이 공터 밖으로 나가는 모든 길을 확인해 봤다. 베어가 흔적을 남겼을지도 모르니까. 자갈이나 간식 부스러기 같은 것. 이게 내가 생각해 낼 수 있는 최선이었다. 부러진 잔가지나 움푹 팬 자국이 있었으면 그걸 따라갈 텐데, 그런 건 보이지 않았다. 어떤 게 그런 표시인지도 모르겠다. 생각나는 건 동화밖에 없다. 동화에서 그런 경고를 했던 건 다 이유가 있었던 거다. 절대로 혼자서 숲에 들어가지 말 것. 밤에는 숲에 가지 말 것.

하지만 우린 와 버렸다. 늑대가 진짜라는 걸 알면서도. 나머지도 다 진짜면 어떡하지? 지금은 다 진짜고, 베어가 없어졌다. 베어를 잃어버리다니 나에게 가장 공포스러운 일이 일어났다.

나는 숲속으로 비틀거리며 들어갔다가 다시 텐트로 돌아오고, 그다음엔 반대 방향으로 갔다가 돌아왔다. 그런 다음 옆으로 몇 걸음 옮겨서 똑같이 반복했다. 베어를 찾으러 숲으로 들어갔다가 나오는 일을 되풀이하며 내내 동생을 소리쳐 불렀지만, 여전히 아무 대답이 없었다. 들리는 거라곤 오직 숲에서 나는 소리뿐. 머리 위 울창한 나무들 사이로 부는 바람 소리, 마치 사람 소리 같은 여우 울음소리.

나는 겁을 먹었지만 한편으로는 무섭게도 보였을 텐데 스라소니는 공터에 있었다. 때로는 가까이 다가와 겨우 몇 발짝 떨어진 곳에 서 있기도 했다. 걸음을 멈추거나 쪼그려 앉거나 손을 내밀면, 고스트가 바로 다가올 것 같다는 생각이 들었다. 하지만 지금은 필요 없었다. 고스트가 필요했던 건 어젯밤이나 오늘 아침, 베어가 텐트를 나서서 혼자 걸어갔던 때, 그때였다. 우리를 지켜 주는 고스트가 뭐 이래?

해가 높이 떴다가 다시 기울기 시작했는데도 베어를 찾지 못했다. 동생의 이름을 부르는 내 외침에 메아리만 대답할 뿐이었다. 아무것도 없었다.

하늘에서 불협화음이 들려왔다. 기러기였다. 완전한 대형을 이뤄 하늘 높이 날아가는 새들. 남쪽으로 가고 있었다.

"베어! 베어!" 목이 아팠지만 멈추지 않았다. 나는 텐트 주변을 빙 둘러 숲으로 들어갔다가 다시 돌아왔다. 텐트 옆에는 베어가 있었으면 하는 바로 그 자리에 메시지를 남겨 놓았다. 평평한 돌 위에 내 스케치북을 펴서 자갈로 눌러 놓았다. 동생이 그 돌 위에 앉아 있는 그림을 그리고 이렇게 썼다. '여기서 기다려!'

갑자기 무슨 소리가 났다. 나는 베어일 거라고 확신하고 소리 나는 쪽으로 몸을 돌렸다. 고함을 칠까 끌어안고 뽀뽀를 해 줄까 마음을 정하지 못하고 돌아보는데, 동생이 아니었다. 또 그 스라소니였다. 고스트는 흩어져 있는 우리 물건들 위로 느릿느릿 걸어 다니며 앉을 곳을 찾고 있었다.

나는 동생이 아니라는 사실에 너무 화가 나서 고스트에게 던지려고 막대기를 주워들었다. 하지만 던지지는 않았다. 그 대신 고스트 옆에 앉아 말을 걸었다. "베어를 잃어버렸어! 그 애가 사라졌다고! 우리가 베어를 찾아야 해."

고스트가 내 말을 이해한 것 같지는 않았지만, 어쨌든 말을 하고 나니 속이 좀 시원해진 것 같았다. 말은 해야 맛이다. 말을 함으로써 현실로 만드는 거다. 베어를 찾는 일은 이제 현실이 되었다. 이름을 부르면 어디선가 나타날 것 같았다. 어느 순간 고스트가 몸단장을 시작했다. 다리를 쭉 펴고 막으로 덮인 발가락 사이를 한가로이 하나하나 핥았다.

베어가 사라진 그날 밤, 나는 야생을 증오했다. 내가 이렇게 추운데, 동생은 더 춥겠지. 내가 이렇게 배고픈데, 동생은 더 배고프겠지. 내가 이렇게 무서운데, 동생은 겁에 질려 울고 있겠지. 최악 중의 최악. 나한테 이보다 더 끔찍한 일이 있을까.

2

누운 기억이 전혀 없었는데 눈을 떠 보니 나는 텐트 밖 침낭 한쪽 귀퉁이에 몸을 한껏 웅크린 채 누워 있었다. 새벽 햇살이 어렴풋이 비쳤고, 몇 미터 떨어진 곳에서 고스트가 귀 끝의 검은 붓털을 더듬이처럼 세우고 서 있었다. 무슨 소리라도 들리는 듯 머리를 옆으로 돌리고서.

나는 베어에게 들리도록 동생 이름을 소리쳐 부르고 싶었다. 하지만 어제 종일 외치고 다녔는데도 아무 소용이 없었다. 오늘은 뭔가 다른 방법을 찾아야 했다.

공터 한가운데 메모를 남겨 놓고 고스트를 따라갔다. 고스트는 어디로 가야 하는지 아는 것 같았다. 뾰족 서 있는 귀와 깜박임 없는 유리 같은 눈뿐만이 아니라 근육의 모습도 내 눈엔 그렇게 보였다. 고스트는 몸을 바짝 낮춰 땅바닥을 내려다보며 다리를 천천히 신중하게 차례로 뻗었다.

어쩌면 그냥 토끼 같은 걸 쫓는 건지도 몰랐지만, 하여간 나는 고스트를 따라갔다. 이상한 소리가 이따금 숲속에 울려 퍼졌다. 날카롭고 묵직하면서도 일정한 소리.

탁, 탁, 탁.

소리는 멈췄지만 고스트는 계속 소리가 나는 방향으로 나아갔다. 가끔 속도를 늦췄다가 가끔은 토끼처럼 앞으로 재빠르게 뛰어갔다. 아마도 뭔가 냄새를 맡은 거 같았다.

이상한 소리는 끊어졌다가 이어졌다 했다.

탁, 탁, 탁.

무슨 소리인지는 모르겠지만 고스트를 보니 조용히 해야 했다. 오늘은 모든 게 선명하게 보였다. 얽힌 나무뿌리와 가지들, 어디로 가면 되는지도 알 것 같았다. 숨겨진 오솔길들. 고스트가 앞장서고 내가 그 뒤를 따랐다. 고스트가 지나가면서 만들어 내는 바람이 나를 감쌌다.

어느 순간, 고스트가 멈춰 섰다. 자욱한 안개 때문에 겨우 절반쯤 비치는 햇빛 속에서 처음 내 눈에 들어온 것은… 이건 전혀 현실적이지 않았다. 마치 신기루 같았다.

사슴이었다. 몸집이 큰 데다 왕관처럼 머리 위에 높이 솟아 있는 뿔을 보니 수사슴인 듯했다. 고스트는 경계하며 뒤로 물러섰다. 근데 이건 거꾸로다. 사슴은 스라소니의 먹잇감이다. 하지만 아무래도 고스트는 평범한 스라소니는 아닌 것 같았다.

잠시 모든 게 멈춘 듯하더니, 수사슴이 깊은 곳에서 끌어올린 낮은 소리를 내뱉었다. 점점 커지는 신음 소리, 아니면 울부짖음, 트림 소리 같은 걸 남기고 사슴은 모험을 찾아 떠났다.

완전히 미친 생각이겠지만, 나는 사슴을 우리가 제대로 가고 있다는 징조로 받아들였다. 그럴 정도로 절박했다. 어쩌면 베어는 이 수사슴을 따라나선 걸지도 모른다. 베어라면 이처럼 아름다운 동물을 따라가지 않고는 견딜 수 없었을 거다.

우리, 스라소니와 나는, 계속 걸었다. 그러다 공터가 나오자 스라소니는 가장자리에 멈춰 섰다.

돌로 지은 집이 있었다. 오래된 창고 아니면 오두막 또는 시골 농가 같았는데, 굴뚝에서 연기가 모락모락 피어올랐고 바깥쪽 작은 헛간에 장작더미가 쌓여 있었다. 나무꾼의 집이었다.

문간에 서 있는 두 개의 형체가 보였다. 하나는 크고, 하나는 작았다. 나는 몸을 앞으로 던졌다. "베어!"

베어도 곧장 내게로 달려와야 하는데, 그 큰 형체가 동생을 붙잡고 있었다. 동생의 손이 그 여자 손에 잡혀 있었다. 처음엔 도끼를 든 남자인 줄 알았는데, 여자였다. 검은색 긴 코트를 입고, 보호하듯 베어에게로 살짝 몸을 기울이고 있었다.

"베어!"

여자가 베어의 손을 놓아 주자 동생은 튕기듯 내게로 달려와, 따뜻하고 튼튼하고 겁에 질린 내 품속으로 뛰어들었고 나는 그대로 동생을 받아 안았다.

"베어! 드디어 찾았어!"

"우린 네가 나타나기를 기다리고 있었어." 여자가 이렇게 말하는데, 나는 그 여자도 안아 주고 싶었다. 여기 사람이 있다니. 수사슴보다 훨씬 더 기적 같은 일이었다. 아무도 없을 거라고 생각했는데 이 야생의 숲에 사람이, 여자가 있었다.

안 그러려고 해도 자꾸 쳐다볼 수밖에 없었다. 여자의 머리카락은 애니 로즈처럼 은발이었다. 다만 머리카락이 얼굴을 덮고 있는 데다 나뭇잎과 흙이 엉겨 붙어 있었다. 피부는 두껍고 팽팽했고 작은 눈은 날카로워 보였다.

"누나를 찾으려고 했어. 돌아가고 싶었다고." 베어는 날 끌어당기며 숨도 쉬지 않고 말했다. 내가 몸을 숙여야 할 정도로 세게 내 소매를 잡아당기더니 내 손을 마주 잡았다. "누나!"

"하지만 어젯밤에 내가 널 발견했을 땐 너무 어두웠잖아, 안 그래?" 여자가 상냥한 목소리로 베어에게 말했다. "내가 너한테 말한 그대로지? 아침에 일찍 일어나서 불을 붙이면 네 누나가 올 거라고 했잖아. 불 속으로 뛰어드는 나방같이. 우리 신호가 효과가 있었어!" 여자가 나를 향해 함박웃음을 띠었다.

나는 연기 때문이 아니라는 말은 하지 않았다. 연기가 아니라 우리 고스트 덕분이었다. 그런데 고스트는 사라지고 없었다. 나무줄기 사이로 둘러보았지만 고스트는 벌써 가 버렸다.

"햇빛이 스러질 무렵 네 동생을 발견했어. 숨이 넘어갈 듯이 울며 헤매고 있더구나. 외투도 입지 않고서!"

"고맙습니다! 제 동생을 찾아 주셔서 정말 고맙습니다!" 하는 말이 저절로 내 입에서 흘러나왔다.

여자가 날카로운 소리로 웃었다. "나보다 네 동생 공이 커. 울음소리가 어찌나 크던지!"

나는 의아해서 고개를 가로저었다. "전 아무것도 못 들었어요. 저도 계속 외치고 다녔는데."

여자가 웃었다. "여기 바깥세상은 소리가 제멋대로야. 바람이 가져가 버리거든. 소리도 사람들처럼 사라져 버린다니까."

"다시는 동생을 못 찾을 줄 알았어요. 제 생각엔…." 내 목소리가 갈라지자 여자가 끼어들었다. 아마 내가 정신이 나간 것처럼 보였을 거다.

"물을 끓이는 중이야. 뜨거운 마실 거랑 먹을 걸 좀 만들어 주려는데, 아무리 달래도 네 동생이 아무것도 안 먹네."

"베어?" 나는 깜짝 놀라며 동생을 보는데, 갑자기 확 안심이 되었다. "너답지 않네. 배고파 죽을 지경이었을 텐데!"

베어가 격렬하게 고개를 흔들었다.

"저기, 저는." 나는 동생의 침묵을 만회하려고 더 열심히 이야기했다. 여자를 우리 편으로 만들어야 했다. 그녀는 우리를 도울 수 있으니까.

베어가 또다시 내 소매를 잡아당겼다. "쭈 누나, 우리 여행!"

"우린 좀 쉬어야 해, 베어. 먹기도 해야 하고."

"걸어가면서 먹으면 되잖아."

"이제 남은 게 거의 없어. 너도 알잖아!"

여자는 여전히 환한 미소를 짓고 있었다.

"쭈!" 동생은 학교에서 늘 그랬던 것처럼 어깨에 잔뜩 힘을 준 채 긴장하고 있었다. 베어는 다른 사람들과 잘 어울려 지낸 적이 한 번도 없었다. 우리 식구와 에티엔뿐이었다. 그런데 이 여자가 베어를 발견했다. 그녀가 동생을 안전하게 보호해 주었다. 또 우리가 자기 집에 있는 걸 무척 좋아하는 것 같았다. 아마도 사람을 많이 만나지 못했을 테니까. 나는 여기에 사람이 있다는 사실에 아직도 정신을 차릴 수 없었다.

"주니퍼 누나! 가자, 제발." 베어는 화난 듯 낮은 목소리로 여전히 날 끌어내려 했다. 여자의 미소가 희미해졌다. 베어가 그녀를 좋아하지 않는 게 분명했다.

"베어!" 나는 동생을 떼어 놓으며 삐친 듯 이렇게 말했다. "가 버린 건 너야. 어젠 오만 가지 생각을 하며 하루 종일 너만 찾아다녔다고. 너는 괜찮을지 몰라도 난 배도 고프고 피곤해."

베어는 고개를 떨구고 바닥을 발로 굴렀다.

"그럼, 들어갈까?" 여자는 이제 합의가 됐다는 듯 이렇게 말하며 우리 둘을 앞세워 오두막으로 들어갔다.

3

오두막에는 돌로 만들어진 오래된 벽난로가 있었고, 난로 안에서는 장작불이 맹렬히 타고 있었다. 나는 그쪽으로 끌리듯 다가갔다. 온기와 넘실거리는 불꽃을 향해.

처음에는 깨닫지 못한 이상한 냄새가 집 안에 맴돌고 있었는데, 그 때문에 속이 메스꺼웠다. 오두막 창문은 작은 데다 모두 닫혀 있었다. 어떤 건 판자로 막혀 있었다. 밖에서는 미처 알아차리지 못했다. 더러운 판유리가 끼워진 창문에 푸른빛이 도는 통통한 파리 한 마리가 몸을 부딪치고 있었다.

평소 같았으면, 쉬파리야 하고 베어가 말했을 거다.

내가 파리를 보고 있다는 걸 여자가 알아차렸다. "유리를 닦을 필요가 없거든. 바깥세상에서는." 방어적인 목소리였다.

"그럼요, 당연하죠." 혹시라도 못마땅해하는 것처럼 보일까 봐 나는 웃으며 재빨리 대답했다.

"반짝거리는 도시에서 살던 아이에게는 익숙하지 않겠지."

그런 뜻이 아니었기에 나는 고개를 가로저었다. 더러운 창문 같은 건 상관없었다. "혼자 사세요?" 나는 화제를 바꾸며 이렇게 물었다.

여자가 고개를 끄덕이는데 미소 사이로 이가 보였다. 전부 누렇거나 갈색이었다. "차를 좀 끓여 줄게."

벽난로 옆에 낡은 소파가 있었다. 나는 염치 불구하고 거기에 털썩 주저앉았다. 베어도 끌어다 앉혔다. "베어? 왜 그래?"

"난 차 마시고 싶지 않아!" 동생이 투덜거렸다.

"어쨌든 걔 차도 준비해 줄게. 그런 다음에 나는 먹을 걸 해결하러 잠깐 나갔다 올게. 뭐든 찾아봐야지. 아, 토끼가 좋겠다!" 하고 여자는 마침내 문제를 해결했다는 듯 의기양양하게 말했다. "토끼를 잡아다 줄게!"

"그렇게까지 수고하실 필요 없어요." 하고 말하는데, 내 눈이 저절로 죽은 토끼와 새들이 가지런히 놓인 탁자를 향했다. 거기서 나는 냄새였다. 거기선 파리가 윙윙거리는 소리도 더 크게 났다. 죽은 동물들 위로 기어오르는 파리도 눈에 들어왔다.

여자가 나를 지켜봤다. "그리 힘든 일도 아니야. 그런데 너희는 바깥 생활에 익숙한 것 같진 않구나. 너희들 위장은 나만큼 튼튼하진 못할 거야. 아무래도 신선한 걸 먹는 게 나아."

여자는 차를 만들러 부엌 쪽으로 갔다. 그러고는 가끔씩 우리를 돌아보았는데, 베어가 내 곁에서 아무 말 없이 침울해 있는데도 아랑곳하지 않고 고개를 돌릴 때마다 여전히 우리를 향해 함박웃음을 지어 보였다. 여자가 질문을 더 많이 하지 않는 게 사실 좀 놀라웠다. 우리에게 여자가 경이로운 것처럼 여자에게도 우리가 분명 그럴 텐데.

그 정도는 아니라 해도 어쨌든 여자도 기뻐하는 것 같았다.

마치 우리가 차 마시러 잠깐 들른 이웃이기라도 한 것처럼.

"왜 여기 살아요? 이름이 뭐예요?" 여자가 김이 나는 머그컵 두 개를 들고 돌아왔을 때, 내가 급하게 물었다.

"바이올렛이야." 여자가 머그컵을 내 손에 쥐여 주었다.

"바이올렛." 하고 따라 하며 나는 여자를 보고 미소 지었다. "무슨 차예요?"

"일종의 뿌리 차야. 내가 나중에 보여 줄게. 얼른 마셔."

머그컵 테두리에 때가 묻어 있긴 했지만, 차를 한 모금 마셨다. 달콤하고 약간 묘한 맛이 났다. 나는 바이올렛의 기대에 찬 얼굴을 향해 다시 웃어 보였다. "여기서 얼마나 살았어요?"

여자는 좀 불편한 기색이었다. 질문을 그렇게 해 대다니, 무례했나 보다. 하지만 여자는 다시 미소를 지었다. "아주 오래 살았지. 너무 오래. 그럼 이제 네 차례야. 궁금해서 말이야. 너희 어디로 달아나는 중이야?" 묻는데 '달아나다'라는 말에 뭔가 거슬리는 게 느껴졌다. 베어의 손이 내 손 안에 있었는데, 베어 손톱이 내 손바닥으로 파고들었다.

"생각해 둔 곳이 있겠지." 바이올렛은 그 이상한 차를 더 마시라고 나를 부추기며 이렇게 말했다.

나는 차를 마시며 고개를 가로저었다. "그냥 도시에서 멀어지기만 하면 돼요."

"왜 그래야 하는데?" 여자는 여전히 밝은 미소를 짓고 있었다. 왜 저렇게 행복해 보이려고 애쓰는 걸까.

베어의 손톱이 더 세게 파고들어서 동생을 노려봤다. "탈출할 수밖에 없었어요. 안전하지 않았거든요." 나는 어떻게 말해야 할지 몰랐다. "아줌마 기억과는 많이 다를 거예요."

내 말에 여자는 반응을 보이지 않았다. "차 마셔, 너희 둘은. 난 나가서 토끼를 어떻게 해 봐야겠다."

여자는 탁자에 놓아둔 검은색 낡은 가죽 가방을 집어 들더니 벽난로 옆 벽에서 총을 한 자루 챙겼다. 사냥꾼의 벽이었다. 총과 칼 같은 무기가 한가득 걸려 있는.

"공기총이에요?" 내가 총에서 눈을 떼지 못한 채 물었다. 나는 여자가 찰칵 하고 총신을 열고 탁자 위에 있는 그릇에서 은빛 탄환을 집는 걸 지켜봤다. 여자는 그 작은 총알을 공기총에 넣고는 다시 탁 하고 똑바로 맞추었다.

여자가 고개를 끄덕였다. "토끼한테 어울리지. 너희 둘 다 뭐 좀 먹어야 할 것 같은 몰골이야." 여자가 다시 나를 보며 웃었다. "쉽지 않았겠지. 이렇게 멀리까지 오다니, 잘 해냈네."

나는 눈물이 핑 돌았다. 바이올렛은 내게 눈을 찡긋하고는 은색 총알 한 움큼을 주머니에 넣었다. "문에 걸쇠를 걸어 놓을게. 네 동생을 또 잃어버리면 안 되니까. 좀 쉬어, 주니퍼 그린. 네 모습을 보면 당연히 그래야 할 것 같아."

여자 뒤로 문이 닫히고 철컥 소리가 났다.

4

"나한테 말 안 할 거야, 베어?" 바이올렛이 나간 뒤 내가 물었다. 오두막 안은 타오르는 불꽃이 가득하고 나는 소파의 포근함 속에 몸을 기댔다.

베어가 정색한 얼굴로 말했다. "이 집에서 나가야 돼."

"뭘 좀 먹어야지, 베어!" 나는 속상해서 이렇게 대꾸했다. "그리고 여긴 따뜻하잖아. 저 아줌마가 우릴 도와줄 거야."

"저 아줌만 우릴 도와주지 않을 거야, 쭈."

"하지만 밖에 나갔잖아. 우리가 먹을 걸 잡으러. 토끼 말이야! 우린 엄두도 못 낼 일이야!"

"쭈 누나, 아줌마가 돌아오기 전에 가야 돼." 베어는 양탄자 위를 서성거렸다. 하지만 멀리 벗어나지는 않고 탁자 위의 죽은 동물들과 여전히 유리창에 몸을 부딪치는 파리를 쳐다봤다.

동생이 칼과 총을 가리켰다. "저 아줌마 나쁜 사람이야, 쭈."

나는 어깨를 으쓱했다. "여기 밖에서 살려면 필요한 것들이야. 우리도 아줌마한테 배울 수 있지 않을까? 총이 저렇게 많은데, 하나쯤은 남지 않을까? 또 이 불 좀 봐. 우리가 피운 거랑은 비교도 안 돼! 떠나온 뒤로 이렇게 따뜻한 건 처음이야, 베어. 저 아줌마는 우리가 야생에 나와서 처음 마주친 사람이야. 유일한 사람이라고. 우린 도움이 필요해."

"저 아줌마 도움은 싫어."

나는 동생을 쏘아봤다. "그래, 하지만 우린 도움이 필요해. 내가 모든 걸 다할 순 없어. 나 혼자선 못 한다고."

베어는 충격을 받은 것 같았다. "누난 혼자가 아니야. 내가 있잖아. 그리고 고스트도."

"넌 겨우 여덟 살이야, 베어. 그리고 야생 고양이는 우릴 먹여 살릴 수 없어. 에너데일로 가는 길도 알려 줄 수 없다고."

"쭈!" 동생이 소리쳤다. "그건 말하면 안 돼! 비밀이잖아. 아줌마가 듣고 있을지도 모른다고."

나는 살짝 짜증이 나서 눈을 굴렸다. "바이올렛 아줌마는 사냥하러 갔어, 베어. 우리한테 아침을 주려고."

"그 아줌마는 좀 수상한 데가 있어. 이상하다고."

내가 못마땅한 표정으로 동생을 봤다. "아줌마는 그냥 머리가 좀 헝클어져 있는 것뿐이야. 사람들이 너한테도 그렇게 말하곤 했잖아, 도시에 있을 때는."

베어가 혀를 쏙 내밀었다. "그렇지 않아."

"봐, 아줌마는 여기 밖에서 살아남았어. 여태까지! 아줌마는 이 땅을 알아, 무얼 먹어야 하는지 안다고. 살아남는 방법을 알아, 베어. 아줌마는 진짜 야생이야."

"야생이라고 다 좋은 건 아냐."

내가 한 말을 그대로 내게 되돌려 주는 동생을 보니 저절로 웃음이 나왔다. "다른 건 몰라도 음식은 좀 얻어먹자. 그리고 아줌마한테 부탁하고 싶은 것도 있어."

"우리가 어디로 가는지는 말하면 안 돼, 쭈. 그러지 마! 절대 말하면 안 돼!" 베어의 목소리에는 진짜 공포가 담겨 있었다.

"어딘지 이름은 얘기 안 할 거야. 그냥 그런 곳에 대해 들어 본 적이 있는지만 물어볼 거야."

"왜?"

나는 고개를 저었다. 내 속마음을 어떻게 베어한테 말할 수 있을까? 밖으로 나와 모든 게 얼마나 황폐해졌는지 직접 본 뒤로 그 생각을 멈출 수가 없었다. 에너데일에 대한 생각. 에너데일이 더 이상 남아 있지 않으면 어쩌지?

"쭈 누나, 제발 가자!" 베어가 다가와 다시 내 손을 잡아당겼다. "누나가 오기 전엔 아줌마가 안 저랬단 말이야."

"무슨 말이야?"

"날 걱정했다고 말했지? 안 그랬어, 쭈. 정말 안 그랬어. 아줌만 못됐어. 누나가 어딨는지 말하라고 자꾸 물어봤다니까."

"날 찾고 싶었을 테니까. 베어 널 위해서. 넌 여덟 살이야. 근데 밖에 혼자 있었잖아. 아줌마는 널 보고 깜짝 놀랐을 거야."

"하지만 아줌만 놀란 것 같지 않던데, 쭈. 오히려 날 찾고 있던 것 같았어. 사냥감을 쫓듯이."

"베어!" 나는 화가 나서 버럭 소리를 질렀다. "아줌마는 사

람을 사냥하지 않아. 동물을 잡는다고. 토끼 같은 거. 난 스물
네 시간 내내 널 찾아다녔어. 정말 지쳤다니까! 제발, 베어.”

동생은 마침내 입을 다물었고 나는 소파에 털썩 주저앉아
춤추는 불꽃을 응시했다. 최면에 빠진 듯. 서성거리는 베어를
그냥 내버려 두었다. 나도 어젯밤에 실컷 서성거렸으니까.

나는 팜하우스 꿈을 꾸며 졸았다. 우리 팜하우스에는 용설
란이 하나 있었다. 애니 로즈가 용설란은 평생에 딱 한 번 꽃을
피운다고 말해 주었다. 잎으로만 지내다가 30년이 지나면 거대
한 꽃줄기가 올라와 꽃을 피운다고.

“아줌마한테 우리 성이 그린이라고 말 안 했어.”

“뭐?” 내가 멍하니 대꾸했다.

“우리 성이 그린이라는 말을 안 했다고, 주니퍼 누나.” 베어
의 목소리가 내 팜하우스 꿈속으로 흘러들었다.

“우리 성을 알려 주지 않았다고. 주니퍼라는 이름은 말했을
지도 몰라, 너무 슬펐을 때. 아니면 누나 이름을 부르는 걸 들었
을지도 모르지. 어제 온종일 누나를 불렀으니까. 하지만 그린이
라고는 안 했어. 절대로.”

나는 화들짝 놀라 똑바로 앉았다. ‘좀 쉬어, 주니퍼 그린.’ 바
이올렛은 나가면서 이렇게 말했다. 나는 베어의 어깨를 잡았다.
“네가 누군지, 어디서 왔는지 아줌마가 물었을 때 무심코 말하
지 않았을까? 말 안 한 것 확실해?” 하면서 동생을 흔들었다.

거칠었는지도 모르지만 어쨌든 사실을 알아야 했으니까.

"안 했어!" 베어가 화를 냈다. "말했잖아! 아줌마는 나한테는 친절하지 않았다고. 아까랑은 달랐다고. 아줌마는 누나 얘기만 계속 물어봤어. 누나가 어디 있는지 내 기억을 되살리려고만 했어. 난 아무것도 말 안 했어, 누나! 내가 아까부터 그랬잖아. 근데 누나는 내 말을 안 들었어."

나는 베어를 바라보는데, 공포로 피가 얼어붙는 것 같았다.

"우리 성을 어떻게 알았을까, 쭈?"

나는 대답 대신 찬장을 열어젖히고 상자들을 뒤집어엎었다.

대부분 텅 비어 있어서 거실 안쪽에 딸린 골방으로 갔다. 침실로 쓰는 골방의 분홍색 커튼을 젖히자 잿빛 먼지 구름이 날렸다. 골방에도 별 게 없었다. 더러운 시트가 깔려 있는 침대와 낡은 옷으로 가득 찬 옷장이 있었는데, 옷들은 제대로 걸려 있지도 않았고 대부분 바닥에 구겨진 채 쌓여 있었다.

책은 한 권도 없었다. 벽에는 그림 한 점 걸려 있지 않았다. 여자가 사냥 말고 다른 걸 한다는 흔적은 아무것도 없었다. 오두막 전체에서 나는 냄새가 바로 그거였다. 죽은 것들의 냄새.

나는 작은 탁자 앞 의자에 털썩 주저앉았다. 탁자에는 화려한 장식의 타원형 거울이 붙어 있었는데, 먼지투성이 거울 양쪽으로 빨간색 벨벳 커튼이 달려 있었다. 옆쪽에 달린 벨벳 커튼을 홱 잡아채 봤지만, 반사된 내 모습만 보일 뿐이었다. 지저분한 거울에 비친, 세 방향에서 나를 보고 있는 내 모습. 눈은 쑥 들어갔고 얼굴은 흙먼지투성이였다.

나는 아픈 사람처럼 보였는데, 실제로도 그랬다. 속이 메슥거리고 졸음이 쏟아졌다. 달콤하고 찐득한 차, 베어는 거절했지. 그 차가 내 배 속을 휘감고 돌았다.

화장대 위에 솔빗이 놓여 있었다. 타원형으로 생긴 크림색 몸체에 부드러운 솔이 붙어 있었다. 아무것도 모를 땐 그런 솔빗이 예쁘다고 생각했지만 엠포리엄의 관리원 바니가 상아, 즉 코끼리 엄니와 말털로 만든 거라고 말해 준 뒤로는 생각을 바꿨다. 나무 덩굴이 새겨진 이 솔빗에는 여자의 머리카락이 잔뜩 엉겨 있었다.

나는 그 여자를 믿었다. 여자는 야생에 살고, 애니 로즈처럼 은발이었으니까. 나는 그 여자를 믿었다. 무섭고 슬프고 배가 고팠으니까. 그리고 또 여태껏 베어를 돌보는 일을 제대로 하지 못했으니까.

"누나!" 하고 부르는 소리에 베어를 돌아보았다. 베어는 옷장 바닥에서 옷더미를 끌어내고는 스테이플러로 철해진 종이를 들고 있었다. 베어는 의아한 듯 그 종이를 들여다봤다. "주소야. 우리 도시 어디인 것 같은데."

나는 베어에게서 종이를 잡아챘다. 첫 장 오른쪽 위에 날짜가 쓰여 있었다. 학교에서 늘 가르치던 대로다. 날짜는 꼭 3년 전이었다. 그리고 검은색 작은 글자가 인쇄된 페이지가 이어졌다. 제대로 읽기 어려웠지만 필요한 단어들은 저절로 눈에 들어왔다. 정찰, 철저한 임무 수행, 도시에 대한 충성. 마치 계약서처럼 매 페이지 아래쪽에 이름이 쓰여 있었다. 섬세하게 쓰인 손글씨 서명이었다. 포르샤 스틸.

워렌에서 만난 실반 영감이 생각났다. '포르샤 스틸의 눈과 귀가 되게 했을 때… 지금껏 보고를 해 오는 사람은 몇 명 안 돼… 그 사람들 제대로 미친 것 같아.'

그중 한 장에는 숫자와 이상한 단어들이 적혀 있었다. 옛날에 쓰던 말이었다. 주파수, 대역폭, 전파 파장.

"이게 무슨 말이야, 쭈?" 베어가 생각할 때면 그러듯 코를 찡그리며 물었다. 생각이라는 걸 해야 했다. 그것도 빨리. 비록 내 두뇌가 흐려지고 느려진 상태이긴 했지만.

"너 무전기 못 봤어? 포르샤 스틸 밑에서 일한다면 우리에 대해서 알았을 거야. 분명 도시와 연락하는 방법이 있을 거야."

"무전기?" 베어가 어리둥절해하며 물었다.

베어가 이 말을 어떻게 알겠는가? 나도 우리 집 부엌에서 엄청난 시간을 그 낡은 사전에 쏟아부어서 겨우 알아낸 건데. '무전기', 무선으로 쌍방향 통신을 하기 위해 전자파를 사용함.

쌍방향 통신. 바이올렛은 자기가 우리를 데리고 있다는 사실을 도시에 보고하려고 할 것이다. 둘 다 여기 있다고. 나는 내 발로 그녀의 덫으로 걸어 들어왔다.

"무슨 상자처럼 생겼어. 드론처럼 안테나가 달려 있고."

베어가 얼굴을 찌푸렸다. "그런 게 있긴 있었어, 탁자 위에. 어젯밤에 아줌마가 그걸 갖고 놀았어. 다이얼도 돌리고. 그게 마치 사람인 것처럼 말도 걸었는데, 그건 그냥 치지직 소리만 냈어. 아무래도 고장 난 것 같았어. 지금은 안 보여."

"틀림없이 그 가죽 가방에 들어 있을 거야." 내가 어두운 목소리로 말했다. "그 여자가 갖고 갔어. 신호가 잘 잡히는 곳이 있을 거야." 여자는 나를 찾기 전까지는 베어를 혼자 두고 나갈 수 없었을 것이다. 혹시라도 내가 몰래 들어와 동생을 구출해 갈 수도 있으니까. 내가 조금이라도 눈치가 있었다면 그렇게 했겠지. 나에게 베어의 직감 같은 게 조금이라도 있었다면.

"누나!" 베어가 무기력하게 나를 불렀다. 나는 그저 동생을 가만히 바라보았다. 베어는 내가 뭔가 하기를 기다리고 있었다.

"여기서 나가야 해." 내가 말했다.

"아줌마가 문을 잠갔잖아!"

"그럼 창문으로 나가자." 그때 오두막 밖에서 총소리가 울렸다. 나는 거실로 돌아와 베어를 내 뒤에 바짝 붙어 있게 했다.

9 따돌리다

1

문이 열리는 순간, 베어와 나는 밖으로 몸을 던졌다. 무방비로 있던 여자는 미처 우리를 막지 못했다. 여자는 한 손에는 총을 들고 있었고, 한쪽 어깨에는 들고 나갔던 검은색 가죽 가방을 걸치고 있었다.

"달려, 베어! 달려!" 나무숲 쪽으로. 나무가 있는 쪽으로 가자고 미리 이야기해 놓았다. 우린 여자보다 더 빠르고, 더 작았다. 숨을 수 있을 거다. 발걸음이 무거웠지만 나무들이 점점 가까워졌다. 거의 다 왔다.

베어의 비명에 나는 멈춰 섰다. 동생이 땅에 넘어졌고, 돌아다보았을 땐 그 여자한테 막 잡힌 뒤였다. 여자가 동생을 바닥에서 잡아 일으켰다. 나는 그녀를 향해 달려갔다. "안 돼!"

여자는 오른손에 들고 있던 은빛 칼을 베어의 목에 댔다.

"안 돼, 안 돼!" 나는 떨리는 목소리로 소리쳤다.

여자의 얼굴은 팽팽하게 긴장되어 있었다. 목소리도 마찬가지였다. "난 내 이익을 지키려는 거야. 안으로 들어가. 당장."

"싫어!" 심장이 갈비뼈 밖으로 튀어나올 듯 쿵쾅거렸지만 나는 이렇게 외쳤다.

"너희 둘에 대한 영장이 발부됐어. 그건 시민으로서의 내 의무라고. 포르샤 스틸이 직접 요청했어."

"싫어!" 내가 울부짖었다. "우린 돌아가지 않을 거야. 절대!"

나는 칼날을 주시했다. 피가 말라붙어 더러워 보였지만 그래도 여전히 아침 햇살에 번득거렸다. "동생을 놔 줘!"

"안으로 들어가!" 여자가 고함쳤다.

"우릴 돌려보내면, 그들은 우릴 죽일 거야. 우리 둘 다!"

여자가 고개를 가로저었다.

"그들은 우리 피를 원해. 그들이 여기 오면 아줌마 피도 가져갈걸. 아줌만 지금 도시가 어떤지 모르잖아!" 나는 여자를 향해 소리를 질렀다. 절규했다.

그러면서 한편으로는 여자에게 애원했다. "제발요! 제발! 제발!" 베어의 얼굴에 이슬처럼 땀방울이 송송 맺혀 있었다.

여자가 머리를 옆으로 흔들어 댔다. "난 약속을 받았어. 스

틸 여사한테 직접. 너희를 잡아다 주면 날 다시 도시로 들여보
내 줄 거야."

"왜?" 내가 식식거리며 말을 내뱉었다. "왜 돌아가고 싶어?
도시는 감옥이라고!"

"거기가 내 집이니까!" 여자가 빽 소리를 질렀다. "여기로 내
보내 달라고 부탁한 적 없어. 내가 피검사에서 양성이 나오기
를 원했을 것 같아?"

"그건 아줌마가 야생에서 살아남을 수 있다는 말이잖아.
그리고 진짜 그렇게 됐고. 여기서 살아남았잖아!"

"살아남은 거의 유일한 사람이지. 그게 어떤 건지 넌 몰라.
내 머릿속 목소리 말고는 얘기할 영혼이라곤 없어. 여기 밖에
서 또다시 겨울을 나지는 않을 거야. 그럴 순 없어! 오두막으로
들어가. 당장."

"안 들어가면?"

베어는 완전히 흐느끼고 있었다. 칼날은 동생 목의 부드러
운 피부를 누르고 있었고, 여자의 눈은 광기로 번득였다. "내가
못 할 것 같아?" 여자는 이렇게 말하며 칼날을 더 세게 눌렀다.
나는 여자가 그럴 수 있다는 걸 조금도 의심하지 않았다.

나는 오두막으로 가려고 돌아섰다. 여자도 나를 따라 몸을
돌렸는데, 장작 헛간에서 무엇인가 나타났다. 그것은 뛰어올라
뭔가를 홱 집어던지듯, 여자를 향해 자기 몸을 던졌다. 우리 스

라소니였다. 우리 고스트. 바이올렛이 비틀거리다 바닥에 넘어 지는 바람에 베어를 놓쳤다.

"달려, 베어!" 나는 동생을 일으켜 세우면서 소리를 질렀다.

여자가 내 다리를 잡았다. 두껍고 굳은살이 박인 손이 발톱 처럼 내 발목을 꽉 움켜잡았다. 나는 발길질을 해 댔다.

"절대 도망 못 가!" 여자가 미친 듯 소리쳤다. "난 약속 받았 어! 너흰 나의 귀환 허가증이라고!"

"이거 놔!" 내가 후려치며 소리쳤다. 여자가 다른 손으로 더 듬거리며 공기총을 찾았지만, 총에 달린 가죽 끈이 가방에 엉 켜 있었다. 나는 간신히 다리를 올려 여자의 목을 차기 시작했 다. 이 여자는 발길질을 당해도 싸다. 베어한테 칼을 쓰려고 했 으니까. 진짜 쓸 수도 있었다.

"누나!" 베어가 나무숲에서 소리쳐 나를 불렀다. 동생의 소 리가 점점 커져서 그 애가 다시 돌아올까 봐 겁이 났다. 칼 근 처에는 절대로 못 오게 해야 한다.

여자는 내 발목을 놓고 공기총을 집으려고 했지만 아직은 내 밑에 엎어져 있었다. 나는 곧장 여자를 향해 발을 들고 온 체중을 실어 무릎을 짓밟았다. 여자가 공기총에 은색 총알을 넣고 다시 맞췄을 때처럼 딱 하는 소리가 났다.

그러고는 나도 여자에게서 벗어나 달렸다. 나무숲으로. 뛰 고 있는 내 등에 공기총이 부딪혔다. 내 등을 가로지르는 가죽

끈 끝에 공기총이 매달려 대롱거렸다.

"널 붙잡고 말 거야! 너희 둘 다 붙잡을 거라고!" 여자의 고함 소리가 들리고 잠시 뒤, 바람에 오두막 문이 닫히는 소리가 났다. 곧이어 우리 뒤에서 총소리가 울렸다. 여자가 다른 총을 가지고 나온 게 틀림없었다.

나는 베어와 그 애의 발치에 어른거리는 달콤한 차 웅덩이를 향해 휘청거리며 달려갔다. 베어는 겁에 질린 것처럼 보였지만 나는 동생을 잡아끌며 계속 달렸다. 총성이 진짜로 점점 다가오고 있어서 나무들 사이로 지그재그로 나아갔다.

2

더 이상은 가기가 힘들었다. 머리가 빙빙 돌았다. 또다시 너무 어지럽고 속이 메슥거렸다. 그 여자는 계속 우리 뒤를 쫓고 있었다. 포기하지 않을 거다. 여자의 눈빛을 보면 알 수 있다.

"숨어야겠다." 나는 숨을 헐떡였다. "더 이상 못 뛰겠어." 우리 뒤로 나뭇가지가 부러지는 소리가 들렸고, 그 순간 베어가 위를 올려다봤다. 미처 말릴 틈도 없이 동생은 위로 올라가 우거진 나뭇가지 속으로 사라졌다. 나도 베어 뒤를 따랐다. 나는 고소공포증이 있는 데다 여긴 등반 센터처럼 푹신한 스펀지 바닥도 없고 심지어 모든 게 흔들리고 있었지만, 어쨌든 베어를 따라 기어올랐다. 나뭇가지에 발을 올리고 튼튼한지 확인한 다음 거기에 의지해 다음 나뭇가지를 향해 손을 뻗었다.

우리가 바이올렛을 보았을 땐 우린 그 여자 키의 두 배쯤 되는 높이에 앉아 있었다. 그녀는 발을 내딛다가 숨을 크게 들이마시며 움찔했다. 여자는 왼쪽 발을 끌고 있었다. 그 여자의 무릎이 부러질 거라는 생각은 미처 못 했다.

도시에서는 뼈가 쉽게 부러진다. 칼슘이 부족하니까. 햇볕을 충분히 쬐지 못하니까.

여자는 우리를 찾아 눈을 부라리며 숲을 훑어보았다.

우리는 그 여자의 머리 바로 위, 나무줄기에 바짝 붙어 있었다. 내 위에서 마치 원숭이처럼 나무를 잡고 있는 베어를 올려다봤다. 어쨌든 아래는 내려다볼 수 없었다. 그랬다가는 떨어지거나 토할 것 같았다. 두 가지를 다 할 수도 있고.

참나무였다. 나뭇잎이 많이 떨어져 충분히 가려지지는 않아도 우린 그 속으로 움츠러들었다.

팜하우스에서 하던 숨바꼭질 같았다. 다만 우리를 둘러싸고 있던 유리는 없었다. 우리는 그 유리를 박살내고 밖으로 나왔다. 그리고 하늘로 오르는 사다리를 발견했다.

바이올렛이 나무들을 향해 총을 쏘았다. 나는 움찔했다. 베어가 고개를 숙여 내려다보았다. 우리는 가만히 서로를 바라봤다. 움직이지 않고 조용히. 나무의 몸통은 묘하게 부드러웠는데 그 속에서 이상한 소리 혹은 리듬 같은 게 들렸다. 온몸을 나무에 기대고 있자니, 나무의 심장 박동이 들리는 것 같았다.

마침내, 아마도 몇 분쯤 지난 것 같은데, 바이올렛이 발길을 돌렸다. 그녀는 드론과 무전기에 대해 뭐라고 큰 소리로 혼잣말을 하고 우리에게도 저주를 퍼붓다가 결국 오두막 쪽으로 사라졌다.

우리가 다시 단단한 땅을 딛고 섰을 때 나는 기어이 덤불 속에 토하고 말았다.

"우리 짐은 다 어딨어, 쭈?" 하고 베어가 걱정스럽게 물었다.

"거기 텐트에."

"그냥 놔뒀다고?"

나는 고개를 끄덕였다. 내 점퍼 안에 걸려 있는 에티엔의 지피에스만 빼고 모든 걸 다 내팽개쳐 버렸다.

"고스트는?"

"도망갔어."

"총소리가 났잖아!" 베어가 꽥 소리를 질렀다.

"고스트는 도망갔어." 나는 단호하게 말하고 지피에스를 꺼냈다. 머리가 세차게 쿵쾅거렸지만 어찌어찌 지나온 길을 되짚어 볼 수 있었다. 지피에스에는 저장 기능이 있어서 어디서 야영을 했는지, 어디서 베어를 잃어버렸는지 알 수 있었다.

텐트가 있는 공터에 도착하자마자 모든 걸 다시 가방에 쑤셔 넣었다. 그 오두막에서 멀리 떨어져야 한다는 생각뿐이었다.

고스트를 다시 발견한 건 베어였다. 고스트는 덤불숲 가장자리에 누워 있었다. 머리를 숙이고 있었는데, 왼쪽 어깨에 둥그렇게 피가 번져 있었다.

베어가 속삭이듯 이름을 부르면서 고스트 쪽으로 기어갔다. "고스트 야옹아, 고스트 야옹아. 여기 있었네. 우리가 널 찾아냈어. 우리가 보살펴 줄게." 베어는 천천히 눈을 깜빡였다. 길게 세 번, 깜박 깜박 깜박. 동생은 저 혼자 고양이 말을 배웠다.

"누나! 고스트 좀 도와줘!" 베어가 조용히 그러나 다급하게 말했다. 고스트는 계속 피를 흘리고 있었다.

나는 배낭을 뒤졌다. 구급함에 있는 패드를 꺼내 고스트의 상처 부위에 대고 눌렀다. 구멍에서 피가 흘러나오는데, 총알을 찾아서 꺼내야 하는지 깨끗이 닦기만 하면 되는지 알 수가 없었다. 하지만 피가 빠르게 흘러나와 우선 부드러운 패드를 힘껏 눌렀다. 출혈을 멈춰야 하니까. 겨우 몇 초 만에 패드가 선홍빛으로 변해 버려 새로 갈아야 했다. 새 패드가 다시 피에 젖어 세 번째 패드를 댔다.

스라소니를 만진 건 처음이었다. 이렇게 살아 있는, 야생의 것은 처음 만져 봤다. 고스트의 떨림이 내 손끝으로 전해져 왔다. 떨림이 온몸을 훑고 지나갔다. 고스트의 두려움이 느껴졌다. 심장이 너무 빨리 뛰고 피가 너무 많이 흘러나와 정신을 못

차리는 것 같았다.

내 눈에서 눈물이 떨어져 고스트의 부드러운 털을 적셨다. "뭐로든 고스트를 좀 덮어 줘야겠다. 몸을 따뜻하게 해 주어야 해." 내 목소리가 떨렸다.

베어가 바로 움직였다. 동생은 집에서 가져온 모직 담요를 꺼냈다. 우리가 엠포리엄에서 새로 들어온 털실을 찾아낼 때마다 애니 로즈가 조금씩 짠 낡은 담요였다. 동생은 담요를 고스트에게 덮어 주면서 재빨리 속삭였다. "어깨니까 괜찮겠지, 쭈? 심장이 아니니까. 머리도 아니고, 응?"

나는 고개를 끄덕였다. 달리 무슨 일을 더 할 수 있을까? "우린 여기 머무를 수 없어." 내가 힘없이 말했다.

"하지만 고스트는!" 베어가 겁에 질린 얼굴로 쳐다봤다.

"어쩌면 우릴 따라올지도 몰라."

"고스트는 다쳤어, 누나! 따라올 수 없을 거야."

"그 여자한테는 총이 있어, 베어. 우릴 뒤쫓을 거야. 지금도 오는 중이겠지. 잠시 무릎을 묶거나 그러느라고 지체할 수는 있 겠지만, 어쨌든 다시 올 거야. 아니면 드론이 오겠지. 그 여자가 포르샤 스틸에게 연락했어. 너도 여자가 하는 말 들었잖아!"

내 머리가 맑다면, 그 망할 놈의 차를 마시지 않았다면 어 떻게 해야 할지 알 수 있을 텐데. 근데 고스트는 어쩌다 끼어들 게 되었을까? 고스트의 세계에는 총알 같은 게 있으면 안 된다.

인간도 여기 있으면 안 된다.

"고스트가 날 구해 줬어. 누나도 구했고. 고스트를 버릴 순 없어!" 스라소니를 버려 두고 가자고 말한 것이나 마찬가지였기 때문에 베어는 겁에 질려 미친 듯이 내게 소리를 질렀다.

고스트는 몸을 끌고 덤불숲 깊숙이 들어가 거의 완벽하게 몸을 감췄다. 검은색과 갈색 무늬가 낙엽 같아 보여서 눈에 띄지 않았다. 위장하기. 그 모습을 보니 해결책이 떠올랐다.

나는 숨을 깊이 들이마셔 깨끗한 공기를 몸속으로 들여 보내 메스꺼움을 몰아냈다. "야영지를 치워야겠어, 알겠지? 텐트든 모닥불이든 뭐든 어떤 흔적도 남기면 안 돼. 그런 다음에 우리도 숨는 거야. 고스트가 회복될 때까지 기다리는 거지."

"바이올렛 그 여자가 와서 우릴 보면 어떡해?"

"아니, 못 볼 거야. 우리도 저렇게 할 거거든." 나는 고스트를 가리켰다. 물론 스라소니가 있는 데로 가지는 않을 거다. 놀라게 하고 싶지는 않으니까. 근처에 관목과 덤불이 엉켜 있는 또 다른 덤불숲이 있었다. 나는 그 속으로 기어 들어갔다.

베어가 내 뒤에서 가방들을 건넸다. 일단 물건들을 먼저 숨기고 그 위에 나뭇잎을 뿌린 다음, 나는 다시 베어가 숨어 있는 곳으로 기어갔다. 우린 방수포를 펴고 둘이 같이 우주 담요를 덮었다.

"우리 로빈 후드와 그 친구들 같아." 베어가 속삭였다.

내가 희미하게 웃었다. "로빈 후드의 여자 친구 메리언을 빼먹으면 안 돼."

"쭈!" 베어가 걱정스럽게 물었다. "괜찮아? 눈이 안 떠져!"

"차 때문인 것 같아."

"독이 들어 있었어?"

"아니, 그 여자가 그들에게 우리 시체를 찾으러 오라고 하진 않았을 거야. 그냥 잠들게 하는 차인 것 같아. 도망 못 치게."

"쭈 누나, 그래도 우린 도망쳤지, 그치?" 베어가 자랑스러운 듯 말했다.

"그리고 우리한텐 공기총이 있어."

"뭐?"

나는 덤불숲 뒤에 밀어 놓은 공기총을 가리켰다.

베어가 숨을 헉 들이마셨다. "쭈 누나! 총을 가져왔어!"

"이것도." 나는 주머니를 뒤져 은색 탄환들을 꺼내 손바닥에 펼쳐 보였다. 그 집에서 나오기 전에 부엌 탁자에 있던 그릇에서 꺼내온 거였다.

"그 여자가 불같이 화를 낼 거야!"

"뭐, 그렇겠지. 하지만 우리한테 잘못한 걸 생각하면 이 정도는 내놓아야 해."

3

우리가 자는 동안 그들이 찾아온다. 내 꿈속에 그들이 온다. 그들이 낮게 웅성거리는 소리가 들린다. 나는 내 방에 돌아와 있다. 부드러운 시트가 깔린 침대 속이다. 내 곁에 따뜻한 베어의 몸이 느껴진다. 동생이 낮은 소리로 쌕쌕대고 있다. 옆방에서 자는 애니 로즈의 코고는 소리도 들린다.

나는 시끄러운 소리에 잠에서 깼다. 우리가 어디 있는지 깨닫는 순간, 눈물이 뿌옇게 앞을 가렸다.

나뭇가지 사이로 어두운 형체가 보였다. 두 개다. 빨간색 불이 켜진 금속 새처럼 윙윙, 윙윙거렸다. 하늘을 빙빙 돌면서 우리를 찾고 있었다.

나는 베어를 깨우지 않았다. 안 보는 게 더 나을 테니까.

베어가 날 깨웠을 땐, 우주 담요는 어디로 가 버렸는지 추웠다. 드론은 지나갔다. 날은 아직 어둑했지만, 우린 덤불숲에서 기어 나왔다. 낡은 모직 담요는 여전히 바닥에 덮여 있었지만, 그 아래는 비어 있었다. 고스트가 사라졌다.

"고스트 어디 있어, 누나?" 베어가 울먹였다.

"일어났나 봐."

"근데 어디로 갔을까?"

"물 마시러 아니면 혹시 먹이를 구하러 갔을지도 몰라."

　　　　　　　　　　　2부　야생

"고스트 올 때까지 기다릴 거지?" 베어가 얼른 물었다.

나는 마른침을 삼켰다. "지금은 안 돼. 날이 밝기 전에 떠나야 해."

베어는 담요를 집어 들더니 나한테 내밀며 간절하게 말했다. "피야. 고스트는 아직도 피를 흘리고 있다고."

나는 담요를 살펴봤다. "피도 많지 않고 말라 있어. 고스트가 일어났으니 다행이야. 좋은 신호라고. 이제 고스트가 우릴 찾아올 거야, 베어. 늘 그랬잖아. 고스트가 아니었다면 우린 다시 붙잡혔을 텐데. 고스트는 우리가 좀 더 똑똑해졌으면 하고 바라지 않을까?"

"어둡잖아."

"어둠이 부엉이를 막을 수 있을까? 어둠이 여우를 막을 수 있어? 우리도 그 동물들처럼 야행성이 될 수 있다고."

베어가 날 물끄러미 쳐다봤다. "부엉이가 전부 야행성은 아냐. 누난 도대체 아는 게 뭐야?"

4

"스낵바 먹기 싫어, 누나." 베어가 빈 덫을 가만히 바라보며 말했다. 동생은 떨고 있었다. 젖은 머리카락이 등에 붙어 있었다. 오전 내내 비가 내렸다.

나는 한숨을 쉬었다. "먹어야 해. 우리 둘 다."

베어가 스낵바를 집었다. 당연히 동생도 먹을 생각이었다. 나처럼 동생의 위장도 먹을 것을 달라고 울부짖고 있을 테니까.

"나도 노력하고 있어." 동생 옆에 앉으며 힘없이 말했다.

"누나한테 화난 거 아냐. 그 사람한테 화난 거라고."

"애벗 교장?" 내가 어리둥절해하며 물었다.

"누나가 찾아갔던 사람. 실버라고 했지? 그 해적 놈." 베어가 어찌나 분한 목소리로 말하는지 웃음이 절로 났다. "그 사람이 고장 난 덫을 팔았잖아!"

"고장 난 건 아닐 거야. 미끼가 문제인지도 몰라."

베어는 불만스럽다는 듯 툴툴거렸다.

"생각해 봤는데…. 공기총을 써야겠어." 자신 있는 목소리로 들리도록 애쓰며 말했다.

아직은 시도해 보지 않았다. 고스트가 총에 맞은 뒤로 엄두가 나지 않았다. 고스트는 절뚝거리면서 계속 우리를 따라왔다 말았다 했다. 스라소니는 이제 우리한테도 예민했다. 우리가 급하게 움직이면 겁을 먹었다. 큰 소리로 말을 해도 무서워했다. 나는 고스트가 다시 사라져 버릴까 봐 두려웠다.

이제 고스트가 없다는 생각조차 견딜 수 없었다. 우리를 지켜 주는 건 고스트밖에 없으니까. 하지만 더 이상 시간을 끌 수 없었다. 덫에 관해서는 베어 말이 맞다. 이 덫으로는 아무것도 못 잡을 거다. 왜 이 덫을 계속 갖고 다니는지 나도 모르겠다.

나는 공기총을 만지작거렸다. 어떻게 작동하는지 알 것 같았다. 그 여자가 한 것처럼 총신을 아래로 꺾은 다음, 총열에 은색 총알을 넣고 다시 찰칵 하고 똑바로 맞췄다.

"먹을거리를 구하게 될 거야, 베어." 나는 총을 들어 올리며 이렇게 말했다. 베어는 겁먹은 얼굴이었다. 동생이 그런 반응을 보이리라고는 미처 예상하지 못했다. 동생이 그러지 않았더라면 좋았을걸. 베어의 반응이 기억을 되돌리는 바람에 오두막 탁자에 있던 죽은 동물들이 떠올랐다. 썩어 가는, 악취 풍기는 고깃덩어리. 파리들의 먹이.

"그 여자가 총소리를 들으면 어떡해?"

"못 들을 거야, 베어. 몇 킬로미터나 떨어져 있는걸. 우리가 따돌렸어."

"내가 할게, 쭈." 베어가 선심 쓰듯 말했다. "누난 총으로 아무것도 쏘고 싶지 않잖아."

나는 어깨를 으쓱했다. "넌 저절로 할 수 있을 것 같아?"

어제 챙겨 둔 물병과 냄비들에 물이 가득 차 있었다. 빗물을 충분히 받으면 출발하기 전에 쐐기풀 차를 만들어야겠다고 생각했다. 그 오두막을 나온 뒤로 따뜻한 거라곤 구경도 못 했으니까. 너무 겁이 나서 불도 피울 수 없었다.

비가 온다는 게 무슨 의미인지 미처 생각하지 못했다. 모든 게 젖었다. 불을 붙일 만한 마른 나무가 하나도 없었다.

불안감으로 배 속이 뻣뻣해졌다. 비는 그쳤지만 나무에서는 물방울이 계속 떨어졌고 땅은 젖어 미끄러웠다. 베어의 운동화 밑창이 대책 없이 미끄러졌다. 하늘의 구름은 여전히 비를 잔뜩 머금은 듯 시커멨고, 날도 아주 추웠다. 흠뻑 젖은 옷이 맨살에 들러붙어 더 추웠다. 그리고 더 배가 고팠다.

우린 토끼와 새들을 찾았다. 나는 계속 공기총을 준비 상태로 두고 있었는데, 처음으로 토끼와 새가 보이지 않았다. 가끔씩 나뭇잎 사이로 청설모의 회색 털이 언뜻 나타나거나 나무 위 우거진 나뭇가지에 새가 앉아 있었지만, 늘 우리가 알아채기도 전에 사라져 버렸다. 오늘은 기회가 없을 것 같다.

베어는 이미 도토리 채집을 포기했지만, 바닥에 떨어진 도토리도 많지 않았다. 아마도 비에 나뭇잎이 많이 떨어져서 도토리를 덮어 버렸기 때문인지도 모르겠다. 나는 실은 그게 아닐까 봐 더 걱정이었다. 비 때문이라면 도토리도 더 많이 떨어져 있어야 했다. 그런데 도토리가 잘 보이지 않는다면 우리가 북쪽으로 좀 더 올라왔다는 얘기이고, 좀 더 겨울에 가까워졌다는 뜻이다. 도토리도 언젠가는 끝이 날 것이다.

청설모들은 할 일을 알고 있다. 부지런히 다니며 도토리를 모아, 지금보다 더 춥고 어두운 날에 대비한다. 그게 여기 바깥 세상에서 살아남는 방법이다.

5

비가 다시 내리기 시작했는데, 이번엔 폭우였다.

우린 물의 장막을 피해 고개를 숙이고 걸었다. 하늘을 가로질러, 마치 도시의 벽처럼 물의 장막이 움직이며 내려오는 게 보였다. 우리 외투는 이미 비에 다 젖었다. 이런 데서 입을 수 있게 만들어진 게 아니니까. 속옷까지 흠뻑 젖었다. 나는 옷 속에 있는 지피에스가 젖어서 고장이 날까 봐 무서웠다.

바이올렛의 오두막 이후로는 버려진 집이나 마을 가까이로 가지 않았다. 그런데 정말로 몸을 피할 만한 건물이 필요한 지금은 아무것도 보이지 않았다. 원시림 속으로 걸어들어 간 느낌이었다. 이곳의 나무들은 두껍고 울퉁불퉁했고, 이끼로 덮여 있는 데다 구멍이 나 있어서 고대의 모습 같았다. 마치 지팡이처럼 나뭇가지로 땅을 짚고 있는 나무도 있었다.

나는 베어의 손을 잡고 속력을 내 보려고 했지만 베어의 발이 진흙에 자꾸 미끄러졌다. 베어가 울음을 터뜨렸고, 너무 크고 슬프게 울어서 잠시 멈추고 동생을 그냥 꼭 안아 주었다.

"못하겠어, 쭈!"

"할 수 있어. 우린 잘하고 있다고!"

"비에 젖어서 춥고, 배도 아파!"

"알아, 나도 그래, 하지만 비가 영원히 내리진 않을 거야."

"난 못하겠어, 쭈!" 베어가 아랫입술을 쭉 내미는데, 진흙투성이 얼굴이 흘러내린 눈물과 비로 범벅이 되어 있었다. 슬픔이 진흙이 되어 흐른 것 같았다.

"하지만 넌 아주 강하잖아, 베어."

"힘을 다 써 버렸어, 쭈. 비에 다 씻겨 나갔어."

"넌 할 수 있어." 나는 단호하게 말했다. 베어가 포기하면 안 된다. 동생이 포기하면 우린 끝이다. "베어! 날 봐!" 나는 두 손으로 동생의 얼굴을 감싸 쥐었다. 양 볼은 푹 들어가 있고 울어서 눈가가 빨갰다. "그러지 마, 응! 어떻게 용기를 잃어버릴 생각을 할 수가 있어. 비가 그치기를 기다릴 만한 곳을 찾아보자. 아무 집이라도. 거기서 불을 피우는 거야. 태울 만한 오래된 물건들이 분명히 있을 거야."

"집들 근처에 가면 안 된다면서."

"조심하면 돼." 우리에겐 선택의 여지가 없었다. 우리 텐트는 이런 날씨에 적합하지 않았다. 이제부터는 건물을 더 많이 이용해야 될지도 모르겠다.

나는 화면에 빗물이 떨어지지 않도록 그 위로 몸을 구부린 채 마지막으로 지피에스를 봤다. 지도 위, 녹색 부분에 검은 점 몇 개가 모여 있었다. 아마도 여전히 거기 남아 있겠지. "이것 봐, 베어." 동생에게 확대해서 보여 주며 내가 말했다. "우드크로프트 단지야."

"그게 뭐야?"

"나도 몰라. 무슨 농장이나 마을이겠지. 멀지 않아."

나는 방수 파우치에 지피에스를 넣고 외투 깊이 보관했다.

베어는 한숨을 내쉬긴 했지만 먼저 일어나 손을 내밀어 나를 끌어당겨 주었다.

"고마워, 우리 곰돌이." 내가 부드럽게 말했다. "넌 네가 얼마나 대단한 아이인 줄 모르지?"

처음 우리가 본 건 비에 시달려 이미 몇 년 전에 무너진 듯한 낡은 창고들과 줄지어 서 있는 집 몇 채였다. 덩굴에 뒤덮인 그 집들은 아랫부분이 돌로 되어 있었다. 주변에는 숲과 잡목이 뒤덮인 땅 말고는 이상하리만큼 아무 흔적이 없었다. 서로 붙어 있는 여섯 채의 주택은 똑같이 생겼다. 비슷한 주택이 다닥다닥 붙어 있는 여느 동네 골목 같았다.

우린 첫 번째 집으로 다가갔다. 문이 닫혀 있긴 했지만 누군가 이미 부수려 한 듯 돌쩌귀에 겨우 붙어 있었다. 거미줄과 담쟁이덩굴을 보니 그마저도 아주 한참 전이었던 것 같았다. 몇 번 발로 차니 문은 그냥 떨어져 나갔다.

내부는 놀랍게도 온전한 상태였다. 물이 새 집 전체에서 눅눅한 악취가 풍겼지만, 비가 들이치진 않았다. 안에는 바이올렛의 오두막처럼 돌로 만든 오래된 벽난로도 있었다. 다른 층으로 가는 돌계단도 있었다.

방수포로 무언가를 덮어 놓은 한쪽 구석을 제외하고는 원래 뭐가 있었든 모든 가구와 집기는 이미 사라진 지 오래였다. 방수포 밑에는 뭔가 단단한 게 있는 것 같았다. 내가 비닐 천을 젖혔다. 그 아래 뭔가 끔찍한 것, 이를테면 예전 거주자가 죽어서 그 시신을 넣어 둔 관 같은 게 있는지 일단 먼저 확인하고 싶었다. 그래야 다음 단계로 넘어갈 수 있을 테니까.

그 물건들이 뭔지 알아차리는 데 시간이 좀 걸렸다. 얇은 나무 상자 같은데… 액자였다. 액자에 든 그림들.

먼지투성이에 거미줄이 껴 있었다. 방수포를 젖히자 거의 백 마리쯤 되는 거미들이 잽싸게 도망쳤다. 그림들을 가지런히 쌓아 놓아서 하나씩 들춰 볼 수 있었다. 유리가 깨진 것도 있었고 아예 그림이 손상된 것도 있었다. 곰팡이가 핀 것도 있었지만, 대부분은 상태가 괜찮았다.

풍경화였다. 산, 호수, 폭포에 폭풍이 치고 눈이 내린다. 그림을 보는 것만으로 전율이 느껴졌다. 이곳의 비바람도 제대로 대처하지 못하면 산 위에 올라갔을 때는 어떻게 할 수 있을까?

다시 그림을 넘기자 베어가 헉 하고 숨을 멈췄다. 우린 밝은 청색과 주황색의 새를 마주했다. "물총새!"

이 그림에는 유리가 없어서 물총새 그림을 따라 손가락을 움직여 보았다.

"쭈 누나, 살아남은 새들이 있을까?"

"몰라. 어쩌면 있을지도." 하지만 물총새는 리와일드 사건이 일어났을 무렵엔 이미 멸종했다. 그건 확실했다. 물총새의 먹이가 되는 물고기가 한 마리도 남아 있지 않았으니까. 물총새는 제일 먼저 사라진 종에 속했다.

"누나가 내 방에 그린 거랑 같은 그림이야."

"아니야, 베어. 내 그림보다 훨씬 훌륭해."

이렇게 말하면서 나는 거기 있는 액자들이 말라 있는지 만져 봤다. 우린 뭔가 태울 게 필요했다. 하지만 시대를 뛰어넘어 지금껏 살아남은 이 그림들은 너무나 순수하고 연약해 보였다.

포르샤 스틸은 자연에 대한 글보다 그림을 더 싫어했다. 수많은 옛날 그림이 자발적으로 제출되었다. 대량으로 불태우는 일은 없었다. 그들은 그 일을 조용히, 애니 로즈의 말에 따르면, 그들이 모든 일을 처리하는 방식대로 해냈다. 조용히, 교활하게. 나서서 말해야겠다고 생각한 사람은 아무도 없었다. 자신들이 무엇을 잃어버렸는지 아는 사람이 아무도 없었다.

우리한테 그림 같은 건 더 이상 필요하지 않았다. 그래도 누군가 물어봤다면 포르샤 스틸은 이렇게 주장했을 거다. 그런 건 불필요하며, 그런 생활 방식은 끝났고, 인류는 더 진화된, 현대적인 생활 방식으로 발전했다고. 더 나은 것들을 향해.

하지만 여기 뒤집혀 있는 그림들만 훑어보더라도 우리 도시가 얼마나 추악하고 잔인해 보이는지 알겠다.

6

우리는 그림을 태우지 않았다. 액자 틀도 태우지 않았다. 그저 액자를 담은 상자를 몇 개 부숴 벽난로 안에 쌓았다.

시간이 좀 걸리긴 했지만, 지금껏 우리가 피웠던 불 중에서 최고였다. 우리 둘 다 젖은 옷을 벗어서 말리는데, 베어의 몸이 달라진 게 눈에 띄었다. 튀어나온 갈비뼈와 엉덩이뼈. 살이 쑥 빠졌다. 진드기와 체온을 확인하느라 매일 동생을 살펴보고 있었지만 이렇게 온몸을 제대로 본 적은 없었다.

"보지 마, 누나." 동생은 내가 쳐다보자, 돌아서며 이렇게 말했다. 베어는 자기 몸을 부끄러워한 적이 없었다. 여행하는 내 내 우리는 한 명이 볼일을 볼 때 그 옆에 서 있거나 나란히 앉아 같이 볼일을 보고 함께 나뭇잎을 발로 차서 흔적을 덮었다. 그런데도 동생은 자기가 얼마나 말랐는지 보는 건 싫어했다.

"누나도 말랐어." 베어가 방어적인 태도로 말했다.

나는 천천히 고개를 끄덕이며 동생에게 다른 옷을 한 벌 건넸다. "이리 와서 불 옆에 앉아. 진드기 자국을 확인해야지."

베어와 나의 모든 상처에 소독약을 발랐는데 부어오른 자국은 없었다. 우리 피가 제대로 일을 하고 있었다. 우리에게 필요한 건 실반의 항생제가 아니라 그저 제대로 된 식사였다.

나는 베어의 젖은 머리를 쓰다듬으며 뭉친 머리카락을 풀어 보려고 애를 썼다.

"쭈 누나, 우리 그냥 여기 있으면 좋겠다." 내게 등을 기대며 동생이 말했다. "여긴 안전한 것 같아."

나도 고개를 끄덕였다. 두꺼운 벽과 머리 위의 지붕, 온기가 있어서만이 아니라 어떤 느낌 때문이었다. 이곳은 한때 누군가의 집이었다. 누군가가 이 집을 사랑하고 돌보았다.

비가 그친 뒤, 우리는 밖으로 나가 쐐기풀을 땄다. 밤나무도 있었다. 드디어. 우리가 찾고 있던 따끔따끔한 녹색 밤송이들. 이미 갈라지고 대부분 비어 있었지만, 작은 밤톨이 안에 들어 있는 것도 있었다. 이건 당연히 먹을 수 있다.

"아얏!" 베어가 밤을 줍다가 소리쳤다. "선인장보다 더 뾰족해, 쭈!"

나는 웃었다. "상자 갖다 줄게. 호주머니에 넣어 두고 싶진 않겠지!"

상자를 가지고 돌아왔을 때, 고스트가 와 있었다. 하루 종일 고스트를 보지 못했는데. 베어가 고스트를 향해 걸어갔다. "이리 와, 고스트. 이리 와, 스라소니 고양이야." 고스트는 뒤로 물러나면서 시선은 나와 농가의 문을 쏜살같이 가로질렀다.

고스트는 불안해 보였다. 아니면 혼란스러워하는 것 같기도 했다. 농가의 문을 통해 벽난로의 불꽃이 보이고, 굴뚝으로 연기가 피어오르고 있었다. 고스트는 아마도 지난번에 우리가 집 안에 들어갔을 때의 일을 기억하는 것 같았다. 베어가 다시 시도해 봤다. "이리 와, 고스트. 이리 와, 스라소니 고양이야."

고스트가 이상한 울음소리를 냈다. 야옹 하는 소리가 아니었다. 내 생각에 조용하게 카악 하는 소리에 가까웠다.

"고스트가 우리한테 말하는 거야. 고스트는 여기가 맘에 안 드나 봐, 쭈."

고스트는 뒤돌아서 갔다가 다시 되돌아왔는데, 서성대는 것 같았다. 완전히 가 버리고 싶지만 그럴 수 없다는 듯, 혹은 그러지 않을 거라는 듯.

"겁에 질려 있어." 베어가 고스트의 움직임을 번역이라도 하는 것처럼, 확신에 차서 말했다.

"아마 불 때문일 거야."

"지난번에는 상관 안 했어."

"그럼 집 때문이야. 또 총에 맞을까 봐 걱정하는 거지."

"고스트는 우리가 함께 갔으면 하나 봐."

"아니, 그냥 불안한 것 같아. 뭘 불안해하는지 모르겠어."

고스트의 귀 끝 검은 붓털은 곧추서 있었고 짧은 꼬리는 못마땅한 듯 앞뒤로 움직였다.

"쭈!" 베어가 걱정스럽게 물었다. "어떻게 해야 돼?"

"우리한테 밤이랑 쐐기풀이랑 불이 있잖아. 우선 뭘 좀 먹자. 게다가 우리 물건들도 아직 다 안 말랐어." 고스트는 스라소니일 뿐이다. 그냥 야생 고양이. 우린 사람이고, 사람은 집 안에 있어야 한다. 우리한테는 불이 있고 조리할 식량도 있다. 고스트가 좋아할 만한 건 하나도 없다.

"떠나는 게 좋을 것 같아." 베어가 고집스럽게 말했다.

"여기가 마음에 든다면서."

"이젠 아니야. 뭔가 이상해."

햇빛이 스러지고 있었다. 낮은 이제 아주 빨리 가 버린다. 지피에스로 경로를 다시 잡아야 했는데, 그럴 시간조차 없었다.

그러나 고스트의 울음소리는 점점 커지고 움직임도 점점 빨라졌다. 진짜 겁에 질려 있었다.

"알았어. 짐을 챙기자." 마침내 내가 말했다.

나는 여전히 떠나기 전에 밤을 좀 구웠으면 싶었는데, 고스트는 이제 거의 문 앞까지 와 있었다. 고스트는 미친 듯이 계속해서 카악 하는 소리를 냈다. 마치 숨죽여 우는 것 같았다.

"네가 이겼어, 고스트." 나는 한숨을 쉬었다. "혹시 쓸 만한 게 있을지도 모르니까 위층에 얼른 올라가 보고 올게."

위층에 올라가자마자 창문을 통해 그게 보였다. 거대한 진드기같이 생긴 은빛 드론 다섯 개. 농가 뒤쪽에서 공중을 맴돌고 있었다. 무리 지어 기다리고 있었다. 우리가 그 소리를 들을 수 없을 정도의 거리를 유지한 채.

나는 얼른 창턱 아래로 몸을 숙였다.

집 앞쪽에서는 전혀 볼 수 없었는데, 도시에 있는 조종사들은 그걸 알고 있었던 거다. 그들은 우리를 뒤쫓고 있었다. 아마도 바이올렛의 오두막에서부터였을 것이다. 어쩌면 이젠 우리를 잡아가는 게 목적이 아닐지도 모른다. 어쩌면 우리가 가는 곳을 알아내는 게 저들의 목적인지도 모르겠다.

나는 계단을 뛰어 내려갔다. "베어!" 내 손은 이미 젖은 옷과 침낭, 텐트 등 우리 짐을 말아 올리고 있었다. 나는 최대한 소리를 죽여 외쳤다. "드론이 있어. 집 뒤에."

"우릴 찾아낸 거야?"

"아예 우리를 놓친 적이 없었는지도 몰라. 아니면 바이올렛이 메시지를 보냈을지도 모르고. 지금은 다섯 대야."

"다섯 대라고?" 베어가 기겁을 했다.

내가 고개를 끄덕였다. "얼른 가야겠다."

베어의 얼굴에서 핏기가 사라졌고, 동생은 모든 걸 가방에 쑤셔 넣기 시작했다. "고스트가 맞았지?"

"응." 나는 우리 칼 중 작은 것 하나를 꺼내서 물총새 그림을 자르기 시작했다.

"쭈?" 베어는 당황한 얼굴이었다.

나는 계속 잘랐다. 밝은 청색과 주황색 새를 잘라 내는 게 마치 그 새를 새장 밖으로 풀어 주는 것 같았다. 잘라 낸 그림을 말아서 스케치북이 들어 있는 내 배낭 주머니에 끼웠다.

"우리가 가져가는 거야?" 베어가 물었다.

"우리가 구조하는 거야. 사람들이 기억할 수 있게."

"여기 무슨 위험이 있다고 구조한다는 거야?"

나는 낡은 나무 상자들을 부숴 그림들 쪽으로 던졌다.

"쭈 누나?" 베어가 소리를 질렀다. "무슨 위험이냐고?"

설명할 시간이 없었다. 나는 성냥을 긋고 있었다.

"쭈!" 베어가 깜짝 놀라 비명을 질렀다. "하지 마!"

"이건 그냥 그림일 뿐이야." 내가 이를 악물고 말했다. 나는 도시에 있는 에티엔을 생각했다. 그가 성냥불을 긋고 창고에 불을 질러서 베어와 내가 탈출할 수 있었다.

"뭐가 뭔지 모르겠어." 베어가 이렇게 말하는데 눈물이 뺨을 타고 흘러내렸다.

"모든 게 불타는 걸 드론에게 보여 주는 거야. 그들은 우리가 불 속에 있다고 생각할 거야. 성냥불을 가지고 놀던 두 아이, 사고를 내다."

"쭈!" 내가 성냥불을 상자 한가운데로 던지자, 동생은 겁에 질렸다. 하나, 그다음에 하나 더, 그다음에 또 하나 더.

나무 상자들이 불길에 부서졌다.

베어는 마치 모르는 사람인 듯 나를 쳐다봤다.

"얼른." 내가 손짓했다. "가야 해."

활활 타오르는 상자와 빙글빙글 피어오르는 회색 연기의

소용돌이를 뒤로 하고, 베어는 나를 따라 문을 나섰다. 그림이 타면서, 그림 속 모든 색깔은 그저 검은 연기로 피어올랐다.

"빠르고 조용히 움직여야 해, 알지?" 나는 애써 침착한 목소리로 이렇게 말했다. "나무 밑에 있으면 잘 보이지 않을 거야." 엔도 선생님의 친절한 목소리가 머릿속에서 또렷하게 들렸다. '위장하기. 우리가 대벌레들한테서 배울 점은 바로 이거야.'

베어는 떨면서도 눈을 크게 뜨고 집중했다. 지금이다. 들키지 않고 빠져나가야 한다.

* * *

지피에스의 불빛은 낮고 희미하게 깜빡였지만, 화살표가 가리키는 방향은 충분히 알아볼 수 있었다.

우리는 다시 도망치고 있었다. 우리는 깜깜한 밤처럼 어두워져야 했다. 마치 어둠 속으로 미끄러져 들어가는 유령들처럼.

"쭈 누나, 목말라!" 내 곁에서 베어가 속삭였다. 동생은 기침을 하고 있었다. 너무 어두워서 연기는 더 이상 보이지 않았지만 냄새는 맡을 수 있었다. 냄새는 우리를 둘러싼 공기 중에 떠 있었다. 나는 베어에게 물병을 건넸고, 우리는 계속 걸었다.

나는 도중에 베어의 배낭을 벗겨 내 앞에 메고 동생의 손을 잡고 끌어당겨 계속 걷게 했다. 몇 걸음만, 다시 몇 걸음만 더.

너도 나만큼 힘들고 온몸이 아프겠지만, 드론이 엉뚱한 것을 지켜보는 동안 최대한 멀리 가야 해.

우리 머리 위로 희미한 형체들이 떠 있었다. 내 생각엔 박쥐인 것 같았다. 칫칫 또는 끽끽 하는 높은 소리가 공기 중에 가득했다. 때로는 날카로운 부엉이 울음소리나 여우의 울음소리가 들리기도 했다. 이런 게 무서울 거라고 생각할 수도 있지만 어쩐지 그렇지가 않았다. 모든 살아 있는 것들이 우리를 둘러싸고 숲의 또 다른 층을 이루어 드론을 막아 내고 있었다.

하지만 밤새 걷는 건 불가능했다. 선택의 여지가 없었다. 쓰러지기 전에 멈췄다. 다시 첫날 밤 그대로다. 다만 이번엔 공터를 찾지 않고 덤불이 갈라진 곳에서 잤다. 먼저 방수포를 깔고 침낭을 폈다. 그 속으로 기어들어 무의식 속으로 떨어졌다.

7

베어에게 스낵바를 하나 주고, 내 것도 꺼냈다. 이제 도시 음식은 거의 바닥났다. 손으로 공기총을 만져 보았다. 이제 더 이상 미룰 수가 없었다. 드론 소리가 들리는지 한참을 기다려 보았지만, 아무 소리도 나지 않았다. 우리가 결국 따돌린 걸까?

"오늘은 토끼를 잡을 거야. 아니면 저 비둘기 중 한 마리."

내 말을 확인하려는 듯 베어가 날 올려다봐서 나는 고개를 끄덕였다. 당연하다. 먹을거리를 스스로 마련하지 못하면 굶을 수밖에 없다. 우린 점점 쇠약해져 갔다.

물을 길으러 갔다 올 때까지 드론의 흔적이 없으면, 그다음엔 무슨 일을 해야 할지 분명했다. 나는 공기총을 손에 들고, 잠금쇠를 풀었다. 그러고 난 뒤 처음으로 토끼가 눈에 띄었을 때, 총을 들어 방아쇠를 당겼다.

총알은 생각처럼 그 즉시 발사되지 않았다. 잠시 방아쇠를 당긴 채로 있다가 마침내 내가 방아쇠를 놓자 총이 내 어깨에 강하게 부딪쳤다.

"악!" 나는 소리를 지르며 공기총을 땅바닥에 떨어뜨렸다.

"반동에 대비했어야지. 기억 안 나? 『캠핑의 기술』 책에서 봤잖아." 베어가 으스대며 말했다.

"생각 안 났어, 베어. 기억나게 해 줘서 고마워." 내가 느릿느릿 말했다.

"다리를 더 벌려야 해. 균형을 잡으려면."

나는 가만히 서서 다음 토끼를 기다렸다. 두 번째 토끼도, 당연히 놓치고 말았다. 하지만 토끼가 달아나기 바로 전에 있던 곳 주변 나뭇잎이 날아올랐다. 이 말은 그리 많이 빗나가지는 않았다는 뜻이다. 고스트도 달아났다. 즉시 가 버렸다.

베어는 깜짝 놀란 얼굴이었다. "성공했어!"

"아냐, 놓쳤잖아." 내가 얼굴을 찡그리며 말했다.

"그래도 거의 해냈어."

우리가 산비둘기를 보았을 때, 그 새는 우리 옆으로 조금 떨어진 곳에서 벌레를 찾아 차근차근 나뭇잎을 쪼고 있었다. 나는 다시 총알을 재고 모든 과정을 반복했다. 이번엔 다리를 넓게 벌리고, 준비. 그리고 비둘기가 기적처럼 쓰러졌다.

잠시 동안 어떻게 해야 할지 몰라 그냥 서 있었다. 베어가 앞으로 뛰쳐나갔다. "잡았어! 진짜로 잡았다고, 쭈!" 회색과 분홍색, 흰색이 섞인 새가 고개를 떨군 채 동생의 손 안에 늘어져 있었다. 나는 몸서리를 치는데, 베어는 빙글빙글 춤을 추었다.

"불을 피우자!"

"좋아, 하지만 드론이 계속 따라오고 있을지 모르니까 먼저 다른 데로 가야 해."

"내가 들고 갈게." 베어는 중요한 일이라는 듯 이렇게 말하고는 비둘기를 흔들며 걸어갔다.

조금 더 걸어갔을 때 고스트가 돌아와 베어의 손에 들린 산비둘기를 흥미롭게 바라봤다. 나는 동생에게 고스트가 있는 곳을 가리켰다.

"야, 고스트!" 베어가 소리쳤다. "우리 비둘기한테 가까이 오면 안 돼! 오늘 우린 최고로 맛있는 식사를 할 거니까!"

그 비둘기는 말 그대로 여태껏 먹은 것 중 최고였다. 베어는 불을 피우고 나는 새를 손질했다. 가슴의 흰색 깃털을 뽑고 칼로 피부를 갈랐다. 갈비뼈를 열고 달걀 모양의 살덩어리 두 개를 잘라냈다. 보라색 살은 놀라울 정도로 깨끗했고 피도 묻어 있지 않았다. 총알은 머리나 목 어딘가에 있을 것이다. 고깃덩이는 흠잡을 데가 없었다.

고기를 꼬챙이에 꿰어 베어가 피운 불에 구웠다. 비둘기 고기에서 흙내음 가득한 숲의 맛과 불에 탄 나무의 풍미가 느껴졌다. 살아남았다는 느낌도. 바로 그 맛이다. 생존의 맛.

비둘기 이후로 모든 것이 달라졌다. 우리 배 속에 든 건 고기만이 아니었다. 다른 뭔가가 있었다.

나는 달라졌다. 내 안의 사자가 깨어난 것 같았다. 사자라기보다 스라소니, 고스트 정도라고 해야 할 거다. 위험이 있었지만 고스트는 도망치지 않았다. 고스트는 우리에게 경고를 해주고, 우리 곁에 머물렀다.

나는 총을 쏘았다. 내가 무언가를 죽였지만 고스트는 다시 돌아왔다. 우리가 자연 속에서 움직이는 방식마저 달라진 느낌이었다. 처음에는 자연을 딛고 올라서서, 길을 만들기 위해 자연과 싸우며, 비틀거리며 나아갔다. 지금은 우리도 자연의 일부다. 자연이 우리를 숨겨 주었고 우린 자연 속을 여행한다. 그리고 고스트가 뒤따르고 있다.

무리를 이루는 건 개들의 습성인 것 같지만, 우리도 무리가 되었다. 지금은 비록 잃어버린 말이 되었지만 고양이 무리를 가리키는 단어가 따로 있었을지도 모른다. 고스트는 매일 우리에게 조금씩 더 가까이 다가오고, 우리 바로 옆에서 몸단장을 하고, 코를 내밀어 우리 냄새를 맡았다.

10 덫

1

아침이 되었다. 우리가 통과하는 공기가 달랐다. 온통 희고 부옜다. 베어가 낮고 괴상한 끼익끼익 소리를 냈다.

"하지 마!" 나는 화를 냈다.

도시에도 안개가 끼곤 했다. 그들이 안개를 막지는 못했으니까. 공해 때문에 공기가 아주 탁했는데, 나는 그게 도시의 꽉 막힌 공기라는 걸 알면서도 안개를 좋아했다. 추악한 모든 것을 덮어 주었으니까. 이곳에서의 안개는 다른 문제였다.

"그냥 땅 구름이야. 물이라고. 봐, 마실 수도 있어." 베어는 입을 헤 벌린 채 나를 돌아봤다.

나는 얼굴을 찌푸렸다. "쓸데없는 짓 좀 하지 마."

"누난 진짜 이상해." 베어는 이렇게 말하고 앞으로 뛰어가더니 순식간에 사라져 버렸다.

"베어! 베어!" 한순간 모든 것이 침묵했다. 마치 안개가 전부 앗아가 버린 것 같았다, 소리마저도. 나는 베어의 발자국 소리에 귀를 기울여 보지만 아무 소리도 안 났다. "베어!"

손가락을 스치며 털북숭이가 옆에 나타났다. 고스트였다.

"베어!" 내가 소리쳤다.

"왘!" 동생이 갑자기 내 앞에 나타났다. "우우아! 우우아! 난 유령이다!" 하고 소리를 지르다 내 얼굴을 보고 멈칫했다.

이번에는 내가 베어에게 소리를 질렀다. "너 절대 그러지 마, 알겠어? 다시는 사라지면 안 된다고!"

베어는 실망한 표정이었다. "그냥 놀이야, 숨바꼭질. 우리가 늘 하던 거잖아."

"우린 이젠 더 이상 팜하우스에 있는 게 아니라고!"

동생이 얼떨떨한 표정으로 나를 바라봤다.

"넌 내 곁에 꼭 붙어 있어야 해. 언제나!"

"왜 날 못 믿고 그래?"

"믿어. 하지만 넌 고작…."

"여덟 살이라고?" 베어는 내 얼굴에다 대고 이렇게 소리치고 돌아섰다. "나도 안다고! 누난 맨날 그 소리야."

한동안 우린 말없이 걷기만 했다. 지금은 도로로 가는 중이다. 고속 도로다. 안개가 끼어 있어서 눈에 띌 걱정은 안 해도 되었다. 도로를 걷는 여행은 훨씬 수월했다. 늘어진 가시덩굴도 별로 없고, 나뭇가지를 피하느라 몸을 숙이지 않아도 되었다.

우린 오르막길을 걷고 있었는데, 이유는 잘 모르겠지만 우리가 다리 위에 있다는 걸 바로 깨닫지 못했다. 알고 보니 아주 높은 다리였다. 갑자기 건물들이 우리 옆으로 또 아래로 희미한 형체를 드러냈다. 우린 다리의 가장 높은 지점에 와 있었다. 그런데 우리가 건너는 것은 물이 아니라, 도시였다.

우리가 서 있는 고가 도로 양옆으로 고층 건물들이 솟아 있었다. 높은 굴뚝과 거대한 금속 창고들이었다.

"누나!" 베어가 소리쳤다. "우리 어떻게 해?" 동생은 도로 가장자리로 가까이 가더니 그 자리에 박힌 듯 꼼짝도 하지 않았다. 아마 한때는 벽이 있었던 것 같은데 지금은 도로 옆이 휑하니 아래로 꺼져 있었다.

"안쪽으로 물러서!" 내가 고함을 질렀다.

"도시야!" 전체 모습이 눈에 들어오기 시작하자 베어가 울음을 터뜨렸다. "쭈 누나, 우리가 도시로 걸어 들어왔어!"

도시가 맞긴 했지만, 여기는 완충 지대 같은 게 없었다. 그건 의미가 있었다.

나는 베어를 가운데로 끌어당겼다. "지금은 도시가 아니야."

안개가 조금 걷히자, 아니면 안개가 아래쪽으로 내려간 건

지도 모르지만, 우리 주변으로 더 많은 건물이 보였다. 회색이 아닌 녹색 건물들이었다. 온갖 덩굴들이 완전히 휘감고 있었다.

"왜 지피에스에 안 나타났지?" 베어가 물었다.

"이런 도시들은 더 이상 안 잡히나 봐. 리와일드 사건 이후로 지피에스에서 지워졌겠지."

사라진 도시에 대해서는 이야기하면 안 되었다. 통치자들이 버린 도시들. 그들이 포기한 곳은 수도 없이 많지만, 특히 입에 올려서는 안 되는 곳이 있다. 버림받은 7대 도시. 무절제하게 뻗어 나가 지나치게 거대해진 도시들이었다.

"이건 무슨 도시야?" 베어가 물었다.

"나도 몰라. 엄마 지도에는 있을 거야. 지도를 잘 봐 둘걸."

높다란 굴뚝 너머 저 멀리, 말 그대로 수 킬로미터까지 건물들이 늘어 서 있는 게 보였다. 고층 빌딩과 아파트가 끝도 없이 펼쳐져 있다. 숨이 턱 막힐 지경이다.

그런데 자세히 보니 건물들 사이에 나무들이 있었다.

"이 도시가 가득 찰 만큼 사람들이 많았다고?" 베어가 놀란 목소리로 물었다.

"아마 그랬을 거야. 한때는." 나는 진드기 병 이야기를 하던 실반의 얼굴을 떠올렸다. 그리고 내가 무슨 뜻인지도 모르면서 마치 뭔가 아는 것처럼 '병의 미덕'이라고 작문에 썼던 얘기들을 생각했다. 여기 살던 사람들은 모두 어디로 갔을까? 얼마나 살아남았을까?

"유령 도시야." 베어가 말했다.

"고스트가 여길 좋아할지 잘 모르겠는걸." 나는 돌아서서 고스트를 바라봤다. 콘크리트와 강철이 뒤엉켜 있는 가운데 보이는 황금빛.

"고스트는 그런 거 신경 안 쓸 거야." 베어가 말했다. "우리가 말하는 걸 못 알아들을 테니까. 어쨌거나 누난 여기가 맘에 안 들어? 나무도 있어."

"맘에 들고 말고는 상관없어. 그냥 슬플 뿐이야. 뭐랄까…" 나는 정확한 단어를 찾기 위해 잠시 말을 멈췄다. "황량해."

"누난 우리 도시도 황량하다고 했잖아."

"맞아, 우리 도시도 그래. 하지만 좀 다른 방식이야."

"누난 리와일드 사건이 좋은 일이었다고 했지."

"정확히, 좋은 일은 아니었어." 내가 천천히 말했다. "다만 사람이 다 죽지는 않았고, 우리가 가려는 방향보다는 나았어."

"야생이냐 사람이냐, 하는 거였지?" 베어가 물었다.

"아니, 야생이냐 다 사라질 거냐, 였지."

"나무가 있어야 우리가 숨 쉴 수 있으니까?"

"그래, 하지만 그 이상이야." 과학적인 주장만 봐도 그랬다. 나무들이 산소를 내뿜고, 공기를 정화하고, 기후를 조절하는 데 도움이 된다는 건 정말로 구체적인 이유들이다. 그러나 이 모든 것을 넘어서는 다른 이유가 있다. 사람들에게는 그냥, 야생이 필요하다. 사람들은 야생의 존재를 알아야 한다.

나는 고개를 가로저었다. "자, 여기서 내려가자, 어지러워."

베어는 너무 열중해서 도시를 바라보느라 다시 슬금슬금 앞으로 나아갔다.

"베어, 이리 와! 너무 끝으로 가지 마."

동생은 놀라서 돌아봤다. "아니거든." 그러면서도 베어는 어쨌든 돌아와 내 손을 잡았다. 아마도 내가 지금은 또 다른 말다툼을 감당할 수 없으리라는 것을 아는 것 같았다.

"아슬아슬했다니까." 내가 부드럽게 말했다.

"누나가 높은 곳을 싫어해서 그래."

2

고가 도로에서는 내려왔지만 도시를 통과하려면 아직 몇 킬로미터를 더 걸어야 했다. 우린 도시의 경계 지역에 있었다. 외곽 쪽, 공장들이 있던 도시의 가장자리. 여기는 완전히 다른 종류의 풍경이 펼쳐졌다. 담쟁이와 메꽃 넝쿨들, 담요 같은 이끼와 지의류에 덮여 있어서, 심지어 어떤 건 건물이라는 짐작조차 할 수 없었다. 기괴한 녹색 형체일 뿐이었다. 마치 도시의 숨통을 죄는 동시에 부드러워 보이게 만드는 것 같았다.

우린 금속 열차들이 녹슬어 가고 있는 너른 철도 구간에 다다랐다. 기관차와 객차들이 마치 무슨 일을 위해 모여든 것처럼 나란히 열을 지어 서 있었다. 그날 이후, 기차들이 기다리던 일은 더 이상 일어나지 않았다. 페인트가 거의 희미해졌지만 하나는 아직 글자를 알아볼 수 있었다.

"도시 간 급행." 내가 소리 내어 읽었다.

"무슨 뜻이야?" 베어가 글자를 바라보며 물었다.

내가 어깨를 으쓱했다. "간은 사이라는 뜻이야. 도시들 사이라는 거겠지. 사람들을 이 도시에서 저 도시로 실어 날랐어."

창문은 대부분 박살이 나 있었지만 객차 내부는 생각만큼 심하게 망가져 있지 않았다. 좌석도 그대로 있고, 심지어 푹신한 커버가 그대로 남아 있는 의자도 있었다. 커버 쿠션은 여기저기 동물들이 와서 물어뜯은 듯 온전한 상태는 아니었지만, 개중에는 팔걸이가 있는 커다란 좌석들도 있었다. 객차의 지붕도 아직 남아 있었는데, 실은 그게 중요한 부분이다.

"여기서 잘 수 있겠다." 하는 생각을 먼저 하고 나서, 나는 큰 소리로 그 말을 했다. 날이 이미 저문 데다 추웠다. 진짜 추웠다. 바람이 거세지더라도 객차가 막아 줄 것이다. 게다가 드론한테 들킬 염려도 없었다.

일단 그렇게 결정을 내리자 어쩐지 재미있어졌다. 베어는 행동을 개시해, 객차 안에 쌓인 나뭇잎들을 치우기 시작했다. 거미, 각다귀, 딱정벌레, 쥐며느리 같은 벌레들도 있었다. 베어는 벌레들을 조심스럽게 객차 한쪽으로 옮기고, 그사이에 나는 불을 피우고 젖은 물건들을 꺼내기 시작했다. 그러고는 잘 마르게 의자 위에 걸쳐 놓았다. 진흙과 비에 젖고 너무 많이 걸어서 해진 베어의 신발도. 동생이 신발을 벗을 때마다 나는 정말로 발이 썩어 들어가는 걸 발견하는 건 아닌지 겁이 났다.

고스트는 우리가 선택한 숙소에 그다지 감명을 받은 것 같지는 않았다. 사방이 막힌 좁은 곳이라, 고스트는 불안한 걸음걸이로 왔다 갔다 했다. 결국 고스트는 바깥에 자리를 잡고, 베어와 나는 각자 침낭으로 파고들어 이야기를 시작했다. 우리가 지어내는 이야기는 점점 더 환상 속으로 빠져들었다.

우린 열차 충돌 사고의 생존자들이다. 아니면 지구 종말의 생존자. 외계인들이 착륙해 우리 도시를 폭격했다. 세계 대전이 벌어져, 지구에는 우리 둘만 살아남았다. 어떻게 할 것인가?

"우린 바다로 가야 해." 베어가 확신에 차서 말했다. "배를 찾아야지. 항해를 떠나는 거야. 분명히 어딘가 더 나은 곳이 있겠지. 언제나 생존자들이 있으니까. 아니면…" 베어는 정말로 이야기에 깊이 빠져들었다. "이 기차는 어떤 입구 같은 거야. 우리가 가고 싶어 하는 곳은 어디든 데려다줄 수 있어."

나는 웃음을 터뜨렸다. "어떻게? 버튼을 누르면 돼?"

"웅, 아니면 마법의 주문."

"그럼, 주문을 말해 봐."

"에너데일." 베어의 말에 우리는 소원을 빌며 눈을 감았다.

3

베어는 잠에서 깨어 객차 한쪽에서 놀고 있었다. 벌써 낮이
었다. 기차가 오랫동안 시달리던 추위를 막아 준 덕분에 보통
때보다 늦잠을 잤다.

나는 한동안 그대로 누워서 귀를 기울였다. 베어는 우리가
봤거나 보지 못한 온갖 새와 동물을 흉내 냈다. 앞으로 보고
싶은 동물들까지. 오소리, 수달, 비버, 그리고 스라소니들.

나는 계속 다른 스라소니를 찾았다. 강박적이라고 할 만큼.
누구나 자신과 같은 종류를 필요로 한다. 내가 못된 건지는 모
르겠지만 다른 스라소니를 안 만난 게 다행스러웠다. 다른 스
라소니를 만나면, 고스트가 우릴 떠날지도 모르니까.

"쭈 누나." 내가 보고 있다는 걸 알아차리고 베어가 말했다.
"오늘은 우리 기차에서 지내자. 쉬어야 하잖아."

"우린 계속 가야 해, 베어." 나는 기계적으로 대답하면서 침
낭을 접기 시작했다.

베어가 내 손을 꼭 잡았다. "제발, 쭈. 딱 하루만."

나는 잠깐 멈췄다가 말했다. "물이 거의 다 떨어졌어."

"지피에스 확인해 봐. 강이 있을 거야. 틀림없이." 동생은 간절했다. 내 손가락에 깍지를 끼고 있는 베어의 작은 손가락을 바라봤다. 동생의 손톱은 진흙투성이었다. 내 손톱도.

여기서부터 진짜 고지대가 시작되므로 이제부터 가장 힘든 구간이 될 것이다. 언덕이 먼저 나오고 다음에 산이 이어진다. 게다가 점점 추워지고 있다. 하루하루 추워지는 걸 느낄 수 있을뿐더러, 온 세상에 내려앉는 서리를 봐도 알 수 있었다.

아직도 150킬로미터 이상 남았는데, 우린 매일 걸어야 할 거리를 못 채우고 있었다. 지쳐서만이 아니라, 날이 빨리 저물었기 때문이다. 해가 점점 일찍 떨어진다.

멈출 순 없다, 절대로. 하지만 잠시 휴식은 할 수 있을 거다.

"좋아." 나는 동생을 보고 웃으며 말했다. "오늘은 여기 있자. 그런 다음 내일 새롭게 시작하는 거야."

우린 다른 객차들을 돌아다니며 시간을 보냈다. 객차들 사이에는 연결 통로가 있어서 이쪽 칸에서 저쪽 칸으로 걸어갈 수 있었다. 우린 무거운 배낭과 여행의 고단함에서 놓여났다.

"우리 오늘은 여행자 아니야." 베어가 행복한 듯 말했다. "탐험가야."

"고고학자지." 내가 덧붙였다.

"쭈 누나, 우리 뭘 찾는 거야?"

금속 기차에는 식물들이 쉽게 접근을 못 해서 오래된 물건들이 남아 있었다. 대부분은 그냥 쓰레기였다. 오래된 음료 캔과 병 등 우리가 재활용하는 것들이었다. 그건 우리 도시에서 제대로 하는 일이다.

"뭐든 쓸모 있는 것." 내가 대답했다. "옷이나 담요. 그런 게 들어 있는 옛날 여행 가방 같은 게 있을지도 몰라." 물이 들어 있을 수도 있기 때문에 유리병은 전부 확인했다. 특히 돌려서 여는 뚜껑이 그대로 남아 있는 병을 찾을 수 있으면 좋을 텐데.

나는 큰 병을 강둑에 두고 온 것 때문에 아직도 나한테 화가 나 있었다. 농가 화재 이후로 드론의 흔적은 보이지 않았지만, 물을 뜨러 갈 때마다 불안했다.

베어가 앞으로 잽싸게 달려갔다. 동생은 인공적인 것보다는 곤충을 보면 훨씬 흥분한다. 베어가 무당벌레 둥지를 찾았다.

"쭈 누나, 벌레들이 겨울잠을 자고 있어! 이것 봐!"

무당벌레들은 의자 한구석에 옹기종기 모여 있었다. 검은 점이 있는 빨간색 벌레들.

"깨우지 마, 베어." 동생이 한 마리 한 마리 무당벌레의 점을 세는 동안 내가 앞장서 나가며 말했다.

그 객차 맨 끝에 툭 튀어나온 부분이 있었다. 문은 닫혀 있었지만 농가의 문과 달리 두껍고 단단한 플라스틱이었다. 발로 차면 열리지 않을까 하고 생각하는데, 베어가 뒤에서 다가와 손잡이를 돌리자 문이 활짝 열렸다.

"대박!" 나는 꽥 소리를 질렀다.

"여행 가방은 안 보이는데. 그냥 청소 도구들이야." 동생이 오래된 대걸레를 발로 차자 대걸레가 바닥에 덜컥 쓰러졌다.

"저것들 좀 봐, 베어." 나는 금속 양동이들이 위태롭게 쌓여 있는 한쪽 구석을 가리켰다. "와, 물을 엄청 싣고 다녔나 봐."

우린 쟁강거리며 양동이와 병을 몇 개 가지고 강으로 내려가서 깨끗이 씻었다. 그렇게 강과 기차 사이를 왔다 갔다 했다. 곧 마실 물뿐 아니라, 이를 닦거나 혹시라도 내키면 데워서 몸을 씻을 수 있는 물까지 충분히 확보했다. 베어는 내가 하나만 들라고 하는데도 양손에 양동이를 하나씩 들고서는 출렁거리며 내 뒤를 따라왔다.

"이 정도면 충분할 거야. 이번이 마지막이야." 내가 돌아서자, 베어가 양동이를 내려놓고 손가락으로 뭔가를 뒤집었다.

나는 동생에게 다가갔다. "그게 뭐야?"

동생은 어깨를 으쓱했다. 손에는 낡은 파란색 실로 묶인 잔가지가 들려 있었다.

"저 나무에서 찾았어."

베어는 가장 낮은 가지를 가리켰다. 그 나무의 줄기에는 물결 모양의 선 세 개가 나무껍질에 새겨져 있었다. 화살표가 있고, 그 끝은 우리가 온 방향을 가리키고 있었다.

우리 둘이 동시에 입을 열었다.

"강." 하고 베어가 말했다.

"표지판." 하고 내가 말했다.

목덜미 뒤로 짜릿한 느낌이 지나갔다. 도움을 주려는 거였다. 간단하다. 그저 물을 구할 수 있는 방향을 알려주는 거였다.

"에너데일 사람들이 여기 오는 거 아냐?" 베어가 말했다.

"에너데일은 아직 150킬로미터 이상 떨어져 있어, 베어. 그리고 에너데일에도 강이 있잖아. 라이자강, 생각 나?" 나는 엄마 지도에서 보았던, 산에서 내려와 에너데일 호수로 흘러 들어가던 파란 선을 떠올렸다.

"그럼 다른 사람들이겠네. 숲 사람들이거나, 혹시 요정?" 베어의 눈이 반짝거렸다.

"어쩌면."

"누나, 우리가 마법의 왕국을 발견했어!"

나는 웃음을 터뜨렸다. "그래, 그런데 흥분하진 말자. 아직은 조심해야 돼."

"곧 그 호수를 보게 될 거야, 쭈. 그리고 엄마랑 아빠도!"

동생은 잔가지 묶음을 호주머니에 찔러 넣고 양동이를 앞뒤로 흔들며 깡충깡충 앞장서 뛰어갔다. 양동이를 너무 세게 흔드는 바람에 물이 출렁거리며 가장자리로 흘러넘쳤다.

그 잔가지 묶음은 거기 그냥 두어야 할 것 같았지만, 나무에 강을 가리키는 표시는 여전히 남아 있으니까 그것만 봐도 표지판인 줄 알 수 있을 것 같았다.

"엄마! 아빠! 우리가 가요! 진짜 가고 있어요!" 베어는 노래를 불렀다. 나는 베어에게 조용히 하라고 딱 한 번만 말하고 말았다.

나도 그렇게 행복해할 수 있으면 좋겠다. 그곳에 점점 가까워질수록 가끔씩 우리가 무엇을 발견하게 될지 점점 두려워졌다. 에너데일은 변함없이 그곳에 있을 거야. 그래야만 해.

엄마는 언젠가 우리가 돌아갈 거라는 걸 알고 있다. 그 계획은 한 번도 변한 적이 없다. 엄마가 우릴 기다리고 있을 거야. 그리고 아빠도. 무슨 변화가 생겼다면, 누군가 우리한테 알려주러 왔을 거야. 엄마가 약속했어.

일단 불을 피우고 씻을 물을 한 양동이 데웠다. 따뜻한 물이 얼굴에 닿는 건 정말 기분 좋은 느낌이다.

집에 있을 때 나는 목욕하는 밤을 좋아했다. 각자 목욕할 수 있을 만큼 물이 충분하지 않았는데, 애니 로즈는 늘 내가 먼저 목욕할 수 있게 해 주었다. 할머니는 목욕이 나한테 어떤 의미인지 알았으니까. 뜨거운 물이 담긴 욕조. 목욕물뿐만 아니라 욕실 거울에 맺히는 수증기에도 항상 소독약이나 표백제의 코를 찌르는 냄새가 남아 있었지만, 애니 로즈에게는 그 냄새를 조금 누그러뜨릴 수 있는 게 있었다. 라벤더 오일. 내가 기억하는 한 그 병은 한 번도 바뀐 적이 없었다. 새걸 구할 수 있

을 거라는 희망 따윈 없었기에 최대한 아껴 썼다. 오래된 유리
병에서 떨어지는, 작은 진주알 같은 라벤더 오일 두세 방울. 나
는 손으로 물을 휘젓고는 눈을 감으며 물속에 잠긴다.

우리는 바다를 본 적이 한 번도 없었지만, 나는 상상 속에
서 바다로 갔다. 반짝이는 깨끗한 바다. 아니면 초록색이나 파
란색, 노란색이 펼쳐진 드넓은 세상으로 여행을 떠났다. 회색만
빼고 어디든지. 우리 집 창문 너머 도시만 아니면.

베어는 전에도 씻는 덴 관심이 없었기 때문에 지금도 그냥
놔두었다. 지금 동생한테 가장 필요한 건 잠깐의 놀이다.

베어는 자기 배낭에서 정글 장난감을 꺼내 놓았다.

"사자, 호랑이, 재규어. 그리고 오랑우탄, 고릴라, 침팬지."

동생은 마치 주문을 외듯 그 동물들의 이름을 읊었다. 마법
의 주문. 그렇게 하면 동물들을 소환할 수 있는 것처럼. 물론 역
할 바꾸기를 할 때도 있다. 오늘은 재규어가 고스트가 되었다.

베어는 기차 바닥에 동물들을 늘어놓았다. 가장 큰 동물이
첫 번째. 가장 강한 동물이다. "우리는 여행을 떠날 거야." 동물
들이 서로 이야기를 나누었다.

나는 왁스칠이 된 파우치 안에서 기적적으로 물에 젖지 않
고 살아남은 스케치북과 연필을 꺼냈다. 먼저 객차를 그렸다.
지내기 괜찮았기 때문에 기억하고 싶었다. 그러고는 별생각 없
이 얼굴들을 그렸다. 애니 로즈, 내가 늘 생각하는 것처럼 팜하

우스에 서 있는 모습이다. 엔도 선생님, 다시 학교로 돌아와 선생님의 보물이 놓여 있는 책상 옆에서 미소를 짓고 있다. 마지막으로 아파트 건물 밖에 있는 에티엔을 그렸다. 아파트 현관문은 예전 모습대로 살려 냈다. 커다란 햇살 같은 문으로.

베어와 나는 시간 가는 줄 몰랐다. 사냥 생각도 완전히 잊어버렸지만, 하룻밤쯤은 배가 고파도 괜찮을 것 같았다. 특히 지금까지 쉬었으니 우리 근육도 에너지 보충이 아주 많이 필요하지는 않을 터였다. 나는 마지막 남은 보잘것없는 도시 배급 식량을 훑어보며 얼마나 버틸 수 있을지 가늠해 보았다. 공기총이 있긴 하지만 은빛 탄환을 제대로 챙기지 못했다. 그런데 갑자기 베어가 비명을 질렀다.

고스트였다. 우리 야생 고양이가 토끼를 가져왔다. 고스트는 토끼를 베어의 발치에 내려놓았다.

"구워 달라는 거야?" 베어가 토끼를 집어 들며 물었다.

"바보야, 우리한테 주는 거잖아."

"고스트가 우리한테 먹이를 갖다 주는 거라고?"

"응." 나는 고스트를 봤다. 수염이 온통 피로 물들어 있었다.

4

도시의 끝자락에 이르자 나지막한 산이 나타났다. 나날이 더 추워졌다. 베어와 나는 어두워지면 곧바로 침낭 속으로 기어들었고 조금이라도 온기를 더하려고 서로에게 몸을 밀착시켰다. 그러고는 방패처럼 우주 담요를 둘러썼다.

식량을 모으는 일은 불가능해졌다. 블랙베리는 이미 오래전에 사라졌고 밤도 거의 안 보였다. 심지어 쐐기풀마저 시들어 버려 이젠 글루프도 그저 뜨거운 맹물 맛이었다.

지금은 고스트가 우리를 먹여 살렸다. 매일 숲속의 빛이 스러지면 고스트는 슬그머니 어디론가 갔다가 신선한 먹이를 가지고 우리에게로 돌아왔다.

"우린 육식 동물이야, 그렇지?" 베어가 말했다. 동생은 나만큼이나 칼을 잘 썼다. 우리는 어디를 어떻게 잘라내고, 어떤 부분을 버려야 하는지 깨쳤다. 고기를 익힐 때도 분홍색이 어느 정도 돼야 먹을 수 있는지 알게 되었다.

하루는 고스트가 사슴 한 마리를 통째로 가져왔다. 입에 물고 질질 끌고 왔는데, 우아하고 아름다운 그 사슴은 여전히 온기가 남아 있었다. 내가 사슴 옆구리에 칼을 꽂는데 사슴의 눈이 나를 바라봤다. 무슨 말인가 해야 할 것 같은 생각이 들었다. 제물을 바칠 때 신의 가호를 청하는 말 같은 것, 기도 말이다. 그 정도 사슴이면 며칠은 배불리 먹을 수 있을 것이다. 하지만 다음날 아침엔 다시 길을 떠나야 하니 하루 이틀 치로 몇 덩이만 잘라서 피 묻은 끈으로 우리 배낭에 매달았다. 나머지는 다른 동물들을 위해 남겨 두었다.

고스트는 상관하지 않았다. 그 야생 고양이는 뒤도 돌아보지 않는다. 고스트가 우리에 대해 알고 있는 건 한 가지밖에 없다. 계속 걸어야만 한다는 것.

때때로 표시가 많이 보였다. 물 표시 말고 다른 것들도 있었다. V자 표시를 해 둔 잔가지나 누더기 천을 엮어 놓은 나뭇가지, 또 조각을 해 놓은 것도 있었다. 심지어 비둘기 가슴에 있는 것 같은 V자 뼈도 있었다. 위시본*이다. 물 표시 말고는 그중 어떤 것도 의미를 알 수 없었지만, 왠지 우리가 여전히 뭘 따라가고 있다는 느낌이 들었다. 좋은 것이겠지.

어느 날 아침, 지피에스를 보는데 그게 나타났다. 우리의 첫 번째 호수. 내일이면 그곳에 도착할 거다.

"베어, 점점 가까워지고 있어!" 나는 엄청 흥분했다.

"우리를 기다리고 있을까?" 잠시 동안 베어가 무슨 말을 하는지 알아듣지 못했다. 동생이 고스트 얘기를 한다고 생각했지만, 고스트는 여기, 바로 우리 뒤에 있었다. 그때 깨달았다.

"엄마?"

"응."

"몰라. 아닐 거야. 우리가 가는 걸 엄마가 어떻게 알겠어?"

★ 뼈를 가지고 소원이 이루어질지 점을 친 데서 생긴 말.

"그렇겠지." 베어가 생각에 잠긴 듯 말했다.

"엄마가 알았다면 벌써 우리를 데리러 나왔을 거야."

"그렇겠지." 베어가 다시 말했다.

나는 베어의 관심을 에너데일 쪽으로 돌렸다. 그냥 에너데일 그 자체로. 우리 여행의 끝. 안전한 보금자리. 이런 상상을 하는 게 필요하다. 그래야 계속 걸어갈 수 있으니까.

베어는 온갖 기상천외한 '만약'을 들먹였다. 만약 엄마와 아빠가 나무 위 집에 산다면? 만약 늑대들이 못 덤비게 호수 위 뗏목에서 산다면? 만약 그 늑대들을 길들였다면? 만약 고스트가 사실 에너데일의 고양이인데 우리를 데려가려고 온 거라면?

나는 베어의 이야기를 들으며 그 모든 놀라운 일들이 진짜 일어났을 때를 상상해 봤다. 그 순간 내 왼발에 생전 처음 느껴 보는 끔찍한 고통이 엄습했다. 통증이 너무 심해서 땅바닥에 쓰러져 비명을 질렀다. 여태껏 그렇게 크게 비명을 질러 본 적이 없었다. 도시에서는 질러 본 적 없는 끔찍한 비명이었다.

5

다시 정신을 차리기까지 시간이 얼마나 흘렀을까.

내 위로 나무들이 보였다. 늘 꿈꾸던 모습 그대로인 나뭇가지와 잎들. 눈앞이 캄캄해지는 통증만 아니면 행복할 수 있을 텐데. 통증이 심해 어디가 아픈지조차 알 수 없었다.

나는 누워 있었고 베어가 곁에서 내 왼발을 붙들고 꽁꽁 묶는 중이었다. "누나!" 동생은 완전히 겁에 질려서 창백한 얼굴을 하고는 내 발과 발목에 흰색 붕대를 감는 일에 집중했다.

"어떻게 된 거야?" 나는 이를 악물고 겨우 물었다.

"덫이 있었어. 내가 누나 부츠를 벗겼어." 베어가 한 곳을 가리키며 대답했다. 내 옆에 내팽개쳐진 신발이 어질어질한 시야 속에 들어왔다. 찢어진 신발은 온통 피로 덮여 있었다. 내가 할 수 있는 거라곤 다시 기절하지 않게 애쓰는 일뿐이었다.

나는 숨을 깊게 들이마시며 베어의 얼굴에 초점을 맞췄다.

"상처 소독은 했어?"

"피가 엄청 많이 났어, 쭈." 베어의 눈은 젖어 있었다. "피를 멈추게 해야 한다고 생각했어." 동생은 만화가 그려진 애니 로즈의 응급 처치를 위한 작은 책을 가리켰다. 내 배낭에서 발견했을 것이다. '심한 출혈' 부분이 펼쳐져 있고 온통 피투성이 지문이 찍혀 있었다. 가장 먼저 해야 할, 가장 중요한 일은, 하고 크고 두꺼운 글자체로 쓰여 있는데, 우리는 절대 할 수 없는 일이다. 119로 전화할 것.

나는 다시 숨을 깊게 들이마셨다. "일어나야겠어. 여기 있으면 안 돼." 나는 일어서려고 하다가 다시 쓰러졌다. 발에 체중을 실을 수가 없었다. 어지러웠다. 모든 게 흔들렸다.

나뭇잎이 떨어져 쌓인 땅은 나뭇잎 태피스트리 같았다. 나뭇잎은 내 피에 물들어 밝은 빨간색을 띠었다. 게다가 베어의 노력에도 붕대로 계속 피가 스며 나왔다. 나뭇잎 태피스트리 너머 어디쯤엔가 베어가 돌로 박살을 낸 금속 장치가 있었다.

"쭈 누나, 이제 어떻게 해?"

고스트는 조금 떨어진 곳에 있었다. 고양이는 때때로 칵칵거리는 신경질적인 작은 울음소리를 내곤 했다. 드론이 있는지 둘러봤지만, 드론 때문은 아닌 것 같았다.

나는 통증 때문에 이를 앙다문 채 말했다. "내 배낭 벗길 수 있겠어? 그걸 발밑에 좀 받쳐 줘." 상처 부위를 높게 할 것. 출혈을 멈추게 하려면 상처 부위를 높이고 압박을 가한다. 이건 응급처치 책을 안 봐도 너무나 잘 기억하고 있는 내용이다. 모든 게 흐릿했지만, 베어의 얼굴과 목소리만큼은 선명했다.

"이제 뭘 할까, 누나?"

나는 동생에게 계속 같은 말을 했다. 상처 부위를 올리고 붕대를 단단히 감아 두면 곧 괜찮아질 거라고.

나는 괜찮을 거다. 왜냐하면 그래야 하니까. 아무도 우리가 어디 있는지 모른다. 짐작조차 못 할 것이다. 그 바보 같은 드론조차도. 우린 제대로 사라졌다. 그들을 완전히 따돌렸다. 그들에게 우리는 이미 그 농가가 탈 때 완전히 타 죽은 것이다.

베어에게 내가 필요하니까 나는 괜찮을 거다. 나도 베어가 필요하다. 베어는 내 왼발을 배낭 위에 올리고 우주 담요로 나를 감싸 주었다. 그리고 자기 배낭을 내 머리 밑에 받쳐 내가 편하게 쉴 수 있게 해 주었다.

나는 실반이 준 알약 팩을 찾아냈다. 항생제. 진드기 때문이라면 필요 없지만 지금 나한테는 약이 필요하다. 약만 있다면 그게 무슨 약이든지 다 먹을 거다.

베어가 물병을 내 입에 대 주었다. "누나, 마셔!"

"물이 얼마 안 남았네." 내가 중얼거렸다. "너도 좀 마셔."

"누나가 마셔. 난 또 길어 오면 돼."

"안 돼. 넌 너무 어려."

"아니야."

"어떻게든 금방 일어날 거야. 여기 있을 순 없어."

베어가 말없이 고개를 끄덕였다. 동생이 무슨 말을 할 수 있을까? 여기 있으면 안 되는데 나는 움직일 수가 없으니. 어쨌든 아직은.

그 덫은 누군가 주인이 있다. 낡고 녹슬긴 했지만, 50년이나 된 건 아니다. 그렇게 오래 여기 방치되었다면 지금쯤 가루가 되었을 거다. 혹시 덫을 놓은 사람과 표시를 만든 사람이 같은 사람일까? 어떤 나뭇가지들은 둥글게 휘어 있었다. 우리를 함정에 빠뜨리려고 한 걸까? 왜 우리를 잡으려는 거지?

나는 베어가 나뭇가지와 잎을 모아 익숙한 솜씨로 내 앞에 쌓는 것을 지켜보았다. 그런 뒤 동생은 다시 자리를 벗어나 나뭇잎을 발로 차거나 파헤치며 밤을 찾았다. 몇 미터 떨어진 곳에 큰 밤나무가 있었다. 우린 이제 어떤 게 밤나무인지 안다. 끝이 뾰족한 타원형 노란 잎에 잎맥이 보였다. 나무껍질은 울퉁불퉁하게 갈라졌고, 나무 밑에는 어린 고슴도치같이 가시가 나 있는 밝은 녹색의 밤송이들이 떨어져 있었다. 밤은 대부분 사라지고 빈 껍질만 남아 있었지만 베어는 새들과 청설모들이 미처 가져가지 못한 것들을 몇 개 파냈다.

나는 베어가 치르는 의식을 지켜보았다. 불을 지피고, 가시투성이 껍질을 열고, 알밤을 꺼내 칼로 십자 무늬를 새겼다. 그러고는 손잡이 냄비에 밤을 넣고 약한 불 위에서 흔들었다.

베어는 이제 제대로 된 야영꾼이다. 이곳에서 살 운명이었던 것 같다. 나는 발에 어느 정도 힘을 줄 수 있을지 보려고 자세를 바꿔 봤다. 부츠를 다시 신는 건 생각조차 하기 힘들었다. 발목은 괜찮았다. 문제는 발이다. 발이 무겁고 욱신거려서 아주 조금만 체중을 실어도 저절로 비명이 나올 지경이었다. 하지만 이를 악물고 입술을 깨문 채, 걸을 수는 있었다.

6

"쭈 누나, 물이 떨어졌어."

아침이었고 우린 걸어가는 중이었다. 아니 걷는 건 베어다. 나는 동생 옆에서 절뚝거리며 왼발을 질질 끌고 갔다. 아픈 건 좀 덜한데, 좋은 신호는 아닌 것 같았다. 통증에 익숙해진 건지 감각이 없어진 건지 모르겠다.

오늘은 땅이 너무 가팔라서 나는 금방 지쳐 쓰러졌다. 물을 좀 마셨으면. 목이 너무 말라서 아플 지경이었다.

"내가 개울을 찾아볼게." 베어가 내 마음을 읽은 듯 말했다.

"안 돼. 우리 둘은 딱 붙어 있어야 해." 나는 피투성이 덫이 떠올라 동생을 말렸다.

"누난 여기서 쉬어."

"난 쉴 수 없어, 너 없이." 우리는 언제나 서로 보이는 곳에 있어야 한다. 그보다 멀리 떨어지면 안 된다.

나는 비틀거리며 가장 가까운 개울가로 걸어갔다. 베어가 물을 길어 오자 때를 맞춘 것처럼 고스트가 나타났다. 입에는 비둘기를 한 마리 물고 있었다. 나는 마치 비둘기가 쉴 이유라도 되는 것처럼 고마워하며 그 자리에 쓰러졌다. 불 피우기와 죽은 새의 손질까지 베어에게 맡겼다. 동생이 부드러운 고기 한점을 건네줬다. 마치 내가 어린아이인 것처럼.

발이 욱신거리는 게 더 심해졌다. 어젯밤엔 눈을 감고 정말로 간절하게 이 모든 것에서 벗어나고 싶다는 생각을 했다. 베어가 잠들었을 때 기어이 붕대를 풀어 보았다. 살이 깊게 찢어지고 살점이 너덜너덜해진 상처를 찬찬히 살펴보았다. 덫의 톱니가 바로 뼈에 닿을 만큼 깊숙이 들어간 게 분명했다. 어떻게든 상처를 소독해야 한다는 생각이 들었다. 하지만 소독을 하려고 상처를 건드리니 다시 피가 나기 시작했다. 나는 소독약과 연고를 듬뿍 바른 다음 다시 붕대를 감았다.

계속 걸을 것. 한 장소에, 물 근처에 너무 오래 머물러서는 안 된다. 그게 드론을 피하기 위한 우리 전략이었고, 며칠 동안 효과가 있었다. 하지만 이제 내 발은 무게를 전혀 감당할 수 없었다. 베어가 덤불을 가리키며 오늘은 그만 쉬자고 말했을 때, 나는 고마움에 그저 고개만 끄덕였다.

"쭈 누나, 열이 많이 나!" 밤중에 베어가 나를 깨웠다.

나는 동생을 바라봤다. "무슨 소리야? 추워 죽겠는데."

"아니야. 누나 진짜 몸이 뜨겁다고. 땀도 흘리잖아." 동생이 우겼다. 그럴 리 없다고 말하려는데 동생 말이 맞았다. 몸은 땀으로 젖었고, 이마에서 열이 났다. 몸이 불덩어리 같았다.

"그 병이야?" 베어가 묻는데, 아랫입술이 파르르 떨렸다.

"아니." 나는 그 이유를 알았다. 그 덫 때문이었다. 흙투성이에 녹이 슬어 있었다. 당연히 감염이 됐을 거다.

"약을 더 먹어야 돼."

"그럴게. 걱정하지 마." 나는 이미 항생제를 최대 용량으로 먹었지만 어쨌든 더 먹었다. 우리한테 남은 물 전부로 항생제

두 알을 삼킨 다음, 다시 쓰러져 잠들었다.

날이 밝자, 베어는 내게 알약과 물을 더 먹였다. 물은 어제 다 마셨다고 생각했는데…. 그런 다음 동생은 어떻게든 내가 걸을 수 있게 했다. 나는 왼발은 질질 끌고 오른발로 걸어갔다. 그런데 이상하게 가벼워진, 위험하다 싶을 정도로 가벼워진 느낌이 들었다. 나를 누르는 무게감이 전혀 없었다.

"내 가방." 내가 중얼거렸다. "네가 왜 내 배낭을 메고 있어? 넌 너무 작아."

"쭈 누나, 아니야." 베어가 대답했다. 우리는 비틀거렸다. 그 병에 대한 면역력은 있지만 내 피가 문제였다. 걸쭉하고 느리게 흐르는 피 때문에 머릿속이 부옜다. 나 때문에 계속 멈춰야 했다. 한 번은 잠시 쉬는데 베어가 어디론가 가 버렸다는 걸 깨달았다. 가방은 여기 다 있는데 베어가 시야에서 사라졌다.

나를 깨운 건 금속이 부딪히는 소리였다. 베어가 배낭 두 개를 하나는 앞에 하나는 뒤에 메고 있었는데, 배낭에 매 놓은 냄비들이 달그락대는 소리였다. "우리 귀여운 양철 나무꾼." 내 귀에 팜하우스에 있는 애니 로즈의 목소리가 똑똑히 들렸다.

베어의 얼굴이 상기되어 있다. "동굴을 찾았어! 지피에스를 보고 찾으러 갔거든. 저 위에 있어, 쭈. 걸을 수 있겠어?"

"동굴?"

"피난처." 하더니 동생이 덧붙였다. "암굴."

땅이 단단하고 바위가 많은 데다 어두운 걸 보니, 우린 이미 동굴에 도착한 것 같았다. 저 앞에 입구가 있었다. 동굴 입구. 둥그런 빛의 원이 부드럽게 나를 끌어당겼다.

7

내 머릿속에서 우리는 여전히 걷고 있었다. 한 발 한 발, 걸을 때마다 진동이 느껴졌다. 내 머릿속에서는 끊임없이 발걸음의 진동이 울렸다.

베어의 목소리도 들렸다. "누나, 얼마나 남았어?"

눈을 뜨자, 순간 정신이 맑아졌지만 보이는 광경은 그대로였다. 우리는 꼼짝없이 붙들려 있었다. 바위로 된 천장이 보이고 바닥은 우리 집 부엌과 같은 판석이었다. 가끔 고스트가 물을 마시는 어두운 물웅덩이와 동굴 뒤쪽에 빛이 만들어 낸 원반이 보였다. 우린 은신처를 발견했고 에밀리도 여기 있었다. 아름다운 내 헝겊 인형, 에밀리. 어떻게 이런 일이?

"내가 데려왔어. 내 배낭에 넣어서. 에너데일에 도착하면 누나한테 선물로 주려고 했어. 누나가 좋아할 거라고 생각했거든." 베어가 부끄러워하며 말했다.

"그랬을 거야. 아니, 지금도 그래." 내가 중얼거렸다.

에너데일. 우리가 거기 도착했을 때를 위해서. 모든 게 선명했다. 이게 맞는 단어일까? 명료하다. 분명하다. 고요하다. 진동이 멈췄다. 당연하다, 우린 더 이상 걷지 않으니까.

"쭈 누나, 마셔. 누난 물이 필요해." 베어가 내 입술에 병을 대 주자, 물이 목구멍으로 흘러 내려갔다. 정신이 들게 하는 깨끗한 물. 동굴 물이 아니었다. 베어는 정성스럽게 약을 먹이고, 고기 몇 점과 작은 물고기를 먹여 줬다.

동생은 물고기 이름이 피라미라고 했다. "쭈 누나, 내가 창을 만들었어. 그럴 거라고 했지? 되게 잘 돼." 동생은 무척 자랑스러워했다. 나는 베어가 웃는 게 좋아서 물고기를 좀 더 먹어 보려고 했지만, 정말로 당기는 건 물밖에 없었다.

동굴 밖에는 나무가 한 그루 있었다. 갈색 나뭇잎이 달려 있었는데 잎이 떨어지는 게 보였다. 아침이 밝을 때마다 나뭇잎이 떨어지는 걸 지켜보는데, 어느 날 나무가 벌거숭이가 되었다. 뼈만 앙상하고 나뭇가지들이 하얗게 변했다.

"눈이야, 누나. 스노글로브 같아. 엠포리엄에 있던 거." 베어가 잡고 있던 내 손을 더 세게 쥐었다.

"너무 추워, 쭈." 동생이 울먹였다. 나는 무슨 말을 해야 할지 몰랐다. 나는 온몸이 불타는 느낌이었으니까.

"우리 진짜 곰 같아. 겨울잠을 자는 곰." 베어 말에 나는 동생을 가까이 끌어당겼다.

어쩌면 우리가 하고 있는 게 그것인지도 모르겠다. 겨울잠.

"베어." 나는 갑자기 정신이 들면서 동생에게 말했다. "지피에스 갖고 다닐 때 잊어버리지 않게 꼭 잘 챙겨야 해." 진작에 베어에게 지피에스를 써 보게 했어야 했다. 연습할 수 있게.

"하지 마, 쭈! 그런 말 하지 말라고."

"공기총은 항상 준비 상태를 유지해야 해. 그게 중요해."

"그거 하나도 안 중요해. 누나하고 같이 있을 거니까." 베어가 바락 대들며 말했다. 동생은 두 손으로 귀를 막았다.

고스트는 우리한테 꼭 붙어 잤다. 덕분에 따뜻했다. 때로 가르랑거리는 소리를 내기도 했다. 고양이가 행복할 때 내는 소리라지만, 내 생각에 행복은 아닌 것 같다. 안도감 같은 거였다.

우리 사냥 고양이. 고스트가 베어의 생존을 책임지고 있었다. 그건 내 일이었지만, 나는 더 이상 하지 못한다.

옛날 옛적, 아주 오래전에 이탈리아라는 나라에서 있었던 일이다. 아기 형제가 강가에 버려졌다. 그냥 두면 죽었을 거다. 그때 암컷 늑대가 아기들을 발견했다. 늑대는 아기들을 굴로 데려가서 자기 새끼라도 되는 양 보살펴 주었다. 아기들을 살린 거다. 하지만 아기들은 자란 뒤, 늑대를 떠나야만 했다. 그들의 소망은 도시를 세우는 일이었으니까.

동굴 밖에도 늑대들이 있었다. 늑대 소리가 들렸다. 때때로 보이기도 했다. 굴 입구에 나타난 회색 그림자들. "밖에 나가지 마, 베어!" 소리를 질렀지만 내 목소리는 속삭임 정도밖에 안 되었다. 베어가 반항적인 목소리로 대꾸했다. "난 여덟 살이라고, 쭈." 마치 여덟 살이니까 아무도 해치지 않을 거라는 듯이.

어차피 저 늑대들은 우리를 해치지 않을지도 모른다. 그 암컷 늑대도 아기들에게 자기 젖을 먹였다. 로물루스와 레무스. 내 기억에 둘 중 한 명은 결국 죽었던 것 같다. 아마 레무스였을 것이다. 그들이 건설한 도시의 이름이 로마가 되었으니까.

고스트가 우릴 돌봐 줄 거다. 늑대도 쫓아 주고. 하지만 진정한 포식자는 겨울이다. 도시는 다른 계절들처럼 겨울도 밀어냈다. 하지만 야생에서는 겨울이 다가오면서 숨 쉬는 공기가 얼음같이 차가워졌다. 겨울이 우리에게 손을 뻗었다.

우린 야생의 아이들이고 야생으로 돌아왔다. 우린 그 일에 모든 걸 바쳤다. 꿈속에서 나는 두 사람의 뼈가 단단히 얽혀 있는 것을 보았다. 모든 게 다 벗겨지고 해체되어 섬세한 도자기 같았다. 아주 먼 훗날 이 병이 저절로 사라져 버리고 인간이 다시 여기 올 수 있게 되면 누군가 우리를 발견할지도 모른다. 과거에 동굴에서 발견된 화석이 된 뼈가 코끼리와 하마들이 한때 이 나라 이곳저곳을 돌아다녔던 것을 알려 주었던 것처럼, 여기 아이들이 있었다는 사실을 사람들이 알게 될 것이다. 영영 집에 돌아가지 못한 소녀와 소년이 있었다는 것을.

11 방랑자들

─────────

1

동굴 입구가 밝아지면서 낯선 소리가 들렸다. 사람이었다.

"베어, 조심해!" 무엇보다 사람을 조심해야 한다. 사람들은 악해졌을 수도 있으니까. 그럴 수밖에 없는지도 모른다. 그 여자 바이올렛도 아마 처음에는 나쁜 사람이 아니었을 거다.

베어는 내 말을 듣지 않았다. 베어는 이미 나갔고, 고스트도 없었다. 동굴은 비어 있었다.

베어가 돌아왔는데 누군가와 함께였다. 여자다. 그 여자는 짐승 가죽을 입고 있었다. 어쩌면 그게 스라소니 가죽일지도 모른다고 생각했다. 여자한테서 흙냄새가 났다. 여자는 긴 머리를 땋아 등 뒤로 길게 늘어뜨렸다.

하지만 이 모든 것은 내가 나중에 안 사실이다. 그 여자가 동굴 입구로 들어올 때, 나는 그녀를 천사라고 생각했다.

여자는 손바닥으로 내 이마를 짚었고, 베어가 담요를 들추고 곪아서 부은 내 발을 보여 주자 미간을 찡그렸다. 그러고는 고개를 끄덕이며 나를 보고 웃었다. "걱정 마, 애야. 우리가 낫게 해 줄게. 우린 이런 일을 잘하거든."

베어의 얼굴에는 긴장과 걱정이 뚜렷했고, 동시에 약간의 뿌듯함도 보였다. 왜냐하면 자기가 여자를 이리 데려왔으니까. 나는 동생을 정말정말 사랑한다.

나는 다시 까부라졌다. 나는 애야 하고 불려서, 그 여자가 여기 있어서, 따뜻한 손이 나를 낫게 하려고 움직여서 기뻤다.

허브와 마늘, 양파 그리고 뭔가 매캐한 냄새가 났다. 불쾌한 냄새였다. 하지만 여자의 얼굴과 손이 그녀를 믿게 만들었다. 여자는 노래를 부르며 내 이마를 닦고, 컵을 내 입에 갖다 대고 마시라고 말했다. "자, 주니퍼. 동생한테는 네가 필요해."

내게 들리는 게 그녀의 목소리인가? 날 구하려고 베어가 데려온 그 여자? 아니면 우리 식물원에 있는 애니 로즈?

누군가 여자를 "엄마."라고 불렀다. 우리 엄마일까? 베어한테 물어볼 수가 없다. 작동을 멈춘 게 내 뇌인지 목소리인지 모르겠다. 내가 아는 건 그저 침묵해야 한다는 것뿐이었다. 단어들을 조합할 수가 없었다. 내 에너지는 다른 데 써야 했다.

나는 표류하고 있었다. 잠도, 팜하우스도 들락날락했다.

여자가 내 발을 만졌을 때 내가 통증 때문에 꿈틀거리며 눈을 감자 여자는 고개를 끄덕였다. "좋아, 아픔을 느끼는 건 좋은 거야." 그러더니 "쉬이, 얘야. 거의 다 됐어." 하고 말했다.

여자의 목소리는 음악처럼 들렸다. 내가 울고 있다는 생각은 안 드는데, 그녀는 계속 '쉬이, 쉬이'를 되풀이했다. 시간이 흘러도 여자는 여전히 여기, 내 곁에 있었다.

우리 엄마가 아니었다. "엄마." 하고 부르는 소리는 내 또래의 어떤 소년한테서 나왔다. 소년은 물건들을 가지고 동굴 입구로 들어왔다가 물건들을 가지고 나갔다. 소년은 늘 웃고 있었고 여자는 그 애를 캠이라고 불렀다. 때때로 베어가 그 애와 함께 있었다. 동생은 에티엔과 있을 때 늘 그랬듯이, 그 애를 따라 들락날락했다. 베어도 그 애의 이름을 불렀다. "캠! 캠!" 그 이름이 강물처럼 내 머릿속을 맴돌았다. 그렇지만 내가 꿈속에서 보는 소년은 아니었다. 내 꿈속에 보이는 소년은 에티엔이었다.

그저 몇 시간이 아니라, 며칠이 흘렀다. 내가 이 사실을 아는 건 때로는 어두웠다가 다시 깨어나 보면 밝았기 때문이었는데, 그렇게 혼란스러운 채, 내가 베어의 이름을 입 밖에 내면 동생이 달려왔다. 동생이 오지 않을 땐 여자가 동굴 입구로 가서 베어를 불렀다. 날 위해 큰 소리로. 그녀의 입에서 나오는 동생 이름은 낯설게 들렸다. 외국어 같았다.

그럴 때 나타난 베어는 마치 먼 길을 달려온 듯 혹시 밤이라면 방금 불 옆에 있다가 온 듯 뺨이 발갰다. 나도 어딘가 동굴 밖에서 타는 냄새를 맡을 수 있었다. "베어!"

"이제 괜찮아, 쭈! 헤스터 아줌마랑 캠 형이랑 다른 사람들이 우릴 돌봐 줘. 누나도 점점 좋아지고 있어!"

나는 고개를 끄덕였다. 나도 느낄 수 있었다. 지금은 버티는 게 아니라, 깨어나고 살아나는 중이었다. 나는 낡은 놀람 상자 속 인형처럼 어둠 속에 갇혀 있었다. 하지만 헤스터가 그 상자의 손잡이를 한 바퀴씩 감을 때마다 뚜껑이 조금씩 들렸다.

내가 일어나 처음 먹은 음식은 고깃덩이가 들어간 걸쭉하고 따뜻한 수프였다. 베어가 와서 내 옆에 앉았다. 동생은 내가 먹는 걸 끝까지 지켜보다가 빈 그릇을 가져갔다. 다시 돌아왔을 때 동생의 눈이 젖어 있었다. "누나가 죽는 줄 알았어, 쭈." 베어는 이제 이런 말을 입 밖에 내도 되었다. 왜냐하면 이제 그런 일은 일어나지 않을 테니까. 동생의 눈에도 보이는 것이다. 내가 점점 나아 가고 있는 게.

"네가 날 구했어." 내가 말했다.

베어는 혹시나 날 아프게 할까 봐 무척 조심하며 몸을 구부려 내 품으로 들어왔다. "네가 날 구했어." 하고 내가 또 말했다.

"그건 헤스터 아줌마야. 헤스터 아줌마는 캠 형의 엄마야. 또 퀴니의 엄마고." 베어가 쑥스러워하며 이렇게 말했다.

"퀴니?"

"캠 형 여동생. 내 친구야."

내가 웃으며 말했다. "너도 날 구했어. 네가 동굴을 찾아내
날 여기까지 데려왔잖아. 또 헤스터 아줌마도 네가 찾았고."

"도와줄 사람을 찾아야 했어. 난 이 사람들이 좋은 사람들
이라는 걸 알았어. 노래 부르는 걸 들었거든. 숲 사람들이야."

"숲 사람들?"

"나뭇가지 표시 있잖아." 베어가 말했다. "생각 안 나?"

"헤스터 아줌마네 사람들이 그걸 만들었다고?"

"어떤 건. 내가 그랬잖아, 숲 사람들이 만들었을 거라고."

"베어, 지피에스 갖고 있어? 길을 확인해 봐야겠어."

베어가 빨개진 얼굴을 찡그렸다. "배터리가 다 됐어. 동굴
찾을 때 꺼냈다가 안 껐어. 그래서 죽어 버렸어."

"죽었다고?" 내가 천천히 되풀이했다. 지피에스는 그것만 따
라가면 되는 황금빛 실, 우리 생명줄이나 마찬가지였다. 끝까지
지피에스로 여행할 수 있을 거라고 기대한 게 어쩌면 지나친
욕심이었겠지. "엄마 지도 있잖아. 그걸 보면 돼."

베어는 안심하는 표정이었다. "내가 물도 찾아낸 거 알아?
폭포에서 떨어지는 진짜 물!"

나는 베어를 꼭 껴안았다. "내가 먹은 물 중에서 최고였어."

"정말?"

"목숨 걸고 맹세해."

"아니야, 목숨은 걸지 마."

"알았어. 죽는 일은 이제 다 끝났어."

2

다음날 아침, 헤스터가 나를 밝은 곳으로 데려갔다. 왼발은 내 몸의 일부가 아닌 듯, 느낌이 이상했다. 그런데 오른발도 어색했다. 너무 오랫동안 누워 있었다.

동굴 밖은 내가 마지막으로 본 것과 완전히 다른 세상이었다. 더 이상 녹색이 아니었다. 사방이 다 하얬다. 모든 게 서리에 뒤덮여 표백한 듯 반짝거렸다. 햇빛이 마치 천 개의 횃불처럼 눈 위에서 반짝였다. 빛을 가리려고 이마에 손을 올렸다.

우린 산비탈에 있고 계곡 아래에는 호수가 있었다. 나무들과 하늘을 반사하는 거울.

늘 베어가 하던 질문을 막 하려던 참이었다. '에너데일은 얼마나 남았어요?' 그때였다. 은색과 회색이 섞인 스라소니가 나무숲에서 나와 가만히 서서 나를 지켜봤다.

"고스트?" 나는 간신히 이렇게 내뱉었다.

"저 스라소니한테 어울리는 이름이구나." 헤스터가 말했다.

"고스트가 달라졌어요." 나는 고스트의 무늬를 알아볼 수 있었다. 하지만 고스트는 완전히 다른 색을 띠고 있었다.

"확실히 너희 스라소니가 맞아. 우리가 여기 있는 내내 저 스라소니가 네 곁을 떠나지 않았어." 헤스터가 말했다.

"황금빛이었는데."

"겨울 털이 자란 거야." 헤스터가 무심히 알려 줬다.

"위장하기." 베어가 내 옆에 나타나서 종알거렸다. "눈치 못 챘어? 눈 때문이잖아. 누나, 눈 예쁘지?" 베어가 눈송이를 내 손에 뿌렸다. 작은 얼음 결정체. 꽃 모양 또는 별 모양인데, 빛 속에선 보라색으로 보였다. 눈송이 때문에 손바닥이 얼얼했다.

"예쁘다." 하지만 난 고스트를 돌아보고 있었다. 내가 부르는데도 고스트는 나무 밑으로 물러섰다. 그러고는 가 버렸다. 자기 이름대로, 숲의 유령이 된 것처럼. 나는 별다른 이유 없이 바보처럼 울기 시작했다. 얼음꽃들이 내 손에서 녹아 없어졌다.

"쭈 누나!" 베어가 조심스럽게 불렀다.

좀 떨어진 곳에서 어린 여자아이가 머리를 한쪽으로 갸웃하고 서 있었다. 그 애는 곱슬머리가 무릎까지 내려왔고, 분홍빛 뺨에 흙먼지를 지저분하게 묻힌 채 짐승 털옷을 입고 있었다. 토끼털인 것 같았다. 여자애가 베어에게 손짓을 했다.

"너희 둘 다 저리 가 있어." 헤스터가 손을 내저어 베어를 쫓는 시늉을 하자, 베어는 뒤도 안 돌아보고 여자애를 따라 잽싸게 달려갔다. 베어는 내가 우는 데 질렸을 거다.

헤스터는 동굴 바로 앞에 있는 바위에 나를 앉혔다. 머리 위에는 고드름이 달려 있었다. 그녀가 내 어깨에 털을 둘러 주는데, 내 눈에는 그 털이 어쩐지 수상쩍어 보였다. "스라소니는 아니야." 헤스터가 웃으며 말했다. "내 건 맞지만 고스트는 나한텐 관심 없어! 고스트가 우리는 모두 멀찍이 떨어져서 피하는데, 너랑 베어한테만은 달라. 내가 본 가장 이상한 광경 중 하나라니까. 마치 제 새끼들인 양…."

"제가 얼마 동안이나 아팠어요?"

헤스터의 얼굴에 주름이 잡혔다. "한 2주쯤. 네 동생이 우릴 발견했을 때 그 애가 무슨 말을 하는지 제대로 알아들을 수는 없었지만, 네 상처를 보니 사나흘은 족히 곪은 것 같았어. 사나흘 더 됐을 거야. 그리고 나서 지금까지 7일을 지냈으니까."

"2주요?" 그럼 눈이 오는 게 당연하다. 12월이 됐을 테니까. 지금쯤이면 에너데일에 도착해 있어야 하는데. "베어가 말했어요? 저희가 여행 중이라고?" 나는 말을 아끼며 이렇게 물었다.

"암, 그랬어. 에너데일에 간다고."

"거길 아세요?" 내가 재빨리 물었다.

"내게 괜찮은 생각이 있어. 우리가 다니는 곳 중 거기랑 가까운 계곡이 있어. 너의 나무에서 열매를 따러 다니거든."

내가 어리둥절해하며 그녀를 바라보자, 헤스터가 눈을 찡긋했다. "주니퍼나무. 그 열매를 넣으면 풍미가 좋은 술이 되거든."

"거기 사람들도 본 적 있어요?" 내가 조급해하며 물었다.

헤스터가 천천히 고개를 끄덕였다. "호숫가에 마을이 있어. 그 사람들과도 거래를 여러 번 했지. 살기 나쁘지 않은 곳이야."

이런 말을 듣다니, 믿을 수가 없다. 헤스터는 그곳 사람들을 보았다. 사람들이 사는 마을도. "아직 있을까요? 에너데일이?"

그런데 헤스터의 표정이 바뀌었다. 해가 구름 뒤로 들어간 듯 어두워졌다. "지금은 적당한 계절이 아니야. 산을 여러 개 넘어가야 하는데, 무리야."

나는 고개를 가로저었다. "가야 해요. 부모님이 계시니까. 에너데일이 이제 우리 집이니까요."

"그렇고말고. 근데 봄이나 여름이라면, 혹은 몇 주 전만 되었더라도 우리가 너희를 데려다주었을 거야. 길도 알려 주고. 하지만 겨울엔 안 돼. 일 년 중 가장 추운 날씨가 닥쳐오고 있어. 넌 아직 겨울을 제대로 본 게 아니야. 우리와 함께 있으면서 기다려. 아무리 추워도 겨울은 지나가게 마련이니까."

"아뇨." 나는 여전히 고개를 저으며 말했다. "저흰 벌써 여기까지 왔어요. 이제 정말 다 와 가요. 지도도 있어요."

헤스터가 손사래를 쳤다. "산을 넘는 길은 항상 변해. 폭풍과 얼음 때문에."

나는 표정을 침착하게 유지했다. "엄마가 지도에다 거기까지 가는 길을 직접 그려 놓았어요. 엄마가 거기 있어요. 지금 거기서 우리를 기다리고 있어요."

헤스터가 부드럽게 말했다. "들어 봐, 나한테 한 가지 생각이 있어. 우리가 너희와 함께 서쪽으로 조금은 더 갈 수 있어. 네 발이 괜찮은지 확인할 수 있을 때까지."

"정말요?"

"정말. 고스트한테 너희를 돌봐 달라고 맡겨 둘 순 없잖아." 그녀가 다시 웃는데, 그 웃음소리가 부드럽게 울렸다. "고스트가 꽤 잘한 건 인정하지만."

"고스트가 없었으면 우린 죽었을 거예요."

"나도 네 말이 맞다고 봐." 헤스터가 진지하게 고개를 끄덕였다. "우리 일행의 본진은 남쪽으로 갔어. 대부분의 말과 마차, 아이들이 함께 갔지. 겨울엔 보통 그쪽 방향으로 여행을 하거든. 우린 철새와 비슷해. 하지만 일부가 여기 남아 있으니 최소한 너희에게 안전한 길을 알려 줄 수 있을 거야. 어떻게 할지는 너한테 달렸어, 주니퍼 그린." 그녀는 마치 치수라도 재듯 날 아래위로 훑어봤다.

"캠이랑 퀴니도 아직 안 갔네요." 나는 호수에서 들려오는 웃음소리에 조금 움츠러들었다.

헤스터의 눈이 반짝거렸다. "글쎄, 가야 한다고 말했지만 말을 안 듣는다니까. 퀴니는 베어한테 제대로 반했어. 정말 씨앗 갈고리처럼 베어한테 딱 달라붙어 있지. 그리고 캠은 네가 깨어

나서 굉장히 흥분한 것 같아. 자기 이야기의 새 청중이 생겼으니까! 우린 바깥 사람들을 많이 못 보거든."

"저희는 도시 사람이에요. 아니, 그랬었죠."

헤스터가 고개를 끄덕였다. "그래, 포르샤 스틸의 도시에서 왔다고 했지. 베어가 말해 줬어." 내가 고개를 끄덕였다.

"난 너희 선택이 옳았다고 생각해, 떠나온 것 말이야."

"선택한 건 아니에요."

"그래." 헤스터는 간단히 대답했다. 나는 그녀에게 더 많은 이야기를 하고 싶었다. 애니 로즈와 에티엔에 대해. 우리가 어떻게 그들을 남겨 두고 떠나야만 했는지. 하지만 나는 아무 말도 하지 않았다. 애니 로즈와 에티엔, 엔도 선생님, 그리고 팜하우스는 내 마음속 깊은 곳에 넣고 닫아 두었다. 그 이름들을 말하는 것만으로도 너무 아플 테니까.

"언제 출발해요?" 그 대신 나는 이렇게 물었다.

"내일. 네 발도 좀 더 쉬게 해 주고 너도 완전히 정신을 차리게 하루만 더 있자. 아무래도 우리가 여기 너무 오래 있었다는 생각이 드는구나. 우리가 어떤 사람들인지 알게 되겠지만, 우린 한 곳에 가만히 있는 걸 좋아하지 않거든."

"저희도 그러려고 했어요. 계속 움직여야 한다고 생각했죠."

"아주 잘해 낸 것 같아. 그 흉측한 덫에 걸리기 전까지는."

"누가 그걸 설치했을까요?" 내가 물었다.

헤스터는 생각에 잠긴 듯했다. "대답하기 힘들구나. 우린 아니야. 우린 총이나 화살로 깨끗하게 맞히지. 물론 다른 사람들도 있어. 어디에도 어울리지 못하는 사람들."

나는 고개를 끄덕였다. "어떤 여자가 있었어요. 베어를 발견했죠, 아니 붙잡았어요. 우리 둘 다 잡혔는데. 나쁜 사람이었…." 내 목소리가 점점 작아졌다.

헤스터가 내 어깨를 쓰다듬었다. "여기 밖은 힘들어. 사람들은 마치 겨울 땅처럼 거칠게 변하지. 우리는 달라. 우린 바깥세상에서 살아갈 운명이거든."

"어떤 운명인데요?" 나는 알고 싶었지만 조금 머뭇거리며 물었다. 혹시 실례가 될까 봐. "베어는 숲 사람들이라고 했어요! 우리가 봤던 표시를 만든 사람들이라고."

그러자 헤스터가 따뜻하게 웃었다. "우린 방랑자야. 유랑 민족. 한때는 우리 같은 사람들을 집시라고 불렀어. 하지만 숲 사람도 괜찮은데. 그 말에는 어떤 느낌이 있어!"

"아직도 있을 거라곤 생각 못 했어요. 제 말은, 이야기책에서 그 말을 읽어 본 적 있어요. 하지만 방랑자들도 다른 사람들처럼 모두 도시로 가서 살게 된 줄 알았어요."

"그러니까 말이야. 많은 사람이 그랬지. 시 당국자들이 그때는 정말 난폭했어. 우리를 짐승처럼 몰아붙였지. 하지만 일부는 도망쳐 나왔어. 우린 어디에 숨어야 하는지 알고 있었거든."

헤스터가 부드럽게 말했다.

"방랑자들은 그 병에 저항력이 있었나요?"

헤스터가 슬픈 얼굴로 천천히 고개를 흔들었다. "전부는 아니야. 그러나 갇혀 사는 건 결코 우리의 길이 될 수 없었어. 다시는 언덕을 볼 수도, 바다의 공기를 마실 수도 없다니. 예전에는 죄인으로 살았지만 지금은 뭐가 어떻게 돌아가는지 알지. 우린 위험을 무릅쓰기로 했어. 진드기가 있든 없든."

나는 헤스터의 얼굴을 바라봤다. 조회 시간에 틀던 오래된 영상을 보는 것 같았다. 견디기 힘든 커다란 슬픔이 떠올랐다.

"많은 사람이 죽었지." 그녀가 이야기를 계속했다. "어린아이들도 나이 든 사람들도 많이 죽었어. 그 병은 갑자기 발병하기도 했지만, 때로 천천히 진행해서 사람들을 쇠약하게 만들기도 했어. 캠이랑 퀴니 엄마에게 바로 그런 일이 생겼지."

"아줌마가 그 애들 엄마잖아요." 내가 끼어들었다.

헤스터가 코웃음을 쳤다. "난 너무 늙었어. 날 봐!"

나는 그녀를 바라보았다. 한참 동안 바라봤지만 도무지 나이를 짐작할 수가 없었다.

"캠이 엄마라고 부르던데요."

헤스터가 다시 웃었다. "많이들 날 그렇게 불러. 누구나 사는 동안 엄마라고 부를 사람이 필요할 때가 있으니까."

3

헤스터가 날 데려오라고 캠을 보냈다. 캠이 동굴 입구에 나타나 허리를 굽혀 인사를 하는데, 어렸을 때 엠포리엄에 가면 바니가 날 이렇게 맞아주었던 기억이 퍼뜩 떠올랐다.

나는 당황해서 웃음을 지었는데, 캠의 눈도 헤스터의 눈처럼 반짝반짝 빛났다. 캠은 내가 일어날 시간조차 주지 않았다. 한 손은 내가 잡을 수 있게 내밀고 다른 손은 내가 일어날 때 뒤로 넘어지지 않도록 내 어깨를 받쳤다.

"고마워." 내가 수줍게 말했다.

캠이 환한 미소를 지었다. "넌 어둠이 정말 지긋지긋할 거야. 저기, 빛이 널 부르고 있어!"

캠은 바위들을 피해 길을 인도하면서 내가 비틀거릴 때마다 잡아 주었다. 호수까지 멀게 느껴졌지만 멀리 갈 만한 가치가 있었다. 크게 타오르는 모닥불을 텐트들이 둘러싸고 있었다. 나뭇가지로 만든 둥근 틀에 밝은색 천이 덮여 있고, 텐트 사이 여기저기에 말들이 있었다. 흰색과 갈색, 검은색이 아름답게 섞인, 따뜻하고 부드럽고 살아 숨 쉬는 조랑말들은 다리에 북슬북슬한 털이 나 있었다. 사람들과 조랑말과 밝은색 텐트, 이보다 더 멋지게 누군가를 환영하는 광경은 본 적이 없다.

헤스터와 조금 젊은 여자가 한 명, 그리고 남자 두 명이 있었다. 캠이 모두에게 나를 소개했다. 젊은 여자의 이름은 라치였다. 검은 머리를 노란색 스카프로 묶고, 금빛 링 귀걸이를 하고 있었다. 라치는 다정하게 웃으며 담요를 펼치더니 내게 앉으라고 손짓했다. 그러고는 다시 김이 솟아오르는 커다란 솥을 휘젓기 시작했다. 근사한 냄새가 퍼졌다.

남자들은 다니어와 만프리다. 다니어는 곧바로 자신을 다니라고 부르라고 말하고는 내 손을 꽉 잡고 흔들었다. "주니퍼 그린 양, 다리가 잘 나아서 정말 다행이에요." 다니의 얼굴엔 흉터가 나 있는데, 아무리 외면하려 해도 안 볼 도리가 없었다. 흉터가 그의 얼굴을 둘로 나누어 놓았다. 다른 남자, 만프리는 활기차게 고개를 끄덕이고는 돌아섰다.

베어가 새 친구를 따라 팔짝팔짝 뛰어왔다. "얘가 내가 말한 퀴니야, 쭈. 얘는 이 사람들의 퀸이야."

낄낄대는 캠의 웃음소리가 들려왔다. 퀴니는 어깨 뒤로 머리를 넘기더니 일부러인 듯 캠에게 등을 돌렸다. 퀴니는 마치 내 문안 인사를 기다리기라도 하듯 두 손을 허리에 얹었다.

"만나서 반가워요, 퀴니. 궁중 예법대로 인사를 하고 싶지만, 아직 발이 다 안 나아서." 내가 말했다.

"오늘은 그러지 않아도 돼." 퀴니가 위엄 있게 말하며 담요 위 내 옆에 쪼그리고 앉았다. "여기에 구더기가 있었어?" 퀴니가 내 발을 내려다보며 말했다. "다니는 옛날에 팔에 구더기가 있었어. 구더기가 막 꿈틀거리는 걸 봤다니까."

"주니퍼 누나는 구더기 같은 건 없었어!" 베어는 소름이 끼치는 듯한 표정이었다.

"퀴니, 너 또 거짓말하는 거지?" 캠이 물었다.

"아냐." 퀴니가 똑바로 앉으며 말했다. "사실이야. 구더기 있었지? 다니, 팔에 있었잖아?"

"퀴니는 거짓말 안 해." 다니가 내게 눈을 찡긋하며 말했다. "구더기가 있었지. 나중엔 파리도! 파리가 내 팔에서 나와서 날아갔다니까!"

베어는 이제 파랗게 질린 얼굴이었다.

"걱정 마." 베어의 얼굴을 보더니 퀴니가 이렇게 말했다. "헤스터가 해결했어. 헤스터는 뭐든지 다 해결해. 기적을 일으키는 사람이거든." 퀴니는 나를 돌아보며 목소리를 낮춰 속삭였다. "하지만 헤스터도 처음엔 네가 가망이 없다고 생각했대, 주니퍼. 헤스터는 정령들이 널 원하는 게 당연하다고 말했어."

"퀴니!" 캠이 웃음을 터뜨렸다. "주니퍼는 이제 곧 너랑 모닥불 주위를 돌면서 춤을 출 수 있을 거야."

"그럴 거야?" 퀴니가 환하게 웃었다. "춤 잘 춰, 주니퍼?"

"어… 나 춤 못 춰." 내가 어색해하며 말했다. 도시에서는 춤을 출 만한 일이 많지 않았다는 생각이 들었다.

따뜻하고 부드러운 느낌이 드는 뭔가가 내 목을 누르는 바람에 나는 펄쩍 뛰었다. 캠과 퀴니가 낄낄대며 웃었다.

"딕시!" 베어도 이렇게 말하고 킥킥거리기 시작했다.

검은색과 흰색이 섞인 말이 커다란 콧구멍을 벌름대고 따뜻한 콧김을 내뿜으면서 내 어깨를 쿡쿡 찔렀다. 목을 따라 나 있는 긴 털, 갈기가 나를 간지럽혔다. 나는 몸을 부르르 떨었다.

"널 좋아하나 봐." 캠이 목둘레의 끈을 잡아당기며 말했다. "딕시 아가씨, 이리 와. 주니퍼는 말이 익숙하지 않대."

퀴니가 튀어 오르듯 조랑말 위로 올라가더니 검은색과 흰색이 섞인 딕시의 양 옆구리를 다리로 꽉 조였다. 퀴니는 당당하고 의기양양한 태도로 말을 타면서, 때때로 베어와 내가 보고 있는지 힐끗힐끗 돌아봤다.

"멀리 가면 안 돼, 퀴니!" 헤스터가 등 뒤에 대고 외쳤다. "늑대들이 빙글빙글 돌고 있어."

"늑대라고요?" 나는 깜짝 놀랐다.

"우리가 여기 너무 오래 있었거든." 모닥불 건너편에서 목소리가 들려왔다. 만프리다. 그는 비난하듯 나를 쳐다봤다.

헤스터가 그를 쏘아봤다. "아, 만프리. 일 년 중 이맘때면 늘 여기서 똑같이 지내잖아. 너도 알잖아. 이 애한테 죄책감 느끼게 하지 마. 덫에 걸린 게 이 애 잘못은 아니야."

라치가 커다란 주걱으로 그를 톡톡 두드리자 만프리는 어깨를 으쓱하더니 자기가 하던 일, 무언가를 고치던 일로 돌아

313

갔다. 말한테 필요한 무슨 가죽 같았다.

"그러니까 늑대가 있단 말이지?" 내가 캠에게 물었다. "우리도 늑대 소리는 계속 들었는데 한 마리도 보지는 못했어. 그래서 난 우리가 상상한 거라고 생각했거든."

캠이 고개를 가로저었다. "늑대는 진짜지만, 괜찮아. 아주 영리하거든. 넓은 장소에는 접근하지 않아. 어쨌든 늑대들은 인간은 건들지 않는 게 낫다는 걸 알아, 대개는."

대개는? 갑자기 그 생각이 떠올랐다. 내가 열병을 앓았을 때 꾼 꿈. 우리 동굴 입구에 있던 회색빛 형체. 어떻게 그걸 잊었을까? 내 시선은 베어에게로 향했다. "늑대들이 왔었지? 내가 아팠을 때, 맞지? 늑대가 진짜 왔었구나!"

베어가 얼굴을 잔뜩 찌푸렸다. "한 마리 왔었어. 동굴 안으로 들어왔는데, 고스트가 쫓아냈어."

"베어!" 나는 겨우 이렇게 말하며, 손을 내밀었다.

"아무 일 없었어, 쭈." 베어가 재빨리 대답하는데, 갑자기 동생의 눈에 물기가 어렸다. "난 하나도 신경 안 썼어. 고스트가 우릴 보호해 줄 거라는 걸 알았으니까."

"불을 피우면 돼." 캠프 주위로 크게 원을 그리며 말을 타던 퀴니가 노래하듯 재잘댔다. "늑대들은 불을 무서워하거든."

"불을 피운 적도 있어." 베어가 눈물을 훔치며 말했다. "하지만 내가 자고 있을 때 불이 자꾸 꺼졌어."

"넌 아주 잘했어, 베어. 네가 주니퍼를 안전하게 지켰어. 넌 정말 스스로를 자랑스러워해도 돼." 헤스터가 분명하게 말했다.

내가 동생을 가까이 잡아당기자, 동생은 날 밀어냈다. "쯧." 베어가 속삭이는데 뺨이 빨갛게 달아올라 있었다. "퀴니가 날 아기라고 생각할 거야."

"애들한테 이야기해 줘, 캠. 늑대한테서 다니를 구한 얘기 말이야." 퀴니가 큰 소리로 말하자 캠은 새들이 체온을 유지하려고 깃털을 부풀리는 것처럼 가슴을 내밀며 자리에서 일어났다. 베어는 이야기를 들으려고 내게 등을 돌렸다. 동생은 동굴 일은 떠올리고 싶지 않은 것 같았다.

캠은 손가락으로 캠프 주위를 가리켰다. "지금 같은 겨울이었어. 산에는 눈이 엄청 쌓였고."

"늑대들은 눈이 오면 나타나. 먹을 게 없으니까." 퀴니가 끼어들었다.

캠이 급하게 고개를 끄덕였다. "우린 남쪽으로 갈 준비를 하고 있었는데, 늑대가 산비탈에서 불쑥 나타났어. 여태껏 그렇게 큰 늑대는 본 적이 없어. 그 늑대가 다니의 얼굴로 뛰어올랐어. 내 생각엔 다니의 머리를 단번에 부숴 버리려고 한 것 같아. 크게 한 입에." 캠은 이로 딱딱 소리를 내며 앞으로 덤벼들었다.

"다니가 고기를 먹었거든. 그렇지, 캠?" 퀴니가 덧붙였다.

"그래, 맞아." 캠이 말했다. "늑대들은 몇 킬로미터 밖에서도 고기 냄새를 맡아."

나는 불안한 마음에 끓고 있는 솥을 흘낏 쳐다봤다. 캠은 말하는 걸 그대로 행동으로 옮기며 이야기를 계속했다. 자기가 어떻게 날아올라 맨손으로 늑대를 땅바닥에 질질 끌고 갔는지.

"내가 기억하기론, 그렇게 빠르지는 않았어." 다니가 검지로 자기 얼굴에 난 상처를 더듬으며 말했다.

나는 동굴 안에서 내가 열 때문에 땀을 뻘뻘 흘릴 때 베어는 어땠을까 생각하며 몸서리를 쳤다. 캠은 아직도 맨 주먹으로, 캠은 이 부분을 확실히 자랑스러워하고 있다, 늑대를 마구 때리는 대목을 이야기했다. 그러고는 어떻게 그 늑대가 아기처럼 울면서 떠났는지 떠들어 댔다. 캠의 눈이 반짝하고 빛났는데 나는 그게 두려움인지 흥분인지 알 수가 없었다.

"어느 한쪽이 죽을 때까지 싸워야 해. 그리고 네가 죽은 쪽이 안 되도록 해야 한다는 걸 명심해." 캠이 내 눈을 똑바로 바라봤다. 헤스터가 캠을 꾸짖었다.

"캠, 그만 좀 해! 그 애들한테 겁을 주고 있잖아."

캠이 어깨를 으쓱했다. "늑대랑 싸워서 어떻게 이길 수 있는지 아무도 이야기를 안 해 주면 애들이 그걸 어떻게 알겠어요?"

그는 마치 교실에서 수업 중인 선생님처럼 손가락으로 우리를 가리켰다. "불을 계속 피워 두어야 해. 늑대들은 불을 진짜 싫어하거든. 큰 소리도 싫어하고. 냄비든 뭐든 가지고 있는 걸 아무거나 두드리는 거야. 소리치고 고함도 지르고. 너희가 최대한 크게 보여야 해."

"그리고 나처럼 고기는 들고 다니지 말고." 다니가 말했다.

"그럼 이거 안 먹을 거지, 다니?" 라치가 그릇에 스튜를 한가득 담으면서 말했다.

다니가 웃었다. "내 생각에 오늘 밤은 캠이 감시를 하니까 안전할 것 같아. 캠이 늑대 경비대를 자원했거든."

"그건 아니죠." 캠이 첫 번째 그릇을 차지하려고 라치 앞으로 끼어들었다. 라치가 장난스럽게 캠의 배를 주먹으로 쳤다.

"가서 빵 좀 가져다줄래? 언제나 손님 먼저야. 이건 주니퍼 거야. 회복을 축하하기 위해." 라치가 웃는 얼굴로 내게 그릇을 건넸고, 캠은 모닥불에 구운 납작빵이 담긴 접시를 옆에 내려놓았다. 늑대에 대한 생각은 내 머릿속에서 모두 사라졌다.

식사가 끝나자 다니가 나무로 만든 악기를 꺼냈다. 속이 빈 갈대를 모아 만든 악기를 좌우로 왔다 갔다 하면서 불자 경쾌하고 사랑스러운 소리가 나왔다. 퀴니가 캠을 일으켜 세우고 둘은 춤을 췄다. 처음엔 느리게, 그러다 빨리, 더 빨리. 다니가 곡의 속도를 점점 높이자 결국 퀴니는 깔깔 웃으며 쓰러졌다.

춤을 지켜보는 동안 라치가 내 머리를 빗겨 주겠다고 우겼다. 나는 도시를 떠날 때 땋은 머리를 한 번도 풀지 않았다. 라치가 묶은 끈을 풀자 굽실굽실한 머리카락이 내 허리까지 내려왔다. 라치는 내 어깨 위로 머리카락을 넓게 펼치고, 가장자리에 장미꽃이 그려진 작은 타원형 거울을 내게 건네줬다.

"넌 아름다워, 주니퍼." 라치 말에 나는 얼굴을 붉혔다. 베어가 놀란 얼굴로 날 바라봤다. 나는 늘 곱슬머리는 베어가 가진 야생성의 일부라고 생각해 왔다. 지금 보니 내 머리도 동생만큼이나 곱슬거렸다. 하지만 장미 거울 속의 나는 엄밀히 말해 야생적으로 보이지 않았다. 예전보다 좀 나이 들어 보였다.

춤은 오랫동안 이어졌다. 라치가 만프리에게 춤을 추라고 부추기자 그는 퀴니를 빙글빙글 돌렸다. 베어가 몹시 부러워하며 구경하는 걸 보고, 다니가 악기를 헤스터에게 넘겨주고 베어도 빙글빙글 돌려 주었다.

아이들이 지치자, 이번에는 라치가 일어나 만프리의 품에 안겨 춤을 췄다. 때때로 그가 허리를 굽혀 라치 이마에 키스를 하는 바람에 나는 얼굴이 붉어져 고개를 돌렸다.

헤스터의 노래가 점점 느려지고 슬퍼지더니, 어느 순간 라치가 노래를 시작했다. 내가 들어 본 노래 중 가장 아름다웠다. 비록 무엇에 대해 노래하는지는 알 수 없었지만 너무 달콤하고 매혹적이었다. 라치는 다른 언어의 세계에 가 있었다.

나는 몇 시간이라도 노래를 들으며 앉아 있고 싶었는데, 캠이 내 옆으로 오더니 시속 150킬로미터의 속도로 이야기를 쏟아 냈다. 캠은 야생, 또는 그가 부르는 식으로 자연림에 대해 모든 걸 알고 있었다. 캠은 자신들이 갔던 모든 장소와 그곳의 이야기, 전통, 의식, 역사를 들려주려 했다.

캠은 우리 도시에 대해서도 알고 싶어 했다. 그는 다른 도시들, 살아남은 몇 안 되는 다른 도시들은 외곽의 완충 지대를 개방했다고 알려 주었다. 시장과 공연장으로. 상인들과 곡예사들, 음악가들이 그곳에 찾아간다고 했다.

"너희 도시만 빼고." 이렇게 말하는 캠의 눈에 비밀스러운 흥분이 떠올랐다. "포르샤 스틸의 도시는 안 가 봤어. 가까이 갈 수도 없고 그러고 싶지도 않아. 온갖 얘기는 다 들었지. 한번 들어가면 절대로 다시 나올 수 없는, 블랙홀 같은 곳이야."

나는 우리가 떠나온 곳에 대해 이야기하고 싶지 않았다. 베어와 내가 몇 주 만에 가장 행복한 지금은. 하지만 캠은 몸을 기울여 기다리고 있었다. 나도 그에게 무언가를 들려줘야 했다. 그래서 팜하우스와 엠포리엄에 대해 이야기했다.

"그 둘은 정말 최고야. 나머지는 끔찍했어. 특히 학교는." 베어가 조잘댔다.

"왜?" 캠이 물었다.

"늘 실내에 있어야 했거든. 나가라고 말은 하지만 사실은 여전히 실내야. 잔디도 플라스틱이고 놀 거라곤 바보 같은 정글짐밖에 없어. 심지어 빨리 달리는 것도 못 하게 해. 위험하대."

"위험하다고?" 캠이 비웃었다.

"거긴 자유가 없어. 그 어떤 자유도. 그리고 어디를 봐도 모두 다 회색이고 다 똑같아." 내가 설명했다.

"감옥처럼. 난 절대 돌아가지 않을 거야. 절대 안 가!"

"나라면 절대 못 참았을 거야. 난 그들이 날 가두게 가만 안 있어! 벌써 몇 년 전에 포르샤 스틸한테서 도망쳤을걸!" 퀴니가 열을 내며 말했다. 베어는 퀴니가 정말 여왕이라도 되는 것처럼 뚫어져라 쳐다봤다.

우리 눈이 감길락 말락 하게 되자 캠이 막대기로 모닥불에서 큼직한 돌을 두 개 끌어냈다. 그는 털가죽으로 돌을 싸서 우리에게 하나씩 건네주었고, 우린 자리에 누워 그것을 끌어안았다. 누군가가 따뜻하게 꼭 안아 주는 것 같았다.

"잘 자, 도시 아이들." 캠이 웃으며 말했다.

베어는 눈꺼풀이 아래로 축 처졌으면서도, 어디에 남은 기운이 있었는지 혀를 날름 내밀었다.

4

우리는 새벽에 출발했다. 나는 말이 여섯 마리라고 생각했는데, 퀴니가 바로잡아 주었다. 말이 세 마리, 조랑말이 세 마리였다. 헤스터와 라치는 큰 말을 탔고, 나도 말에 태워 주었다.

캠이 내가 탈 말의 이름이 '번개'라고 했을 때 나도 모르게 얼굴이 굳어졌지만, 캠은 목덜미에 크게 나 있는 흰색 번개무늬를 가리키며 웃었다. "속도 때문에 그런 이름이 붙은 게 아니야. 늙은 번개가 여기 있는 말 중에서 가장 느려. 네가 해야 할 가장 중요한 일은 저 말이 잠들지 않게 하는 거야!"

베어는 와 소리를 지르며 계속 퀴니와 함께 뛰어다녔다.

"베어! 너, 너무 시끄럽잖아." 나는 번개 앞에서 이리저리 왔다 갔다 하는 동생을 야단쳤다. 혹시라도 번개가 동생을 밟을까 봐 겁이 났다. 헤스터가 웃었다.

"내버려 둬, 주니퍼."

"하지만 드론이…." 내가 입을 열었다.

"도시의 기계 새? 이렇게까지 북쪽으로 오지는 않아. 여기 왜 오겠어?" 헤스터가 큰소리로 되물었다.

"드론이 우릴 따라오고 있었어요."

헤스터가 고개를 끄덕였다. "그래, 베어가 얘기하더라. 하지만 이제 안전할 거야. 너희들은 아주 멀리 왔으니까."

"다른 도시에도 드론이 있지 않아요?"

헤스터가 어깨를 으쓱했다. "여기 왜 오겠어?"

"그건 그렇네요." 나는 고개를 끄덕였지만, 우리가 불을 지르지 않았더라면 드론이 우리를 계속 따라왔을 거라고 생각했다. 분명 그랬을 거다. 우리 도시는 헤스터가 생각하는 것보다 훨씬 위험한 곳이다. 확실히! 하지만 그렇다 한들 달라질 건 없다. 헤스터네 사람들은 우리 도시를 피하면 되니까. 그리고 이들은 이미 그렇게 하고 있다.

고스트는 우리 곁에 없었다. 고스트는 우리가 짐을 꾸리고 있을 때 와서 야영지 가장자리에 서 있었는데, 말들은 그게 마음에 들지 않는 듯 발을 구르며 히힝거렸다. 만프리가 고스트를 쫓으려고 욕설을 퍼부으며 막대기를 던졌다.

내가 고스트를 부르려고 휘청거리며 일어서자, 헤스터가 "만프리!" 하고 소리를 질렀다. "저건 주니퍼 고양이야."

"말은 해치지 않아요. 아저씨 때문에 겁을 먹었잖아요." 나는 화가 났던 것 같다.

만프리는 물러서지 않았다. "예전에 스라소니가 나무 위에서 우리 망아지를 덮쳤어. 말들은 맹수를 바로 알아본다고."

"고스트는 달라요." 나는 바로 이렇게 대꾸했지만, 고스트가 사슴을 잡아 왔던 게 생각났다. 그때 나는 전혀 슬퍼하지 않았다. 그저 고맙고 자랑스럽게만 느꼈을 뿐이다.

"꽉 잘 잡고 있는 거야?" 캠이 여전히 번개의 고삐를 잡은 채 옆에서 걸으며 물었다. "네 손마디가 돌멩이 같은데!"

나는 인상을 찌푸렸다. "번개가 빙판에 미끄러지면 어떡해? 한동안 내리막길이잖아!"

"번개를 믿어, 주니퍼. 번개는 산에서 살았어."

나는 미소를 지으며 긴장을 풀려고 애썼다. 캠이 번개를 이

끄는 데는 뭔가 마법 같은 게 있었다. 둘 사이에 뭔가 있는 듯했다. 소년과 땅과 말의 어떤 삼각관계 같은 것.

베어와 퀴니는 사람들 사이를 누비고 다니다 지치면 짐 싣는 조랑말인 부랑자와 돌풍에 올라타곤 했다.

베어는 이제 제대로 된 부츠를 신고 있었다. 헤스터가 베어 운동화를 보고 놀리더니 출발하기 전에 퀴니의 낡은 신발을 한 켤레 찾아 주었다. "신발 밑창이 중요해. 안 그러면 산에서 그대로 미끄러질 거야."

털가죽도 도움이 되었다. 우리 것도 퀴니처럼 토끼털인데, 토끼 가죽 여러 개를 한데 꿰매 놓았다. 캠이 이렇게 먼 북쪽에는 바람에도 이빨이 있다고 했는데, 그 말이 맞았다.

헤스터는 언제 걸음을 늦추어야 하는지, 언제 완전히 멈춰 서서 나를 쉬게 해 주어야 하는지 잘 알고 있었다. "잘하고 있어, 주니퍼." 그녀는 나한테 바위 위에 발을 올려놓고 쉬라고 시키고는 바로 곁에 앉으며 이렇게 말했다.

내가 얼굴을 찡그렸다. "저 때문에 모두 걸음이 느려져요."

"때로는 천천히 가도 괜찮아. 더 많은 걸 볼 수 있으니까."

"그런가요?" 당연히 헤스터 말이 맞다는 걸 알지만, 이렇게 얼버무렸다. 동굴에서 며칠을 보내고 난 뒤 내 눈에는 모든 게 새로워 보였다. 햇빛이 산을 비추는 방식과 머리 위 새들의 춤. 날갯짓을 할 필요가 전혀 없다는 듯 공중에 떠서 맴도는 외로운 황조롱이. 그리고 마치 연처럼 날개와 꽁지깃을 활짝 펴고 우리 머리 위를 돌고 있는, 베어가 독수리라 부르는 새들.

가장 경이로운 것은 나무들이었다. 저 높이, 가지가 무성해질 때까지 무늬가 이어지는 게 보였다. 나무껍질에 마치 골짜기를 새겨 놓은 것 같았다. 동그라미 또는 나선형을 그리며 감아도는 계곡과 개울들이 깊이 패어 있었다.

에티엔의 엄마가 정말 좋아할 거 같았다. 무한한 다양성, 온갖 모양과 무늬들. 에티엔의 엄마가 프랙털로 복제하려고 했던 게 바로 이거다. 옛날 그림에서나 보았을 뿐 실제로는 한 번도 보지 못했지만, 에티엔의 엄마는 이런 매력을 알고 있었다. 이것이 우리를 치유해 줄 거라고 생각했다.

가끔 학교에 있는 아이들이 떠올랐다. 나는 그 애들은 이런 것을 전혀 그리워하지 않는다고 생각했다. 하지만 그들이 어떻게 그리워할 수 있겠는가? 아무것도 모르는데. 하지만 어쩌면, 마음속 깊은 곳 어딘가에서는 그들도 그리워했을 거다.

5

"너흰 우리와 같이 있어야 해." 내가 말을 타는 걸 지켜보며 캠이 말했다. 마침내 그가 번개의 고삐 줄을 넘겨주었다. 내 생각에 이 늙은 느림보 말은 나하고 썩 잘 어울리는 것 같았다.

"너랑 베어는 훌륭한 방랑자가 될 거야."

"우리 그러면 안 돼, 쪼?" 베어가 곧바로 내 옆으로 오더니 간절하게 물었다.

"베어!" 나는 한숨을 쉬었다. "에너데일은?"

베어는 죄책감을 느끼는 것 같았다. "내 말은… 에너데일 대신이 아니라." 동생이 어쩔 줄 몰라 하니 내가 구해 줘야지.

"그런 뜻이 아니라는 거 알아."

"그런 뜻이었어." 캠이 확신에 차서 말했다. "근데 너희는 왜 한곳에 머물고 싶은 건데? 평생 한곳에서 산다는 거야? 말도 안 돼!" 캠이 베어를 업으려고 몸을 숙였다. 황조롱이가 날개를 펴듯 베어가 팔을 쭉 뻗었다. 나는 갑자기 베어가 앨버트로스처럼 에티엔의 등에 업혔던, 등반 센터 밖의 길로 돌아갔다. 눈에 눈물이 고였다.

우리 집에 『눈의 여왕』이라는 오래된 동화책이 있었다. 게르다의 가장 친한 친구인 카이를 사악한 눈의 여왕이 데려가 버리자, 게르다는 카이를 구하기 위해 길을 떠난다. 가는 길에 게르다는 아름다운 정원에 정신이 팔려서 자기가 누구를 찾고 있었는지 잊어버린다. 나는 정원이 나오는 부분을 좋아했는데, 그 정원에는 장미만 빼고 온갖 꽃들이 자랐다. 정원을 돌보던 노파가 게르다가 오자 장미꽃을 전부 땅속으로 사라지게 만든 것이다. 게르다가 정원에 영원히 머무르기를 바랐던 노파는 장미꽃을 보면 카이 생각이 날 거라는 걸 알았으니까.

새처럼 캠의 등에 업혀 있는 베어를 보는 건, 장미꽃을 보고 다시 기억을 떠올리는 것과 똑같았다. 다만 우리는 끝내 에티엔과 애니 로즈를 찾지 못할 거라는 점만 빼면. 우린 내가 10년도 더 전에 떠나온 곳으로, 거의 기억도 나지 않는 부모님에게로 가고 있다. 우리가 무엇을 보게 될지 누가 알겠는가?

고스트는 여전히 모습을 드러내지 않았다. 풍경은 이제 더욱 삭막해져서 산자락은 갈색으로 변한 죽은 양치식물로 덮여 있었고 깨진 회색 돌과 바위가 계곡 바닥으로 굴러떨어졌다. 캠은 여길 자갈 비탈이라고 불렀다. 고스트가 싫어하는 게 이런 걸까? 산비탈에 노출되고, 골짜기 사이로 올라가야 하는 것? 아니면 사람들이나 조랑말, 노래가 마음에 안 드는 걸까?

헤스터네 사람들은 고스트가 더 이상 따라오지 않아서 좋아하는 것 같았다. 나는 산비탈에서 내내 고스트를 찾았고, 이쪽 골짜기에서 다음 골짜기로 접어들 때마다 뒤를 돌아봤다. 우리가 너무 멀리 와 버려서 고스트가 따라오지 못하는 걸까?

"나타날 거야." 베어가 야영지 끝에 있는 내 자리로 와서 말했다. "고스트는 늘 그래."

"이렇게 오랫동안 안 보인 적은 없었어."

"고스트는 우릴 안 떠나, 쭈."

나 역시 그렇게 믿었지만 실은 그런 말을 입 밖에 내는 순간, 그게 얼마나 정신 나간 소리인지 깨달을 수밖에 없었다. 고스트는 야생이다. 우리를 따라올 이유가 없다. 만에 하나라도 고스트가 책임감 같은 걸 느꼈다 쳐도, 지금은 우리에게 사람 친구가 있었다. 이들이 고스트의 역할을 이어받았다.

"고스트는 이 사람들 안 좋아하지?" 베어가 슬픈 목소리로 말했다.

"아마 사람들이 입고 있는 외투 때문일 거야." 그럴 생각은 아니었는데 내 목소리가 씁쓸하게 들렸다. 심지어 캠은 스라소니 털옷을 입고 있었다.

"캠이 그러는데 그 스라소니는 이미 죽어 있었대. 이 사람들은 죽은 동물을 헛되게 하지 않으니까."

"그것 참 편리하네. 그래서 고기도 먹었대?" 내가 비꼬듯 말했다. 베어는 혼란스러운 듯 얼굴을 찡그리더니 다시 모닥불이 환하게 비추는 곳으로 돌아갔다.

잠시 동안 나는 거기 가만히 서 있었다.

"무슨 생각 해?" 옆에서 불쑥 목소리가 들려와 깜짝 놀랐다. 헤스터였다. "괜찮니, 주니퍼? 유령이라도 본 것 같구나."

"우리 할머니도 그런 말을 하곤 하셨는데."

"애니 로즈 말이지? 베어한테 들었어. 할머니 보고 싶겠다." 나는 도저히 말로 할 수가 없을 것 같아 고개만 끄덕였다.

"너 떨고 있잖니. 다른 사람들이랑 불 옆에 있어야지."

"저는 그냥….."

"조용히 있고 싶어서?" 헤스터가 물었다.

"아뇨!" 나는 헤스터의 웃음에 미소로 답했다. "뭐, 어쩌면요. 좀…, 그냥 생각 좀 하려고요."

"주니퍼." 헤스터가 심각한 목소리로 불렀다. "시간이 다 됐어. 최대한 미뤘지만 이제 때가 됐어. 우린 내일 남쪽으로 떠나."

나는 모닥불 쪽으로 몸을 돌려 사람들을 바라봤다. 헤스터의 사람들. 헤스터의 유랑 극단. "전부 다요?"

"전부 다, 주니퍼. 우린 하나야. 겨울엔 남쪽으로 가. 우린 그런 사람들이거든."

"설명 안 하셔도 돼요."

"주니퍼, 할 수만 있다면 우리도 너희와 함께 갔을 거야. 그건 너도 알겠지. 하지만 우리를 기다리는 사람들이 있어. 그리고 눈도 더 많이 올 거야. 구름이 얼마나 낮은지 그리고 달 주위의 저 은빛 후광을 보렴. 모두 눈이 올 거라는 신호야. 우리가 산속으로 더 깊이 들어가면 마차를 끌고 다시 골짜기 아래로 내려가는 일이 더 힘들어질 거야."

"괜찮아요, 헤스터 아줌마. 정말 괜찮아요."

헤스터가 내 어깨에 손을 올렸다. "주니퍼, 너희는 우리랑 아주 자연스럽게 잘 어울려. 만프리도 생각을 바꿀 만큼."

내가 놀라서 눈썹을 치켜올리자 헤스터가 싱긋 웃었다.

"만프리 말로는 우리가 네 그림을 가지고 장사를 할 수 있을 거라고 하던데. 널 초상화 화가로 고용해서!"

"내가 퀴니의 코는 너무 크게 그리고, 캠도 별로 잘생기게 그리지 않았는데도요?"

헤스터가 키득거렸다. 사실 어젯밤에 사람들의 초상화를 그려 주었는데, 다들 불평을 하긴 했지만 내 단순한 스케치에 얼마나 즐거워하던지 진짜 감동적이었다. "넌 보기 드문 재주를 가졌어. 그걸 과소평가하지 마. 우리랑 남쪽으로 가자, 주니퍼."

"그럴 수 없어요, 헤스터 아줌마."

"안 될까?"

"저희는 에너데일로 갈 거예요. 부모님에게로. 저희는 또 그런 사람들이거든요. 그게 저희가 할 일이에요."

헤스터가 나를 보고 미소를 짓더니 한숨을 쉬었다. "그래, 손들었어. 그 말엔 반박을 못 하겠네."

모닥불 옆으로 돌아가자 캠이 내 옆에 앉았다. "헤스터 아줌마가 널 설득하려고 하지 않았어? 내가 하지 말라고 했는데."

"우린 그냥 도시를 탈출하고 싶었던 게 아니야. 집으로 가고 싶었던 거지." 나는 이렇게 말하면서도 무엇이 진실인지 스스로도 확신할 수가 없어 마른침을 삼켰다. 혹시 수백 킬로미터 떨어진 식물원이 여전히 우리 집인 것은 아닐까?

"주니퍼, 주니퍼!" 캠이 외쳤다. "내가 가르쳐 줬잖아?"

캠의 놀리는 듯한 목소리에 나는 미소를 지었다. "알아. 집은 천 개의 길. 숲이 집이고 황야와 골짜기, 시내가 집이야."

"바다를 빼 먹었어." 캠이 말했다. "아직 바다 본 적 없지?"

내 얼굴에 일종의 그리움 같은 게 떠올랐나 보다. "그래, 바다야, 바다! 널 유혹할 만한 게 있을 줄 알았어!"

"아니, 아니거든!" 나는 이렇게 말하고 웃음을 터뜨렸다. 캠은 내 주위를 돌며 가볍고 경쾌하게 춤을 췄다. 캠에게 말해 주고 싶었다. 날 유혹하는 데 다른 건 필요 없다고. 캠과 헤스터와 퀴니와 조랑말과 그들만 있으면 된다고. 그들은 마법을 엮어 냈고, 그건 최고로 멋진 마법이었다고. 『눈의 여왕』에 나오는 정원보다 훨씬 좋았다. 결코 지루해지는 법이 없을 테니까. 어떤 곳이 싫증나면 언제든지 다른 곳으로 옮겨 가면 된다.

캠이 웃었다. "좋아, 알았어. 에너데일이지."

"에너데일, 에너데일." 내가 되풀이해서 말했다. 처음엔 부드럽게, 그다음에 좀 더 크게. 어쩌면 캠의 말에 넘어간 찰나의 순간이 있었을지도 몰라서. 아마 내가 흔들렸는지도 모르겠다.

"너희 엄마." 캠이 일러 줬다.

"우리 엄마."

"너희 아버지. 리와일더의 후손."

내가 눈썹을 치켜올렸다.

"난 그냥 베어의 생각을 말했을 뿐이야!"

"베어가 실망하지 않으면 좋겠다."

캠이 어깨를 으쓱했다. "그래도 우리 아빠보다는 나을 거야. 우리 아빤 도망쳤어. 그러니까 규칙을 위반한 거지."

"우린 하나다라는 규칙?"

"맞았어!"

"겨울을 나러 남쪽으로 가는 것." 나는 기어이 덧붙였다.

캠이 얼굴을 찡그렸다. "적어도 이젠 너도 털가죽이 있잖아. 그리고 제대로 불 피우는 법도 알고, 내 덕분에."

"맞아. 우린 이제 전문가야."

"그리고 돌풍을 데려가. 물건도 싣고, 베어가 지치면 태워도 주고. 모두 그러라고 했어." 캠이 불쑥 내뱉듯 이렇게 말했다.

"아니, 안 돼! 그럴 순 없어." 나는 재빨리 대답했다.

"베어가 돌풍을 엄청 좋아해."

"안 돼, 캠. 돌풍은 너와 퀴니 거야."

"우린 네가 데려가길 바라." 캠이 말했다. "퀴니도."

"정말?" 내가 물었다.

캠이 웃음을 터뜨렸다. "뭐, 퀴니도 생각을 바꾸게 될 거야."

내가 미소를 지었다. "캠, 넌 정말 친절해. 하지만 산비탈이랑 모든 걸 생각해 볼 때, 우린 그냥 걸어가는 게 더 나을 것 같아. 그러면 나도 베어만 신경 쓰면 되니까. 그리고…"

캠이 내 마음을 읽었다. "고스트가 돌아오길 바라는 거지."

나는 얼굴이 붉어졌다. "어쩌면 베어하고 나만 있으면…" 하다가 그게 얼마나 터무니없는 소리로 들릴지를 깨닫고는 말을 멈췄다. 어쩌면 우리 둘만 있으면, 어쩌면 우리가 정말로 필요할 때 고스트가 돌아올지도 몰라.

헤스터가 파이프 악기를 불고, 이 따뜻하고 행복한 합창단에 속한 다른 사람들은 손뼉을 치고 혀 차는 소리를 내면서 함께 노래했다. 베어와 퀴니는 춤을 추며 불 주위를 신이 나서 껑충껑충 뛰어다녔다. 아무도 내일 일을 이야기하지 않지만, 헤스터가 지금쯤은 모두에게 알렸을 거라고 짐작했다. 때때로 나를 바라보는 사람들과 눈이 마주칠 때가 있었는데, 그럴 때면 그들은 나에게 미소를 지어 보였다. 오늘 밤 캠프파이어 주변에 슬픔이 자리할 곳은 없다.

6

나는 손전등을 비추며 지도를 연구했다. 헤스터가 지형지물을 더 추가해 주었다. 우리에게 길을 알려 줄 특이하게 생긴 바위와 언덕과 나무들. 헤스터는 상황만 괜찮으면 며칠만 더 가면 될 거라고 예상했다. 그러나 눈이 다가오고 있다는 그녀의 확신은 더욱 강해졌다.

헤스터는 내 발 때문에 우리가 빨리 못 갈 거라고 말했지만,

내가 느끼기에 아직까지는 꾸준히 좋아지고 있는 것 같다. 가끔은 아프다는 것조차 잊어버렸다.

라치는 우리에게 버터와 허브가 든 작은 상자를 주었고, 아침에 고기와 야채 꾸러미를 싸 주겠다고 약속했다. 하지만 조랑말들이 끄는 작은 마차를 들여다봤는데, 음식이 거의 남아 있지 않았다. 나만 아니었다면 이 사람들은 이미 두 주 전에 남쪽으로 갔을 거다. 이들은 자기들의 겨울 식량을 이미 충분히 우리에게 나누어 주었다.

나는 먼동이 트기 전에 베어를 깨웠다. 동생이 파묻혀 있는 따뜻한 털가죽 더미 속으로 전등을 비추자 베어가 잔뜩 인상을 찌푸렸다. "졸려, 쭈."

"우리 가야 해, 베어."

동생은 내 말뜻을 깨닫자 얼굴에서 핏기가 싹 가셨다. "싫어, 쭈! 싫어!"

"쉬잇, 사람들 다 깨겠어!"

베어는 주위를 둘러봤다. 어른들은 밤이 깊도록 와인을 마시고 노래를 불렀다. 그들은 모두 깊이 잠들어 있었다.

"하지만 왜? 이건 옳지 않아!" 베어가 투덜거렸다.

"왜냐하면 우린 여행 중이니까."

"퀴니가 우리도 같이 가도 된다고 했어! 겨울 동안 같이 있어도 된다고 했다고! 헤스터 아줌마가 누나한테 물어볼 거야!"

333 　　　　　　　　　　　　　　　　　　　　　　　　2부　야생

"아줌마가 벌써 물어봤어, 베어." 내가 단호하게 말했다.

"그럼 왜 도망치려고 하는 건데?"

"도망치는 게 아니야. 우리가 하던 여행을 계속하려는 거지. 우리는 에너데일로 갈 거야. 엄마 아빠한테로."

베어가 나를 가만히 바라보았다. 눈에 눈물이 맺혔지만, 동생은 자리에서 일어났다. "왜 작별 인사도 못 하는 건데?"

"미안, 베어. 누나가 작별 인사는 이미 충분히 했어."

우리 물건을 싸는 데는 그리 오래 걸리지 않았다. 나는 어젯밤에 그린 그림을 꺼냈다. 모든 사람이 다 담겼다. 헤스터 일행이 불 주위에 둘러앉아 노래를 부르고 있다. 나는 그들이 우리를 기억할 수 있게 나와 베어도 그려 넣었었다. 헤스터가 자는 곳 옆에 그림을 두고 아래에 두 단어를 썼다. 정말 고마웠어요.

텐트 중 한 곳에서 작은 몸뚱이가 살며시 밖으로 나왔다. "가는구나." 퀴니는 그건 잘못된 거라고 말하는 것 같았다.

"우린 가야 해. 우리 엄마 아빠를 찾으러." 베어가 대답했다.

"돌풍을 데려갈 거야?"

내가 고개를 흔들었다. "아니, 퀴니. 돌풍은 네 말이야."

퀴니가 말없이 고개를 끄덕였다. 그 애는 목걸이를 벗어서 베어의 목에 걸어 주었다. 구멍이 나 있는 하얀 조약돌을 분홍색 끈에 꿰어 놓은 목걸이다.

"이거 가져 가. 널 안전하게 지켜 줄 거야."

"퀴니, 네가 아끼는 돌이잖아." 내가 말렸다. 퀴니는 늘 그 돌을 가지고 놀았다. 구멍 속으로 작은 손가락을 찔러 넣기도 하고, 마치 그 돌이 신세계로 통하는 렌즈인 것처럼 한쪽 눈을 질끈 감고 구멍으로 바라보기도 했다. 퀴니는 그 돌을 저 먼 곳 남쪽 바닷가에서 발견했다.

"베어가 가는 길에는 이게 필요할 거야." 퀴니는 내 말에 이렇게 대답했다. "한 번은 내가 어떤 골짜기에서 목까지 빠진 적이 있었어. 늪지대였는데 완전 푹푹 빠지는 진흙 수렁이 있었어." 퀴니는 볼을 오므려 크게 빨아들이는 소리를 냈다.

베어가 몸서리를 쳤다. 퀴니가 베어를 보고 엄숙하게 고개를 끄덕였다. "꼭 누나 뒤에 바싹 붙어 가." 그 애는 나를 가리키며 말하고 베어에게 다가가 꼭 안아 주었다. 나는 퀴니의 어깨 너머로 나를 바라보는 동생과 눈이 마주쳤다. 퀴니는 베어가 처음으로 사귄 또래 친구였다.

12 에너데일

1

언덕은 산으로 바뀌고 공기도 더 차가워지고 사나워졌다. 심지어 나무들도 이리저리 뒤틀리고 구부러진 모습으로 바뀌었다. 때로는 마치 돌로 된 복도를 따라 걷는 듯한 착각이 들게 하는 길도 있었다.

"누나, 우리 제대로 가고 있는 거야?" 베어의 목소리가 떨렸다. 동생은 목에 걸고 있는 퀴니의 돌을 꽉 움켜쥐었고, 나도 무심결에 지피에스를 찾아 목을 더듬었다. 하지만 지피에스는 완전히 꺼진 채 내 배낭 속에 처박혀 있었다. 남은 건 엄마의 지도뿐인데, 헤스터가 표시를 더 해 주었는데도 지도에 나오는 건 보이지 않았다.

"응." 나는 내가 거짓말 선수로 돌아온 게 아닌가 걱정하며 이렇게 대답했다. 베어에게 진실을 감추고, 모든 걸 실제보다 더 밝게 색칠하기. 그러나 우리가 넘어야 하는 가장 높은 산은 아직 멀었다. 에너데일은 그 산 너머 어딘가에 있다.

퀴니가 경고한 수렁도 진짜로 존재했다. 골짜기 아래로 내려가면 수렁 때문에 위험해질 수 있어서 때때로 우리는 밑으로 내려가지 않고 산비탈을 기어서 통과하는 쪽을 택했다. 다친 왼발은 아직 힘이 없어서 계속 미끄러지고 삐끗거렸다. 내가 움찔할 때마다 베어의 불안한 시선이 나를 누르는 게 느껴졌다.

이 산에 남아 있는 사람은 아무도 없었다. 시커먼 바위와 푹푹 빠지는 수렁과 추위가 그 이유를 말해 주었다. 모든 것이 거칠었다. 이런 곳에서 살 만큼 정신 나간 사람은 없다.

베어의 눈에 생기가 사라졌다.

"헤스터 아줌마가 그러는데, 그 사람들도 봄에는 에너데일에 들른대. 그러면 다시 만날 수 있어, 베어." 나는 어떻게든 베어를 기운 나게 하려고 이렇게 말했다.

베어가 비난하듯 말없이 나를 바라봤다. 잠시 후 동생이 주저하면서 물었다. "에너데일에도 애들이 있을까, 쪼?"

"캠이 있다고 했어. 아이들이 노는 걸 봤대."

"그 애들이 날 안 좋아하면 어떡해?" 동생이 불쑥 내뱉는 말에 나는 깜짝 놀랐다.

"베어! 당연히 그 애들은 널 좋아할 거야! 당연히 그렇지!"

"학교에서는 아무도 안 그랬어. 단 한 명도, 단 한 번도."

나는 베어를 가만히 바라봤다. 어깨가 축 처져 있었다. 동생은 목에 걸고 있는 퀴니의 돌을 만지작거렸다.

나는 한숨을 쉬었다. "그 애들은 널 제대로 이해하지 못해서 그래. 사실 그 애들 처지도 나을 게 없었어." 나는 도시에 있는 사람들을 생각했다. 어떻게 그들은 놀람 상자 속 어둠에 갇혀 있게 되었을까? 거기 그렇게 갇혀 있는데 그들에게 무슨 기회가 있었겠는가.

"에너데일에서는 다를 거야, 베어. 약속할 수 있어."

"왜 달라?"

"왜냐하면 거기 사람들은 그게 뭔지 아니까. 야생이 된다는 것." 나는 잠시 말을 멈췄다. "그리고 너도 다르니까."

베어가 무슨 말인지 모르겠다는 듯 눈썹을 치켜올렸다.

"너는 이제 자유로워."

동생은 어깨를 으쓱했지만, 뭔가 내면에 불이 켜진 것 같았다. 금세 앞장서서 뛰어가는 걸 보니.

동생은 잣송이를 찾아냈다. 퀴니가 씨를 어떻게 까는지 베어한테 가르쳐 주었다. 동생은 가는 길에 조금씩 먹으라고 내게도 나누어 줬다. "고스트는 언제 돌아올까?"

나는 돌아서서 낯익은 모습을 찾아 산허리를 둘러봤다. "나도 몰라, 베어."

"우리에게 음식을 가져다줄 때가 되면?"

"베어!" 내가 눈을 부라렸다. "넌 먹을 것 생각뿐이지?"

공기총은 내 어깨에 걸쳐져 있고 우리는 토끼를 찾고 있지만, 내내 고요하고 척박한 풍경만 펼쳐졌다. 결국 우리가 찾아낸 건 라치가 안전하다고 가르쳐 준 버섯뿐이었다. 그건 가지버섯이었다. 가지버섯은 한 장소에서 둥글게 바퀴 모양으로 줄지어 난다. 우리는 저녁거리로 버터와 허브를 넣고 그 버섯을 볶았다.

베어가 모닥불 아래로 바람을 불어 넣어 불꽃이 확 일어나자 자랑스러운 미소를 지었다. "난 용이다! 쭈 누나, 내가 내뿜는 불길을 봐." 나는 웃음을 터뜨렸다. 베어가 나를 용서해 주었다는 생각에 불의 열기가 내 안에서도 느껴지는 것 같았다.

침낭 안에 뜨거운 돌을 넣어 두고도, 우린 오랫동안 불 옆에 그대로 앉아 있었다. 이젠 우리도 늦은 밤에 익숙해졌다.

베어는 자기 동물 장난감을 갖고 놀고 나는 그림을 그렸다. 헤스터와 캠, 라치, 퀴니. 얼마 뒤 베어가 오더니 내게로 바싹 파고들었다. "쭈, 고스트는? 아직 고스트는 안 그렸잖아."

"그렸어. 동굴에 있었을 때."

"봐도 돼?"

나는 스케치북을 앞으로 넘겼다. 열이 겨우 가셨을 때, 겨우 일어나 앉기 시작했을 때 고스트를 그려야겠다는 충동이 아주 강하게 일어났다. 내가 아팠을 때 고스트가 내내 곁에 있어 주었고 나는 그때 고스트의 얼굴을 마음속 깊이 새겼다.

2

밤사이에 눈이 내렸다. 헤스터의 예상이 맞았다. 흰색이 모든 것을 덮었다. 방수포 아래의 베어와 나도. 침낭 속 돌은 얼음처럼 차가웠다. 어느 순간, 베어가 내 침낭 속으로 기어들었다. 도시에 있을 때 늘 그랬던 것처럼. 다만 지금은 나쁜 꿈 때문이 아니라 살기 위해서다. 차가운 매서운 싸늘한 쌀쌀한 얼음장 같은, 추위를 나타내는 모든 단어들. 하지만 그 어떤 것도 한마디로 감각이 없어지는 이 느낌을 설명해 주지 못한다.

나는 간신히 침낭에서 나와 손가락을 움직이려고 따뜻한 입김을 불었다. 내 마음은 헤스터가 우리한테 억지로 안겨 준 작은 가스난로에 가 있었다. 그들이 비상 상황에 대비해 가지고 있는 몇 안 되는 귀중한 물건이었다. 나는 겨우 난로를 바위 위에 올려놓고 불을 켰다. 눈밭 한가운데에서 타고 있는 기적 같은 불꽃.

"베어, 베어!" 나는 동생을 깨우려고 쿡쿡 찔렀다.

"너무 추워, 쭈." 졸린 듯 동생이 중얼거렸다.

"눈 떠 봐, 베어! 봐! '눈의 여왕'이 왔었어. 밤에."

베어는 겨우 실눈을 뜨고 온통 우리를 둘러싸고 있는 하얀 세상, 모든 게 푸르스름한 그림자를 드리우고 있는 풍경을 가만히 바라보았다. 동생은 몇 번 눈을 끔벅이더니 눈을 비볐다. 그러고는 난로 위로 손을 뻗었다.

"헤스터 아줌마가 또 우리를 구했어." 내가 말했다.

"아줌마는 언제든 우리를 구해 줬을 거야." 베어가 화난 듯한 목소리로 대꾸했다.

물병이 꽁꽁 얼어 있어서 나는 대신 눈을 녹여 어제 남은 버섯을 조금 볶았다. 속부터 녹이려고.

그때, 늑대를 보았다.

여덟 마리로 이루어진 늑대 한 무리가 산비탈을 가로질러 달리고 있었다. 바로 건너편 산 중턱이었다. 베어와 나는 곧장 바위와 눈 속으로 몸을 낮췄다.

캠의 충고가 머릿속을 지나갔다. 냄비를 두들겨서 크고 시끄러운 소리를 내고, 크고 강해 보이도록 할 것. 우린 아무것도 하지 않았다. 그냥 지켜만 봤다. 마치 슈가 파우더 같은 눈 속을 한 마리, 또 한 마리가 차례로 이동하는 모습을.

우리가 읽었던 온갖 이야기들 속에 나오는 늑대들, 할머니 옷으로 갈아입은 숲속의 시커먼 그림자, 아기 돼지 삼 형제의 집들을 훅 불어 날리고, 나니아 연대기 속 한겨울에 눈밭을 가로질러 아이들을 쫓아가는 늑대들의 모습은 이처럼 아름다운 생명체에게서는 찾아볼 수 없었다. 늑대들은 그냥 회색이 아니었다. 갈색, 노란색, 붉은색, 흰색이 얼룩덜룩하게 섞여 있었다.

오직 워렌에서 만났던 메이만은, 야생 늑대를 한 번도 본 적이 없었지만, 알고 있었다.

무리 중 한 마리가 우리가 있는 방향을 바라보았던 끔찍한 순간이 있었다. 어린 축에 드는 늑대여서 무리가 멈추지 않았을 거다. 어린 늑대는 자신의 노란 눈이 보는 것을 알아보고 곧이곧대로 믿을 만한 경험이 없었을 것이다. 아니면 베어와 내가 여기 가만히 있어서 흥미를 끌지 못한 건지도 모르겠다. 우리는 이제 야생의 일부다. 야생과 뚜렷이 구별되지 않는.

늑대들이 사라진 뒤에도 우린 말이 없었다. 헤스터가 준 작은 난로 곁에 앉아 불꽃과 주변의 겨울 풍경을 조용히 바라봤다. 우리 둘 다 길을 떠나자는 말을 꺼낼 만한 에너지가 없었다.

베어는 우리가 어젯밤 그 아래에 쉴 곳을 마련한, 이상하게 뒤틀린 나무를 쳐다보고 있었다. 동생이 가지 하나를 흔들자 눈이 내 얼굴로 떨어졌다.

"조심해, 베어!" 나는 입에 들어온 눈을 뱉었다.

"길잡이야!" 하고 동생이 외쳤다.

베어가 흰색 천으로 묶어 놓은 잔가지를 가리켰다. "퀴니가 그렇게 불렀어. 퀴니가 나한테 어떻게 만드는지 보여 줬어."

"숲 사람들의 표시." 내가 중얼거렸다.

"쭈 누나, 나 이게 무슨 뜻인지 알아!" 베어의 목소리가 흥분으로 떨렸다. "흰색 천. 이건 안전한 장소를 뜻해. 에너데일! 에너데일이 틀림없어! 쭈, 우리가 가까이 왔다는 뜻일 거야."

3

에너데일로 걸어 들어가는 상상을 내가 그동안 얼마나 많이 했는지 셀 수조차 없었다. 행복한 꿈일 때도 있었지만, 악몽으로 끝나기도 했다. 어떤 때는 목조 가옥들이 들어서 있는 북적거리는 마을이었다. 굴뚝에서 연기가 피어오르고 수많은 사람이 우리를 환영하려고 밀려온다. 어떤 때는 적대적인 사람들이 등장한다. 마을은 벽으로 둘러쳐져 있고 사람들이 불화살을 쏜다. 우리는 원래 이곳 출신이라고 설명하고 싶어도 가까이 가지 못한다. 또 가끔은 마을이 완전히 불타 버려서 아무것도, 마을이 있었던 흔적조차 남아 있지 않을 때도 있었다.

늑대들을 본 이틀 후 우리는 라이자강에 도착했다. 이른 아침에 강을 발견한 뒤 그날은 거의 하루 종일 개암나무, 사시나무, 자작나무, 참나무를 따라 걸었다. 잣나무도 있었다. 베어는 여전히 그 버릇을 못 버리고 잣송이를 주워서 이미 가득 찬 호주머니에 찔러 넣곤 했다.

다른 나무도 있었다. 바늘잎이 무성하게 퍼져 있고 푸른색 열매가 단단하게 붙어 있는 나무는 눈에 덮여 있었다. 베어가 그 나무를 가리켰다.

"무슨 나문데?"

"당연히 알고 있어야지, 쭈!"

"주니퍼나무?"

베어가 고개를 끄덕였고, 나는 손을 뻗었다. 바늘잎이 까끌까끌했고 톡 쏘는 자극적인 향이 났다. 바로 이 나무 이름을 따서 엄마가 내 이름을 지었다. 정말로 사방에 이 나무가 있었다.

이 골짜기가 다른 곳과 달라 보이는 이유가 있었다. 사소한 것들이지만, 어딘지 모르게 사람이 살고 있는 곳으로 들어가는 듯한 생각이 들게 만들었다. 희미한 오솔길과 나무 한두 그루가 잘려 나간 곳도 있었다. 폭풍 때문에 부러진 게 아니었다. 그러다 캠이 말한 소들을 봤다. 텁수룩한 털이 자란 크고 검은 소들. 야생에서 살아남을 수 있게 변한 소.

캠은 자기들 상품과 이 소에서 얻은 고기를 교환한다고 말했다. 제왕을 위한 음식이라고 했지.

"겁나?" 베어가 물었다.

"조금. 너는?"

동생은 고개를 끄덕이고는 슬그머니 내 손을 잡았다.

멀리서 반짝이는 호수가 보이는가 싶더니 집들이 눈에 들어

오기 시작했다. 골짜기 비탈의 회색 암벽에 위장을 한 듯 회색 슬레이트 지붕이 덮인 작은 오두막들이 나무 아래 점점이 흩어져 있었다. 오두막 굴뚝에서 가는 연기가 하늘로 피어올랐다.

강가에 한 여자가 있었다. 여자는 막대기로 얼음을 깨서 양동이에 담고 있었다. 여자는 휘파람을 불고 있었다. 황량한 산만 보다가 처음으로 보는 낯선 장면이었다. 휘파람을 불며 얼음을 깨는 여자. 그녀는 헐렁하게 휘감기는 치마를 입고 녹색 뜨개 모자를 쓰고 있었는데 모자 밖으로 불꽃 같은 붉은 머리가 흘러내렸다. 여자는 우리를 보지 못했다. 무슨 이유에서인지 베어와 나는 입을 뗄 수가 없어서 잠자코 서 있었다.

내가 작은 소리를 냈나 보다. 아니면 우리가 보고 있는 걸 그 여자가 느꼈거나. 여자가 몸을 돌려 우리를 쳐다봤다. 그러자 그녀 몸의 윤곽이 완전히 드러나 보였다. 배가 둥그랬다.

여자는 양동이를 내려놓고 우리 쪽으로 걸어왔다. 처음엔 천천히 걷다가 점점 빨라져서 배 속에 아기가 있음에도 빠르게 뛰어왔다. "베어? 주니퍼? 맞지, 그렇지? 너희들이구나!"

베어가 앞으로 한두 걸음 달려 나가다가 확신이 안 드는 듯 멈췄다. "엄마?"

주근깨가 있는 여자의 얼굴 위로 그림자가 스쳐 지나갔다.

"아니야, 베어. 난 너희 엄마가 아니야. 난 윌로우란다."

우리가 말할 차례였지만 말을 할 수가 없었다.

345

"여기에 오다니! 너희가 해냈구나." 윌로우는 놀라워하며 미소를 지었지만 눈에는 눈물이 고였다.

"저희 엄마 여기 계세요?" 내가 물었다. 겨우 몇 초가 흘렀을 뿐이지만 그 순간이 모든 걸 이야기해 주었다. 내가 여태껏들어 본 적 없는 가장 참담한 침묵이었다.

나는 바로 그때 깨달았다. 여자는 아무 말도 할 필요가 없었다. 하지만 베어는, 영리하고 통찰력 있는 내 동생은 바로 옆에서 눈을 반짝이며 정답을 기다리고 있었다.

"돌아가셨나요?" 그렇게 말하면 안 되었다. 베어 앞에서. 하지만 끝을 내 버리고 싶은 일들이 있는 법이다. 모두가 다 알고있는 얘기라면 나도 그만 희망을 놓을 수 있게. 나는 그 기다림의 순간을 견딜 수가 없었다. 끝까지 남아 있는 아주 작은 희망이 주는 고통을 견딜 수가 없었다.

"돌아가셨어, 주니퍼." 여자가 짧게 말했고 나는 고개를 끄덕였다. 이제 우리 둘 다 알게 되었으니, 다행이다.

4

베어가 흐느껴 울며 내게로 쓰러졌다. 나는 동생, 그 애의 몸무게를 그대로 받아 안으며 쪼그려 앉았다. 내 시선은 여전히 그 여자, 윌로우에게 고정되어 있었다. "언제요?"

"6년 전. 베어가 너한테 가기 바로 전이었어. 우리는 언젠가는 너희 둘이 돌아와 주기를 바랐어. 집으로 오기를."

이제 집이라는 느낌은 안 들었지만 그래도 고개를 끄덕였다.

"너희 아빠, 게일은…" 윌로우가 이야기를 시작했다.

"여기 계세요?" 내가 물었다.

"지금은 아니지만, 곧 돌아오실 거야." 나는 그 말이 채 끝나기도 전에 흐느끼는 베어에게로 몸을 돌렸다.

윌로우 뒤로 다른 사람들이 나타났다. 여자와 남자, 아이들, 군중 속으로 우리 이름이 퍼져 나가는 게 들렸다. 그리고 엄마 이름도. 속삭이는 듯한 합창 소리. 견디기 힘들었다. 베어는 내 곁에서 엉엉 울고, 모두가 불쌍한 눈으로 우리를 지켜보았다.

문득 머릿속에 떠오르는 건 헤스터와 캠, 퀴니였다. 엄마를 만나려고 그들을 떠난 건데, 엄마는 오래전에 돌아가셨다. 그리고 아무도 그 소식을 전해 주지 않았다. 어떻게 아무도 우리에게 알릴 생각을 하지 않았을까. 만약 알았다면 헤스터와 함께 있었을 거다. 만약 알았다면 여기에 오지 않았을 거다. 내가 무슨 짓을 한 걸까? 거짓 약속을 걸고 이 먼 길을 베어를 끌고 오다니. 안 그랬으면 베어는 숲 사람들과 지낼 수 있었을 텐데.

우리가 가장 바랐던 건 늘 엄마였다. 엄마가 우리를 데리러 올 거야. 엄마도 우리처럼 도시에서 자랐으니까 우리에 대한 건 뭐든지 다 알고 이해해 줄 거야.

몇몇 아이들이 가까이 몰려들자 베어의 호흡이 가빠지는 게 느껴졌다. 온몸을 쥐어짜는 훌쩍거림. 모두에게 가라고 소리치고 싶었다. 우리의 모든 여정이 거짓말이고 사기였다고 소리치고 싶었다. 여행의 끝에 엄마가 없으니까. 엄마는 영원히 가 버렸고, 엄마를 찾을 수 있는 곳도 이젠 없다.

윌로우가 사람들을 물러나게 하고, 나는 여느 때처럼 베어를 안아 올려 등에 업었다. 동생이 다리로 내 허리를 꽉 죄었다. 한 남자가 내 옆으로 와 팔을 내밀었다. "내가 안을게." 베어가 내게로 더 바싹 기댔고 나는 남자를 그대로 지나쳤다.

윌로우가 우리를 마을 가장자리, 오두막이 두어 채 있는 곳으로 데려갔다. 낡은 오두막들은 비어 있었다. 그녀는 그중 가장 멀쩡해 보이는 오두막으로 베어와 나를 데려갔다. 윌로우는 나중에 와서 잠자리를 봐 주겠다고 했는데, 자리를 피해 주어야겠다고 생각한 것 같았다.

오두막에는 단순한 모양의 침대 두 개와 구석에 어린이용 작은 의자가 하나 있었고, 빈 책장 두어 개만 있을 뿐 다른 건 아무것도 없었다. 바닥엔 이끼가 끼어 있고 구석엔 거미줄이 있었지만 그런 건 야생에서 지내는 동안 우리도 익숙해졌다.

나는 작은 의자에 앉아서 베어를 무릎에 앉혔다. 동생은 울고 또 울었다. 나도 울어야 할 것 같은데 그럴 수가 없었다. 너무 실감이 나지 않아서 마치 얼어붙은 듯 아무것도 느껴지지 않았다.

나는 베어의 헝클어진 머리카락과 추위에 트고 눈물로 얼룩진 진흙투성이 뺨을 쓰다듬었다. 동생은 이제 내가 돌봐 줘야 하는, 전적으로 내 책임이 된 거다. 늘 그랬던 대로다.

애니 로즈라면 뭐라고 할지, 할머니가 베어를 달랠 때 하던 말을 생각해 내려고 했지만 아무 말도 떠오르지 않았다. 그 대신 그림이 생각났다. 베어가 처음 우리에게 왔을 때 달래 주려고 별과 꽃 그림을 그려 주었던 일이 떠올랐다.

한참을 그러고 있다가 억지로 베어를 떼어 내고 일어섰다. 베어 가방에서 물건들을 꺼냈다. 동생의 정글 동물 장난감과 오는 길에 베어가 주운 온갖 것들. 마로니에 열매와 도토리, 잣송이, 우리가 본 온갖 종류의 씨앗들. 나는 그것들을 한쪽 침대 옆에 있는 책장에 늘어놓기 시작했다.

베어가 잠시 지켜보다가 물었다. "뭐 하는 거야, 쭈?"

"내 생각엔 이젠 이게 우리 집인 것 같아. 어쨌든 우리가 그러기로 하면 당분간은. 그러니까 멋있게 꾸며야지."

"그럼 우리 이제 그만 가도 돼?"

"응, 이곳에 도착했으니까. 우리 둘이."

베어는 고개를 끄덕이고 내 말을 되풀이했다. "우리 둘이." 눈에는 여전히 눈물이 그렁그렁했지만 동생은 일어나 내 손에서 자기 동물들을 가져갔다. "이리 줘, 쭈. 나도 할 수 있어."

나는 베어가 조그마한 손으로 동물들을 책장에 정리하는 것을 지켜봤다. 깔끔하게 줄을 맞춘 좌우 대칭 대형이었다.

"우리 곰은 본 적 없지?" 베어가 곰을 놓을 자리를 찾으면서 말했다. 나는 어깨를 으쓱했다. "어쩌면 그냥 도시 전설에만 나오는 건지도 모르지."

베어가 고개를 흔들었다. "아니야, 쭈. 곰들은 좀 더 북쪽에 있을 거야. 아니면 겨울잠을 자고 있든가. 언젠가 볼 거야."

나는 미소를 지었다. 나는 침대에 에밀리를 내려놓고 스케치북과 미술 연필을 꺼냈다. 그러고 나서 지금 이 순간에 이런 일을 최우선으로 하는 게 말도 안 되는 일이었지만, 오두막 천장 바로 아래 있는 고리에 줄을 걸고 침낭을 널어 말렸다.

문 두드리는 소리가 났다. 윌로우였다. 그녀는 김이 모락모락 나는 그릇 두 개를 가져왔다.

"들어가도 돼? 수프를 갖고 왔어. 마을에서 너희를 위한 잔치를 준비하는 중인데, 시간이 걸릴 거야. 내 생각에 너희 둘다 지금 배가 고플 것 같아서."

"고마워요." 너무 성급하게 이 오두막을 우리 집으로 만드는 일을 시작한 것 같아 민망해하며 나는 옆으로 비켜섰다. "저희 아빠는 어디 사세요?" 내가 머뭇거리며 물었다.

윌로우의 얼굴이 빨개졌다. "저쪽으로 몇 집 건너." 그러고는 잠시 말을 멈췄다. "아빠는 나랑 지내고 있어. 나와 함께."

나는 그녀를 쳐다보고 한참 만에 그게 무슨 뜻인지 알아차렸다. 두 사람은 그저 한 오두막에서 같이 사는 게 아니었다.

"그럼 아기 아빠는요?" 베어가 어리둥절해하며 물었다.

윌로우는 얼굴이 더 새빨개져서 나를 힐끗 건너다봤다.

"베어, 우리 아빠가 아기 아빠야. 지금 윌로우 아줌마랑 살고 있는 거야." 하고 내가 말했다.

"그럼 엄마는?" 베어가 분해하며 떨리는 소리로 물었다.

윌로우가 난처해하는 것 같아 미안한 마음이 들었다. "6년이나 됐잖아, 베어. 엄마는 오래전에 돌아가셨어. 그렇다고 아빠가 엄마를 조금이라도 덜 사랑했다는 뜻은 아니야."

윌로우가 고맙다는 듯 나를 바라보더니 우리가 물건을 풀어놓은 책장으로 몸을 돌렸다. "이건 아닌 것 같아." 그녀가 불쑥 내뱉었다. "너희는 게일이랑 내가 사는 오두막으로 와야 해. 비좁긴 하겠지만 봄이 되고 아기가 태어나면, 우리 집 바로 옆에 오두막을 지으면 돼. 그러면 우리 모두에게 충분한 방이 생길 거야. 너희들끼리만 따로 사는 건 안 돼."

그 생각은 내게 폐소 공포증을 불러일으켰다. 다른 가족 속으로 들어가고 싶지 않았다. 그러려고 온 것은 아니니까.

"우리는 마을 끝에 사는 데 익숙해요." 내가 말했다. 베어가 나를 바라봤다. 둘 다 완충 지대 바로 옆에 있는 팜하우스를 떠올렸다.

윌로우가 고개를 저었다. "아무래도 잘못된 일인 것 같아. 너희를 마을 끝에 살게 하는 건."

"저흰 괜찮아요. 다른 사람들에게 방해되고 싶지 않아요."

윌로우는 슬픈 얼굴이었다. "그런 말 하지 마, 주니퍼. 여긴 네 고향이야. 너희 엄마 고향이었던 것처럼. 이곳 이름을 따서 네 이름을 지은 건 알고 있지?"

"주니퍼나무 말이죠? 엄마가 진 같은 술을 좋아했나요?"

윌로우가 억지로 웃음을 참는 듯하더니 "가끔은." 하고 킥킥댔다. "사실 주니퍼가 바로 에너데일이야. 옛날 바이킹 말로." 그녀의 눈이 반짝였다. "에너데일은 주니퍼 골짜기라는 뜻이야. 메리언은 이 골짜기의 이름을 따서 네 이름을 지었어. 그러니까 에너데일은 네 고향이고 네가 있어야 할 곳이지. 너희 둘 다 여기가 집이야."

그녀는 내 스케치북을 집어 들더니 넘겨 보기 시작했다. 여행길 내내 우리가 그린 모든 것. 베어가 그린 밤하늘과 내가 그린 기차 그림, 온갖 나뭇잎과 곤충들. 사람들도 있었다. 우리가 두고 온 사람들, 애니 로즈, 에티엔, 엔도 선생님. 그리고 여행길에서 만난 사람들, 헤스터, 캠, 퀴니, 라치와 다니, 만프리까지. 급기야 만프리와 헤어진 것조차 슬프게 느껴졌다.

고스트 그림도 나왔다. 밝고 어두운 소용돌이 무늬와 주둥이에는 수염이 난 점들도 있었다.

윌로우는 호기심 어린 눈으로 나를 바라봤다. "주니퍼, 이 그림들 정말 좋구나."

베어는 윌로우가 그림을 보는 걸 참을 수 없다는 듯, 그녀의 손에서 스케치북을 낚아챘다. 윌로우는 순간 움찔했지만 "아빠한테 궁금한 것 없니?" 하고 부드럽게 물었다.

나는 내 속마음을 어떻게 표현해야 할지 몰라 그냥 있었다.

"게일이 너희 남매를 정말 자랑스러워할 거야."

"글쎄요." 나는 잔뜩 긴장한 표정으로 대답했다.

"아빠도 똑같은 여행을 했잖아." 윌로우가 말했다. "어떤 기분인지 잘 아실 거야."

나는 무슨 말인지 몰라 그녀를 쳐다봤다. "아빠는 이곳 출신이잖아요. 아빠한테는 쉬운 일이었을 거예요."

윌로우는 천천히 고개를 저었다. "아빠는 도시 출신이야, 주니퍼. 엄마랑 함께 여기로 왔어."

"아니에요! 엄마는 다른 사람하고 도시를 떠났어요. 같은 학교 남학생이랑. 이름이…."

"세바스찬." 윌로우가 마무리했다. "그런데 그 사람은 그 이름을 정말 싫어했어. 좀 더 의미 있는 이름을 원했지. 그래서 이름을 게일로 바꿨어. 그 이름의 의미는…."

"야생." 내가 중얼거렸다. 나는 그 이름을 집에 있던 『아기 이름 짓기』 책에서 보았다. 메리언 항목과 똑같이 나무 덩굴과 하트로 장식되어 있었다. 그 이유가 늘 궁금했었는데. 아빠가 새 이름을 골랐던 거다. 그 책을 보고 선택한 게 틀림없었다. 아마도 엄마가 도와주었겠지.

"우리 엄마가 아빠랑 여기로 함께 왔다고요?" 나는 이렇게 물었다. "우린 전혀 몰랐어요."

월로우가 고개를 끄덕였다. "게일은 자기 가족을 증오했어. 죽어라고 싫어했지. 그는 도시를 떠나면서 절대로 돌아가지 않겠다고 결심했어. 절대로 그 어떤 연락도 하지 않겠다고."

"아빠의 부모님은 포르샤 스틸의 부하였거든요." 내가 말했다. 그래서 엄마랑 아빠가 도망쳤을 때 엄마가 모든 비난을 뒤집어썼다. 간부의 아들이 도망친 건 엄청나게 큰일이었기 때문에 애벗 교장은 우리 가족을 결코 용서하지 않았다. 교장은 그 귀한 세바스찬이 여자애의 꾐에 빠져 학교를 도망친 일 때문에 포르샤 스틸에게 된통 당해야 했다. 그래서 애벗 교장은 처음부터 나와 베어에게 앙심을 품었던 것이다.

"게일은 자신의 부모가 도시에 손주들이 있다는 것을 알아내고, 너희들을 내놓으라고 할까 봐 무척 걱정했어." 월로우의 목소리가 차츰 잦아들었다. 그녀는 베어가 슬그머니 내게로 와서 내 손을 잡는 것을 바라봤다. "베어, 아빠를 만나고 싶지? 난 그 사람이 너희를 보면 얼마나 흥분할지 알아."

"우리 아빠는 왜 우리를 데리러 안 왔어요?" 베어가 물었다.

"너희가 거기, 할머니랑 있는 게 더 안전하다고 생각했어."

"어쨌든 우리를 찾아왔어야 했어요." 베어가 말했다. 윌로우는 도와달라는 듯 나를 쳐다보았지만 나는 아무 말도 안 했다.

"곧 아빠를 만나게 될 거야. 약속할 수 있어. 그 사람한테 소식을 전할 길은 없지만, 낮이 가장 짧은 동지 전까지 집으로 돌아올 계획이거든. 이제 며칠 안 남았어. 너희 아빠는 약속은 꼭 지키는 사람이야." 윌로우가 밝은 목소리로 말했다.

윌로우가 나간 뒤, 나는 스케치북에서 초상화 그림들을 뜯어내 책장 한 칸에 나란히 늘어놓았다.

"퀴니 그림 내가 가져도 돼?" 베어가 물었다.

"그럼." 하고 말하며 그림을 건네줬다. "퀴니는 네 거야."

윌로우의 수프가 우리 옆에서 식어 갔지만 보고 싶지 않았다. 지치고 허무한 기분이 들어 다시 작은 의자에 앉았다. 그러자 베어가 또다시 내 무릎 위로 올라왔다. "쭈 누나, 괜찮아?"

"뭐가?" 내가 어리둥절해하며 물었다.

"엄마 얘기. 누난 나보다 엄마가 더 필요하잖아."

"그게 무슨 말이야? 난 열다섯 살이야. 다 컸다고. 엄마가 필요한 건 너를 위해서야."

"나한테는 이미 누나가 있잖아, 쭈."

동생이 팔로 내 허리를 감싸 안고 머리를 내 가슴에 기댔다. 그러자 바로 내 심장에 베어가 와 닿았다.

"넌 아주 특별해, 베어, 그거 알아? 너와 같은 사람은 아무도 없어. 오직 너뿐이야."

"이 넓은 세상에 아무도 없다고?"

"야생 세계에도 없어."

우리의 세계는 야생이다. 우리는 다시 도시로 돌아갈 수 없을 거다. 지금쯤 거기서 우리는 야만인이 되어 있겠지.

5

마을 사람들은 불을 피우고 우리를 위한 잔치를 준비했다. 베어와 나는 캠이 그토록 극찬했던 소고기와 호수에서 잡은 커다란 분홍색 생선을 맛보았다. 감자, 케일, 양배추 같은 채소 수프도 있었다. 우리가 만들었던 글루프와 비슷하지만 그보다 더 걸쭉하고 맛이 훨씬 좋았다. 마을 사람들은 모닥불 둘레로 둥그렇게 나무 의자에 앉아 있었고 아이들은 바깥쪽에 모여 있었다. 베어는 처음에는 수줍어하고 머뭇거렸지만 마을 아이들은 포기하지 않았다. 아이들은 베어를 지나쳐 달리며 웃었고, 같이 놀자고 동생을 원 밖으로 꾀어냈다. 오래지 않아 베어도 일어나 아이들과 어울려 달아났다.

윌로우가 사람들에게 나를 소개했고, 나한테도 사람들이 누구인지, 그 사람들의 간단한 이야기를 들려주었다. 누가 여기로 왔고, 누가 여기에서 태어났으며, 누가 돌아왔는지.

새로 알게 된 이름과 얼굴을 모두 다 기억하는 건 쉽지 않은 일이지만, 그럴 시간은 충분할 것 같았다. 확실한 건 우리가 겨울에 그 산을 넘는 일은 다시는 없을 거라는 사실이다.

"여기 리와일더들도 있어요?" 내가 모닥불 주위의 나이 많은 사람들을 둘러보며 물었다.

월로우가 고개를 끄덕였다. "이제 몇 사람 안 남았어. 최근에 또 몇 분이 돌아가셨거든."

"그래도 최소한 그분들은 이걸 누리셨네요." 내가 말했다.

월로우가 어리둥절한 눈으로 나를 바라봤다.

"이 모든 것을요." 내가 다시 말했다. "자연의 회복력은 위대해요." 나는 여전히 도시에 갇혀 있는 실반을 생각했다.

"네 말이 맞아." 월로우가 잠시 말을 멈췄다. "하지만 자연은 지켜야 하는 큰 유산이야. 책임을 져야 하는 큰일이지. 리와일더들에겐 또 그들 나름의 아픔이 있었어, 그들 모두." 그녀의 목소리가 심각해져서 나는 그녀를 올려다봤다.

"아줌마는 어땠어요?" 나는 월로우가 자신에 대해서는 아무 말도 해 주지 않았다는 것을 깨닫고 이렇게 물었다. 나는 우리가 왜 떠났는지, 훈련원에 대해, 메이와 엔도 선생님에 대해, 또 포르샤 스틸의 깨끗한 도시가 실은 지금 얼마나 형편없는지 등에 대해 거의 모든 것을 말해 주었다. 누군가에게는 말을 해야 할 것 같았다. 여기 있는 사람들 중 누군가는 그 모든 것을 알아야만 한다는 말을 하고 싶었다.

윌로우가 미안해하며 미소를 지었다. "우리 엄마가 그런 사람이었어. 리와일더. 난 여기서 태어났고."

"에너데일에서요?"

"에너데일에서. 난 평생을 이 골짜기에서 지냈어, 주니퍼."

윌로우는 우리 아빠 이야기를, 비록 아빠 편에서 하는 설명이었지만, 들려주었다. 그때 사정이 어땠는지, 왜 그렇게 여행을 많이 다니는지에 대해. 시간이 흐르면서 진드기 병에도 변화가 생겼다. 윌로우는 아마도 머지 않아 더 많은 사람을 여기로 데리고 나올 수 있는 방법이 생길 거라고 말했다. 그게 우리 아빠가 하는 일이라고. 아빠는 백신 개발을 도우려고 북부 지역에 있는 어떤 도시의 과학자들과 함께 일하고 있다고 했다.

"수혈을 해서요?" 내가 날카롭게 물었다.

윌로우는 겁에 질린 표정이었다. "아니야, 주니퍼. 이곳 사람들은 아무도 그런 일에 관여하지 않아. 여긴 너희에게 안전해."

잠시 뒤 윌로우가 보이지 않자, 나는 계속 하품을 하던 윌로우가 자러 갔나 보다 생각했다. 하지만 윌로우는 종이 한 뭉치를 갖고 돌아왔다. "이것들을 보고 싶어 할 것 같아서."

나는 종이를 넘겨 보다가 금세 정신을 빼앗겼다. 스케치들이다. 갓난아기인 듯한 아기가 깊이 잠든 모습, 그러다가 일어나

앉고, 웃고, 기고, 걷는 모습을 그렸다. 여자아이인데 심한 곱슬머리가 자라면서 점점 풀렸다.

"누구…?" 내가 물었다.

"자기 자신도 못 알아보는 거야?"

"아니, 제 말은 그림 그린 사람이?"

윌로우가 웃었다. "내가 힌트를 줄게. 게일은 이렇게 그림을 못 그려. 그러니까 네 재능은 다른 사람한테서 물려받은 거지."

나는 얼굴이 붉어졌다. "너희 엄마 물감이랑 붓, 내가 아직 다 가지고 있어. 우리 오두막에 있는데, 내일 전부 갖다줄게."

나는 고마운 마음에 미소를 지어 보였다. "제가 행복해 보이네요." 그림 속 여자아이의 얼굴을 들여다보며 내가 말했다.

"넌 항상 행복했어, 주니퍼." 윌로우의 목소리가 갈라져서 나는 그녀를 힐끗 쳐다봤다.

"그때부터 절 아셨군요. 그래서 우리를 알아보신 거죠?"

윌로우가 고개를 끄덕였다. "바로 알아보았지. 너랑 베어. 우리는 포기하지 않았어. 언젠가는 집에 올 거라고 생각했어."

그림들 중에 어두운 곱슬머리를 가진 남자가 있었는데, 그 사람이 누군지 바로 알아봤다. 어디서든 알아보았을 것 같았다. 마치 어른이 된 베어를 보는 것 같았으니까.

"아빠." 내가 그 얼굴을 만지자 윌로우가 나를 보고 웃었다.

"엄마가 베어도 그렸어요?" 내가 물었다.

윌로우가 고개를 끄덕였다. "응, 하지만 두어 번뿐이었어. 그 땐 메리언이 변해 있었거든. 도시에 다녀온 뒤로 변했지. 널 데려다주고 온 다음부터. 네 엄마는 죽을 때까지 그 일을 후회했어. 모두가 그게 최선이라고, 주니퍼 너의 안전을 위한 일이라고 했어. 어린아이들이 너무 많이 죽었거든. 정말 견디기 힘든 시간이었어." 윌로우는 부르르 몸을 떨면서 내 손을 꼭 잡았다.

"우리 엄마는 어떻게 돌아가셨어요?"

"엄마는 그냥 너무 약했어. 메리언한테는 모든 게 벅찼지. 게다가 임신이, 여기에서는…." 윌로우는 잠시 말을 멈추고 자기 배에 손을 올렸다.

"아빠는 왜 베어를 도시로 보냈어요?" 이 마지막 질문을 하지 않고는 윌로우가 자러 가도록 놔 줄 수가 없었다.

"널 위해서였어, 주니퍼. 네가 베어랑 함께 있는 게 메리언의 마지막 소원이었거든. 게일은 또 한 번 가슴이 찢어지는 아픔을 겪었지만, 메리언과의 약속을 지킬 수밖에 없었어."

6

에너데일 아이들은 어둠 속에서 한 차원 높은 숨바꼭질 놀이를 했다. 베어는 한쪽에 떨어져서 지켜봤다.

"우리 곰돌이, 잘하고 있어?" 내가 다가가며 묻자, 베어는 인상을 찌푸렸다.

"애들 이름을 다 기억할 수가 없어. 너무 많아."

"애들은 어떤 것 같아?"

"퀴니만큼 영리하지는 않지만 괜찮은 것 같아." 베어는 내 손을 잡고 모닥불에서 멀리 떨어진 곳으로 끌고 갔다.

"우리 어디 가?"

"호수에."

"너무 춥잖아!"

"우리한텐 토끼 털가죽이 있잖아. 제발, 쭈!" 베어가 날 끌어 당겼다. "밤에 꼭 보고 싶단 말이야."

내가 웃었다. "알았어, 베어. 네가 앞장서."

호수에는 거의 섬처럼 보일 정도로 호수 안으로 삐죽 들어 간 곳이 있었다. 땅은 칠흑같이 새까맣고 어두웠지만, 이제 우 리도 어둠에 익숙해진 데다 오늘 밤은 하늘이 더 환했다. 비록 가느다란 초승달이었지만 새로 시작하는 빛이니까.

베어는 돌멩이를 집어 있는 힘껏 물 위로 멀리 던졌다. 그러 고는 "우리가 알았어야 했는데." 하고 생각에 잠긴 듯 말했다. "그래서 엄마가 우리를 데리러 오지 못했던 거야."

"그래."

"다른 애들이 그러는데, 아빠가 금방 올 거래." 베어가 잠시 말을 멈췄다. "아빠는 왜 도시로 간 거야, 쭈?"

361

"윌로우 아줌마 말로는 아빠가 과학자들과 일을 한대. 더 많은 사람을 야생으로 데려올 방법이 있는지 찾으려고."

베어는 충격을 받은 것 같았다. "포르샤 스틸처럼?"

나는 고개를 흔들었다. "아니, 윌로우가 나한테 맹세했어. 이건 다르다고. 이건 좋은 거야, 베어. 그러니까 아빠는 우리를 도와주기에 딱 알맞은 사람인 거야."

"우릴 도와준다고?" 베어가 코를 찡긋하며 물었다.

"애니 로즈를 데려올 수 있게. 그리고 에티엔도. 여기 오고 싶어 한다면."

베어는 어리둥절한 표정이었다. "에티엔 형과 애니 로즈는 면역력이 없잖아."

"나도 알아. 하지만 난 그래도 무슨 방법이 있을 거라고 생각해."

과학자들이 맞다면 사람들에게 면역력을 갖게 할 수 있다. 해결해야 할 문제들이 산적해 있지만, 분명히 방법이 있을 거다. 있어야만 한다. 애니 로즈와 에티엔은 우리가 사랑하는 사람들이고, 우린 그들을 그냥 거기 내버려 둘 수 없다.

물 위로 음악 소리와 이야기하고 노래하고 웃는 사람들 소리가 흘러 다녔다. 헤스터의 야영지 같다. 마을 사람들을 건너다보는 베어의 얼굴이 달빛에 빛났다. "사람들이 춤추는 걸까?"

나는 베어가 퀴니와 함께 모닥불 주위를 신이 나서 뛰어다니던 때를 떠올리며 미소 지었다. "가서 볼까?"

"잠깐만." 베어가 몸을 숙여 다시 돌멩이를 주웠다. "누난 절대 나를 못 이길 거야."

"정말 그럴까?"

나도 자갈을 집으려고 팔을 뻗는데 베어가 꺅 소리를 지르며 나를 불렀다. "주니퍼 누나! 돌아왔어!"

고스트였다. 우리의 은빛 점박이 스라소니가 우리가 서 있는 곳 입구에 막 발을 들여놓고 있었다. 고스트가 우리를 보았고, 베어와 내가 앞으로 달려 나갔다. 고스트가 머리로 우리 옆구리를 부볐다. 나는 얼굴을 고스트의 털 속에 파묻고 숨을 들이마셨다. 내 눈물을 보는 게 베어뿐이라서 다행이었다.

베어가 신이 나서 소리를 질렀다. "우리가 스라소니를 길들였어, 쭈! 에너데일보다 우리가 훨씬 더 야생이야!"

고스트는 호수로 가서 물을 마셨다. 별이 반사되어 비치는 호수 위로 밤하늘이 커다란 캔버스처럼 펼쳐졌다. 베어와 나는 고스트 곁에 서서 크게 소리를 질렀다. 용감한 전사들처럼.

이 소설은 '리와일드 사건'이 일어나고 50여 년이 지난 뒤
가을에서 겨울로 넘어가는 약 50여 일간, 주니퍼와 베어 남매
가 겪은 일종의 모험 소설이다. 리와일드 사건은 심각한 자연
파괴를 일삼는 인간을 멈추기 위해 환경 테러리스트인 리와일
더들이 사람한테만 치명적인 바이러스를 만들고, 이 바이러스
가 진드기를 매개로 급속히 퍼진 일이다. 그전까지 인간은 땅
과 물과 공기 등 모든 생물에게 필수불가결한 환경을 망가뜨리
고, 더 이상 살 수 없게 되면 다른 곳으로 옮겨 가 또다시 파괴
를 저지르는 만행을 이어 갔다. 이에 리와일더들은 야생의 복
원을 선택한다. 병을 피하기 위해 대부분의 사람들이 갇혀 살
게 되면 자연을 구할 기회가 있으리라고 생각한 것이다. 사실
이는 어쩌면 인간도 살아남을 수 있는 유일한 길이 아니었을까.

다만, 진드기를 매개로 한 병이 그토록 빠르게 퍼져 수많은 인간의 죽음이 뒤따랐단 건 리와일더들도 예상치 못한 일이었다.

이야기는 크게 두 부분으로 나뉜다. 안전하지만 죽은 도시(1부)와 살아 있지만 거칠고 위험한 야생의 세계(2부). 진드기에 대한 공포로 온갖 방어막을 친 도시는 익숙한 독재 국가의 모습을 하고 있다. 도시에는 '안전'이라는 명분 아래 모든 정보를 독점한 독재자 포르샤 스틸과 독재자에 봉사하는 공무원들이 있다. 그리고 대부분의 사람들은 가장 밑바닥에서 위험하고 힘든 노동으로 도시를 떠받치며 살아가고 있다. 주인공인 주니퍼와 베어 남매는 자연의 접근을 차단한 완충 지대로 둘러싸인 이 도시에서 할머니 애니 로즈와 살고 있다. 바깥세상에서 태어난 덕분에 핏속에 야생에서 보낸 생애 첫 시기에 대한 기억이 강렬하게 남아 있는 남매는 회색의 도시에서 힘겹게 지낸다. 그러던 어느 날, 병에 면역력이 있는 자신들의 '피'를 노리는 이들이 있다는 것을 알게 된 뒤, 더 이상 도시에서 살 수 없다는 것을 깨닫고 부모님이 있는 머나먼 고향, 에너데일을 향해 떠난다.

야생의 세계도 남매에게 결코 호락호락하지 않다. 도시에서 살던 남매가 직접 식량과 물을 구하고, 비와 추위, 야생동물을 피해 안전한 곳을 찾는 일은 나날이 어려워진다. 게다가 추적 드론과 지배자가 보낸 사냥꾼도 물리쳐야 한다. 말 그대로 목숨을 건 탈출이다. 다행히 남매는 우연히 만난 스라소니 '고스트'를 만나 생존에 큰 도움을 받는다. 이탈리아 건국 신화에 나오는 늑대처럼 연약한 어린 인간 둘을 뒤따르며 지키는 고스트는 마치 엄마 메리언이 보내 준 수호천사 같다. 스라소니에 이어 도시와 야생 양쪽을 오가며 살아가는 방랑자 무리를 이끄는 헤스터도 주니퍼 남매를 결정적인 위기에서 구한다. 남매는 헤스터네 사람들을 만난 뒤 손에 쥔 확실한 행복과 불확실한 결말 사이에서 잠시 망설이지만, 에너데일로 가는 둘만의 모험을 완수하기로 한다.

주니퍼에게 이름은 특히 중요하다. 남매의 이름인 주니퍼 베리 그린, 베어 그린은 자연을 떠올리게 하는 모든 것이 금지된 학교에서 금기어나 마찬가지다. 이름이 제대로 불리지 못한다면 존재를 인정받지 못하는 것이다. 주니퍼가 실반을 찾아가기 전 먼저 이름 짓기 책을 뒤져 닥쳐올 결과를 가늠해 본 것처럼 이 책에 나오는 이름들은 허투루 봐 넘길 수가 없다. 주니퍼나 베어처럼 자연에서 따온 이름들인 애니 로즈뿐만 아니라 라치(낙엽송)나 윌로우(버드나무)도 등장한다. 반면 독재자의 이름은 포르샤 스틸(철)이다. 그리고 주니퍼는 에너데일에 도착해 비로소 자기 이름의 진짜 근원, 자기 정체성의 출발점을 깨닫는다. 에너데일이 실은 옛 바이킹 말로 주니퍼 골짜기를 의미한다니, 결국 자기 자신을 찾아 돌아온 여행이라고 할 수 있을 것이다.

이 밖에도 주니퍼와 베어의 모험에는 수많은 상징과 이야기들이 갈피갈피 끼어든다. 애니 로즈는 주니퍼에게 어렸을 때 읽은 책이 그 사람의 일부가 되는 거라고 말하며 용기를 북돋아 주는데, 그 말대로 어린 시절부터 곱씹어 온 이야기들이 실제로 남매의 힘겨운 모험 길에 필요한 지식이나 지혜나 위로를 주기도 하고, 때로는 자기 연민을 느끼게도 만든다. 또 남매는 두려움을 잊으려고, 희망을 놓치지 않으려고 그들만의 새로운 이야기를 만들어 내기도 한다. 그야말로 이야기는 사람 속으로 들어와 힘이 되고, 또 사람의 삶은 이야기가 되어 순환하는 것이다. 코로나 바이러스로 모두의 일상이 흔들리고 기후 변화로 수많은 사람의 삶이 위협받는 현실을 보며, 『비밀의 화원』이 주니퍼와 에티엔에게 울타리가 되어 주었던 것처럼 이제 이 책이 독자들에게 또 다른 울타리가 되어 줄 것을 기대한다.

역자 후기

나무픽션 1

리와일드

초판 1쇄 발행 2020년 12월 7일
초판 4쇄 발행 2023년 10월 17일

지은이 니콜라 펜폴드
옮긴이 조남주
펴낸이 이수미
편집 김연희
북 디자인 박연미
마케팅 김영란
종이 세종페이퍼 인쇄 두성피엔엘 유통 신영북스

펴낸곳 나무를 심는 사람들
출판신고 2013년 1월 7일 제2013-000004호
주소 서울시 용산구 서빙고로 35 103동 804호
전화 02-3141-2233 팩스 02-3141-2257
이메일 nasimsabooks@naver.com
블로그 blog.naver.com/nasimsabooks
인스타그램 instagram.com/nasimsabook

ISBN 979-11-90275-28-6
        979-11-90275-27-9(세트)